JN229258

タン・フランス
安達眞弓 訳

TAN FRANCE
WITH CAROLINE DONOFRIO

僕は僕のままで

NATURALLY TAN

集英社

学校の写真。だいたい7歳ぐらい。子ども時代の僕を撮った唯一の写真。
そう、僕の地毛はカーリーヘアなんだ。

2006年、ジャスティン・ビーバーのヘアスタイルをそっくりそのまま真似ていたころ。どうしてローティーンの子のヘアスタイルに惹かれたんだろうね。

2010年ごろ。ソルトレークシティーで行われたインディゴ・ガールズのコンサートで。誰? これ。ぜんぜん意味わかんない。

ロブと僕。2008年、マンチェスター ピカデリー駅で。僕たちが出会って1か月目に撮った。

ロブと僕。2010年、サンフランシスコで。髪の前の方がふくらんでたのが気に入らなかったことしか覚えていない。

ロブと僕。2008年、バッキンガム宮殿で。この日僕は、ロブのきれいなカーリーヘアをストレートにしてしまった。余計なことしなきゃよかった。

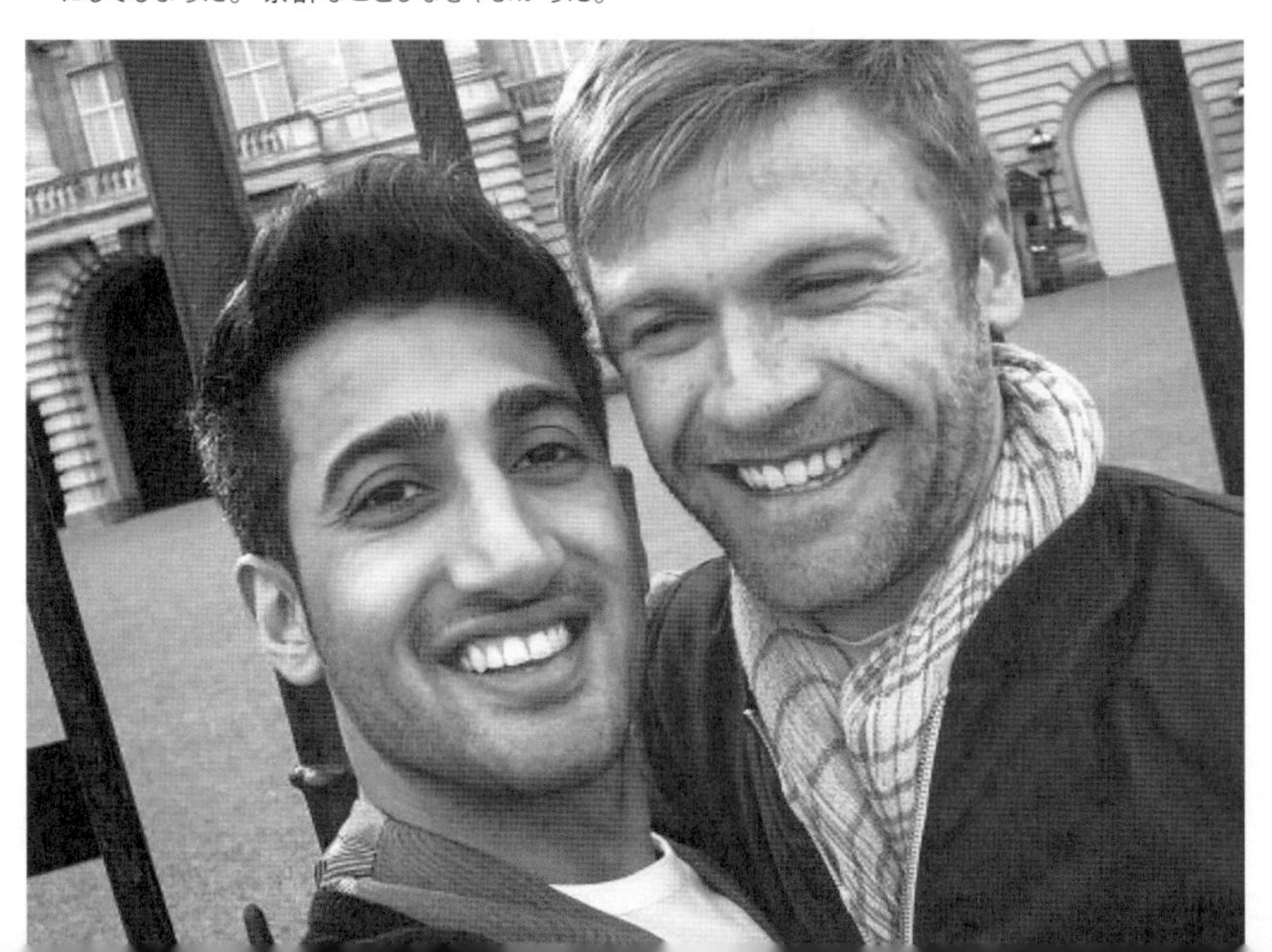

ロブと僕。2010年、グレートソルトレーク付近で。彼から靴を借りた。ここははっきりさせとかなきゃ、この靴は僕のじゃない。

ロブと僕、そしてオリヴァーくん。2011年。僕が子どもをたくさん欲しいと知ったときのロブの顔ったら。目が挙動不審だよね。

ロブと僕。ソルトレークシティーで行われた友人の40歳のバースデーパーティーで。ユタ州に住み、幸せそうな顔で、バルーンと一緒に写っている僕。

2012年夏。僕は昔から嫉妬深くて、ピンクを誰よりもゴージャスに着こなせる子だった（ちなみに、このTシャツはきれいなピンク!）。

2017年4月、ロサンゼルスでのディナー。僕たち4人はキャストに内定してて、アントニが選ばれるのを待っていた。

2回目のオーディション最終日の夜、フード・ワイン担当キャストを決めようとしているところ。僕らの中では、アントニしかいないって思ってたけどね。

2017年4月、オーディション最終プロセスの最後の夜。この段階までキャストは最終的に決まっていなかったけど、僕たちに絆が生まれていたのはご存じのとおり。

アントニと僕。2017年6月。このカツラをかぶって、アントニを何とか笑わせようとしていたときの写真。

『クィア・アイ』のキャスト全員。2017年5月。シーズン1、エピソード1の撮影準備初日の記念撮影。

僕は僕のままで

NATURALLY
TAN

最愛の夫へ。
僕が今、こうしていられるのも、すべて君がいてくれたから。
ふたりの愛は永遠。

contents

サルワール・カミーズ

SHALWAR KAMEEZ

ストレートの人たちからよく聞かれる。「ゲイって自覚したのはいつ？」ある日突然、ピカッとひらめく人もいるみたい。でも僕は違う。僕にとっては「自分が男の子って自覚したのはいつ？」とか「自分が人間だって自覚したのはいつ？」と同じ質問だから。

僕が呼吸をする。

それに理由はない。

そんなの当たり前じゃないかと言われそうだけど、〝僕ってゲイなんだ！〟とひらめく瞬間なんて、まったくなかった。女性にはずっと興味がない。誤解しないで――女性とはずっと仲良しだし、女の子たちに囲まれているとうれしいし、僕という人格を育(はぐく)んでくれたのは女性だけど、恋愛の対象として考えたことが一度もなかったということ。男性を好きになっちゃダメなんだと思い詰めたこともない。かなり小さいころから、結婚するなら男性と、と考えていた。おかしい？惹(ひ)かれるのも、好きになるのも男性なら、結婚する相手は男性だって考えるのは、ごく自然なことだよね。僕は、同性との結婚が法律で認められないのも、そこに行き着くまでが大変だってことも知らなかった。僕はまさにその苦難を乗り越え、今も戦っている。この本を最後まで読んでくれたら、僕は〝シミの一滴も気にしない〟タイプじゃなく、〝シミが一滴ついたら、気になってしかたがない〟タイプだってわかってもらえるかな。僕はそんな自分が大好きだし、この性格を変える気は、さらさらない。

僕はサウスヨークシャーっていう、イングランド中北部の小さな町で育った。ご近所はみんな白人で、学校には南アジア系の生徒が十人ぐらいと、黒人の生徒がひとりいた。両親は共にパキスタンで生まれ育ち、ふたりが十代のとき、一家そろってイギリスに移住した。父親の一家は一九五〇年代、わずかな財産を持って、イングランド北部にやってきた。その後、父は貯金して家を手に入れ、事業を興し、人並みに成功した。母方の家族も同じ時期、近隣の町に移住してきた。そして彼らは出会い——イスラム教徒としては大胆にも——いわゆる〝恋愛結婚〟という形で所帯を持った。見合い結婚が主流で、ときにはいとこ同士のお見合いもよしとするイスラム教徒なのに（はいはい、文句言いたきゃ言えばいい。時代遅れなのはわかっている、だけど、この話はここでおしまい。詳しくはあとで）型破りな新生活をスタートさせたってわけ。僕たち一家は父方のおじ一家の隣に住んでいて、従姉妹たちと一緒に育ったからか、いつかあの子たちのだれかと結婚するのが当然と考えられていた。

うちの一族はそれほど熱心なイスラム教徒じゃなかったけど、イスラム教の伝統文化とは深く結びついていた。学校がお昼の三時半に終わると、家に着くのが四時。それからモスクで夜の七時まで過ごす。これが月曜から金曜まで、そして土日も。白人の子たちが長期休暇に入ったって関係ない。肌の浅黒い子たちには、その民族としてやることがたくさんあった。

六歳か七歳になると、僕たちはサルワール・カミーズという、慎み深い服を着るようになる。

パンツのウエストにゴムが入っている。広げるとゆとりというか、だぶだぶというか、かなりでかいフリーサイズ。パンツは裾に向かって細くなっていて、足首にカフスが付いている。イメージとしてはハーレムパンツが近いかも。その上に着るチュニックは、男物だと膝丈より長く、女物はもっとゆったりとした作り。慎み深さのベールをもう一枚かぶるため、女性が外出するときにはヒジャブも身につける。ヒジャブをわかりやすく言うなら、大きな袋のようなもの。風が吹いても、見せてはいけないものが見えないようになっている。

僕たちがサルワール・カミーズ以外の服を着ていいのは、制服のある学校に通うとき、それ以外は結婚式や誕生日パーティーなど、〝欧米人のおしゃれ着〟を着てもいいと許された行事のとき。

そしてイスラム教社会では、慎み深く暮らすことが求められる。お泊まり会に行くのもダメ、友だちとつるんで夜遊びするのもダメ——デートも許されなかった。おかげで女の子に興味がなかった思春期の僕は、あまり困らずに済んだ。僕の性的指向を隠すには都合がよかったので、デート禁止はむしろありがたいぐらいだった。僕はデート禁止を言い訳に使った。恋人がいないのはデート禁止だからで、女性に恋心を抱けないからじゃありません。そういうことだから、詮索するだけムダだよ。

僕には姉がふたり、兄がふたりいて、僕は五人きょうだいの末っ子だ。きょうだいの中で、僕はずっと一番甘やかされて育った。両親はとても忙しくて家にいないことが多く、子どもにとっては、けっこう大人（おとな）っぽい内容のテレビ番組、たとえば『メルローズ・プレイス』『ビバリーヒルズ高校白書』『ＥＲ緊急救命室』などをじゃんじゃん観（み）ていた。番組ではセックスやドラッグの場面があって、僕がそんなことまでわかっているのを知ったら、両親はきっとショックを受けただろうけど、僕自身、テレビで社会の側面を見知っていくことに、まったく抵抗がなかった。イスラム教社会では、セックスやドラッグの話題は禁句だった。テレビ番組を観過ぎたせいか、僕は妙なところで耳年増だった。変な言葉ばかり覚えていた。上の兄さんや姉さんも知らないような語彙（ごい）が身についていたから。僕は家族で一番いけ好かない子だった。スペルや文法、話し方がおかしかったら訂正するのは僕。ムカつく弟。悪夢のような末っ子。

僕には早い時期から明らかに〝人とは違う〟ところがあり、自分の生き方にかなりこだわっていた。その後に好きになったのが『ダーティ・ダンシング』。八歳の男の子が夢中になる映画じゃないよね（あの喪失感といったら。『ダーティ・ダンシング』は名作だと思う気持ちに今も変わりはない）。バービー人形もたくさん買ってもらったけど、それを知っているのは家族だけだった。九〇年当時、うちの学校はゲイの生徒にまったく配慮してなかったから、むしろ都合がよかったのかもしれない。買ってくれたのがパパだったっていうのもおかしな話だけど（あり得ないと思われて当然、だけど事実だし）。

パパとおじはとても仲がいいくせに、変なところで意地を張っていた。お互いの子どもたちが同年代で、従姉妹に僕とほぼ同い年の子がいた。彼女とは義務教育の間ずっと同じクラス、通信簿やテストになると、父親同士が点数争いをする始末。いい点を取って父親からもらうごほうびがきっかけで、バービー人形コレクションへと発展したってわけ。

従姉妹がバービーハウスとバービー人形を買ってもらったと耳にしたパパは、翌週、もっと大きなバービーハウスとバービー人形を六体買ってくれた。バービーのボーイフレンド、ケンの人形も二体持っていて、黒人のケンと白人のケン。バービーによく似てて、イギリスでよく売れていたシンディーの黒人のお人形も一体持っていた。この競い合いを、家族の誰もが変だとは感じなかった——今にして思うと、僕たち一族が欧米文化に無関心で、息子にバービーを買ってやるのがどういうことかわからなかったんだろうね。僕はというと、めちゃくちゃ喜んだ。数年分のクリスマスが一気に押し寄せたような気分だった。息子がバービー人形で遊ぶのが男親の期待に背くことだとパパが知ったら大変だ。だから僕は、隠れて遊んでいた。みんながいる前ではバービーなんてどうでもいいって顔をして、人がいなくなったら速攻でベッドルームに駆け上がり、買ってもらったばかりの、お気に入りのおもちゃで遊んだ。楽しくてたまらなかった。

家から一歩外に出ると、僕は学校が嫌いな子だった。学校は退屈だし、僕自身、学ぼうという意欲がなかった。学校で人と接するのは好きだった。人気者ではなかったし、集団でつるむタイプでもなかったけど、僕には友だちがいた。特に親しかったのは、南アジア系と白人の男子がひとりずつ、そして大親友の南アジア系女子がひとり。南アジア系は学校では少数派で、集団でいることが多かったせいか、僕らはすぐ仲良くなった。学校の外で人種差別をするチャンスをうかがっているいじめっ子に出くわすような〝ヤバい〟日に備えて、同じ人種同士でつるむのも悪いことじゃない。

ありがたいことに、僕にはいつも一緒におしゃべりができる友だちがいた。僕は学校に居場所があると感じてはいたけど、デートとか、将来のことまでは考えていなかった。僕は面白くてひょうきんで、クラスメイトを笑わせる子だった。特に問題児というほどでもなかった。

勉強はとうてい好きになれなかったくせに、成績はよかった。AかBを確実に取る生徒だった。宿題はやらなかったし、必要最低限の勉強しかしなかったけど、テストではいつもいい点を取った。「兄さんや姉さんは進級が危なくて必死で勉強しなきゃいけないけど（ほんとにムカつく子どもだよね）、僕はテストの準備なんか、ぜんぜんしなくても大丈夫——」と、偉そうな口を叩いていたことをよく覚えている。試験勉強をやらなくても進級できた。家では勉強しないでテレビを観て、テストを受けて、優秀な成績を取っていた。

ところが学校を一歩出ると、人付き合いはひどくかぎられた。南アジア系は、子どもたちでも男女一緒にいるのは望ましくないと考えられていたから。僕には姉がいたので、男友だちを家に呼ぶことはできなかった。あのころの僕は、時代錯誤と両親に当たり散らしたけど、今は両親の言うとおりだと思う。大人の目で見れば、危なっかしい年ごろだものね。僕もやっぱり、自分の子にも同じように注意するだろう。だって、何が起こるかわからないじゃない？　僕の家に預けるってことは、トラブルに巻き込まれる心配がないからで、自分がよく知らない大人の家に子どもたちを安心してお泊まりに出せる？　ぜったいにムリ！

自分が人とは違うと思うようになったのは、思春期を迎えたころだった。それよりも前、姉ふたりと超、超イケメンのボリウッド（インド映画のこと。ハリウッドにちなんだ名称）・スターが主演の映画を観ていたときのこと。姉が言った。「この人すてき。結婚したい」僕はこう答えた。「僕も好き。僕もこの人と結婚したい」姉ふたりがそろって僕に言った。「ムリ、ムリだって。男と男は結婚できないんだよ。

男は女と結婚するの」

そんなのはじめて聞いたよ。何それ？ 僕がおかしいってこと？ どうして男性同士が結婚しちゃいけないの？ それ以前に、僕が男性と結婚したいと思うのはなぜ？

姉が意地悪を言っていたわけではなく、当時はそれが当たり前の考え方だった。当時僕は八歳、姉たちはティーンエイジャーで、男同士が結婚できないと、はじめて教わったんだ。この日から僕は悩んだ。えっ、マジで。僕ってほかの人とは違うんだ。僕には普通のことが、ほかの人には普通じゃないいんだ。

ティーンエイジャーになると、特に学校で、目が特定の男子を追いかけていた。自分がゲイなんだと最初に意識したのは——この感情と、ゲイという言葉が結びつくきっかけとなったのは——十三歳になったかならないかで、あれは昼休みだった。クラスメイトが校庭でバスケットボールをしていた。けっこう暑くて、彼がシャツを脱いだ。筋肉質の身体を見て、世界で一番セクシーだなあ、と見とれてたのを覚えている。十三歳の僕が見とれてたのは、つまり……十三歳の男の子の〝筋肉質な身体〟だった。やだ、はずかしい。

男性を好きになるのはやめようなんて考えなかった。ただ、波風立てずに生きていくつもりなら、男の子が好きなことを隠し通さなきゃならないとは思った。だったらこうしよう、僕は親友の女の子と結婚して、僕たちは契約を結ぶ。彼女は好きな相手と付き合っていいし、僕も好きな相手とデートする。彼女もハッピー、僕もハッピー。これってぜったい理想的な結婚だよ。

僕って、自分で思っていたほど利口じゃなかったんだね。

二十代になった僕は、いい形でカムアウトしなきゃと覚悟を決めた。〝ちゃんとした〟パキスタン系の男子なら身を固め、結婚する年齢に近づいてきたという自覚があったから。どんなに遅くても三十歳には結婚しなきゃ、いい娘(こ)を見つけて結婚しないのはなぜ？　と問い詰められる前に。

男性が好きだという気持ちを否定したことは一度だってなかった。正真正銘言えるのは、生まれ育った環境のせいではないこと。ゲイであることは僕の本質であり、本質なら、生涯ずっとそうあるべき。自分の意思で選んだわけでもなく、人から強制されたなんて意識もない。好きな人の心もほしけりゃ身体もほしい、僕にとってゲイであることは、それぐらいシンプルで、自然なこと。

覚悟を決めて男の子と付き合うようになったのは、自分は明らかにどこか違う、自分が身を置く社会、文化、宗教……そのどれにもフィットしないという意識が芽生えてから。自分はとてつもなく重い過ちを犯しているのではないかと自分を責めたときもあった。

その気持ちは今もまだある。

なぜなら僕は、南アジア系のコミュニティーで育ったから。人は神の教えに従って行動するものだと言われて生きてきたら、自分の行いは神の意に背くことだと考えるのは当然だった。だけどありがたいことに、年を重ねるにつれて心の持ちようが変わってきた。男性とキスをしたら、神様を裏切るような過ちを犯したと、罪の意識で吐き気を催すと怯(おび)えていたけれども、いざキスをしたら何ともなかった。人を愛して神の怒りを買うだなんて。そんなこと誰も思うわけがない。

でも僕は、どうしようもなく誰かを好きになったら、神様は赦してくれると信じている。人が人を好きになる、それのどこが悪いの？

だけどゲイの問題は子ども時代の僕をずっと悩ませていた。ゲイの子だったら、特に一部の宗教を信じるコミュニティーに育った子どもたちには、とりわけ深刻な問題だった。僕たちのコミュニティーではみんな、物心ついたときから、天国と地獄という概念をこんこんと教えられて育った。「こんなことをしたら地獄行きですよ、でも全力を尽くして努力すれば、地獄行きをまぬがれます」これじゃ脅迫と紙一重だけど、男性を愛しても地獄に行かなくていいとわかったときはうれしかった。地獄に行くようなことは、ほかにもたくさんやってきた自覚はあるけどね。そっちの話もするべき？　いや、今はやめとこう。僕は〝いい子〟の役を演じ続けるつもりだし、せっかくのいいイメージをこの本で台無しにしたくないもの。まあ、この先も読んでみて。僕の〝いい子〟のイメージは、きっとぶちこわしになるはず。

学生時代、脚が勝手に動いても、僕は断固として脚を組まないよう気をつけていた。僕が自分に正直だったら、脚をからませるように組むポーズを取ると思う。それって、僕が相手の男性に性的関心があるというボディーランゲージだから。

今でも忘れない、まだちっちゃいころ、脚を組んで、組んだ方の足の甲を反対の足首にからませてたら、家族から注意された。「こら、タン、そんな風に座るのはやめなさい。そんな風に脚を組むのは女の子がすること」まだ六つか七つだったけど、僕はあせった。どうしよう。女の子がすることを、僕、どうしてやっちゃったんだろう？　僕っておかしいのかな？　男らしく脚を組む練習をしてみた。ほんとうは『ゴールデン・ガールズ』の再放送を観たかったのに。ドラマに出て来るおばちゃんたちとチーズケーキを食べてる空想をしながら、居間でまったりしたかったのに、僕は観たくもないサッカー中継を無理やり観ているみたいな違和感と戦っていた。だけどこうやって脚を組む方が楽なんだけどな。女子はよくって、男子がダメって、そんなの関係なくない？

自分の性的指向がバレそうな仕草を隠すテクニックを徐々に身につけることにしたのは、人種差別の問題を人生の一大事にしないよう努めるだけで、もう手一杯だったから。ゲイとレイシズムというダブルの差別で人生を台無しにされるなんて、冗談じゃない。浅黒い肌に生まれただけでも大変なのに、男性と女性のどっちと結婚するかでも悩むなんて。幼いころから、学校だけでは飽き足らず、町の人からも手ひどい人種差別を受けた。肌の色で差別されないようにとかなりの時間を費やしていたから、ゲイに見えないよう気を遣う労力にまで頭が回らなかった。

僕たちはいわゆる〝Nワード〟の南アジア版、〝パキ〟と呼ばれて差別されていた。パキスタン人を罵る卑怯な言葉で、言われるたびにひどく傷ついた。登校してから下校するまでイヤな思いひとつせず済む日はまずなかった。僕の生まれた町には、南アジア系に差別的な言葉を投げる連中がいたんだ。同じ年にも、年上にもいた。あっちは集団で行動し、僕やきょうだいを見つけると追いかけてきて、物を投げ、〝パキ〟とはやし立てる。きょうだいが一緒なら数で勝てるけど、あいつらは僕たちがひとりでいるときを狙ってくる。ひとりで歩いていて、いきなりあいつらと出くわしてごらん。きっとくやしくてたまらない体験をするだろうね。

僕にはパキスタン系イギリス人の友だちがふたりいて、その子たちと徒歩で一緒に通学していた。地元のいじめっ子たちはよく僕たちをからかったり、卑劣な言葉で罵ったりした。暴力に訴えるほどではなかったけど、いじめがはじまると、僕たちは対抗するようになった。殴られるほどではないにせよ、軽いいじめに遭い、私物を取られたら、強がって平気なふりをするのはけっこうつらかった。

こういうことがあったので、僕たちきょうだいは通学以外に外出すると気が重くなった。当たり前だけど、両親はわが家にふりかかった人種差別の火の粉にひどく怯えた。わが家から通りを挟んだ向かいに小さなコンビニがあった。イギリスではコンビニを〈コーナーショップ〉という。僕たちはその〈コーナーショップ〉にすら行けなくなった。店では缶ビールを売っていて、つるむのが好きないじめっ子たちが、店の外でビールを飲んでいたからだ。

買い物で外に出ても、すぐ帰ってくる僕を窓から見守っていた両親の姿は、今も鮮明に覚えている。肌が浅黒いからという理由で殴られないよう、通りを横切るわが子をじっと見ていたのかと思うと、とてもやりきれなくなる。兄さんや姉さんが怯えている素振りを見せなかったので、僕も怖くないふりをしていた。今、思い出しても腹が立つし、こんな思いをする家族がいなくなることを望んでいる。

僕はとても小柄で、クラスでも、どんなグループでも、決まって一番小さかった。成長期を迎えるまで時間がかかった。身長だけじゃない、僕はかなりやせていたので、いじめの標的になった。でも走るのは誰よりも速かった――百メートル走はぶっちぎりの一位だった。人種差別は卑怯だけど、そのせいでいじめっ子よりも速く走ってやるという負けん気が生まれた。この章で唯一輝かしい、思い出だ。

ある日、僕はきょうだいで一番年の近い、二歳上の兄と一緒に歩いて下校していた。兄さんは当時十三歳、僕より背が高く、すでに一六五センチあった。兄さんはちょっとぽっちゃりしていて、ちりちりの髪の毛をショートに刈っていた。あと二分で家に着くというところで、例のいじめっ子グループが僕たちの行く手をふさいだ。あいつらは六、七人いて、年は十六から十八歳、全員が僕たちよりずっと背が高かった。みんな白人で、ちゃんとお手入れをしていない服を着て、歯のお手入れは、服よりもずっとサボっていた。町でも治安の悪い界隈(かいわい)に住み、全員が僕たちと顔見知りだった。手のつけられない悪ガキとして知られ、違法行為でトラブルを起こすこともしょっちゅうあった。

学校から家まで帰るには決まった道を通らなきゃいけなくて、あいつらは必ずそこにいた。僕は兄さんと顔を見合わせた。家に帰る？　それとも走って学校に戻る？　結局、歩いて学校に戻った。僕らは少し時間をつぶしてから、さっきの道に入った。あいつらはまだ同じところにいた。一時間は過ぎていたのに。

どっちにしたって家には帰らなきゃいけない。そこで僕たちは「ちょっかいを出されないよう祈りながら通ろう」ということになった。僕と兄さんはほんとに祈った。子どものころの僕は、マズいことがあっても祈れば何とかなると本気で信じていた。たぶんあの日、祈っても決してうまくいかないという現実を受け入れたのだと思う。いじめっ子たちがちょっかいを出してきたら勝てっこないのはわかっていたから。ずっと、ちくしょう、ちくしょうって思いながら、あいつらに向かって歩くのはとても怖かった。僕はおもらししそうになり、脚から力がへなへなと抜けていく。強くて度胸がありそうなやつの前に立ったが、内心では、タン、ぜったいにもらすなよ。学校に穿いて行くズボンはこれ以外に替えがないんだからねと、自分に言い聞かせた。

子どもの目では十八歳って大人に見える。あいつらは十六から十八歳の、大人に片足を突っ込んだ連中、僕たち兄弟は、十一歳と十三歳だった。相手は少なくとも六人、僕たちはふたり。僕はブックメーカーじゃないけど、僕たちが勝つ可能性はまずなく、もう負けたも同然。

あいつらとの距離が縮むと、兄さんが（やった！）うまい手を教えてくれた。「お前は逃げろ。俺が相手をしてやる」僕たちだけで勝てるわけがないし、この場を切り抜けるには、僕が全速力で家に帰って、助けを呼ぶのが唯一の作戦だった。僕は逃げないで、全力を尽くして兄さんと一緒に戦うか、せめて兄さんを逃がして僕が戦えばよかったかもしれない。ただ、兄さんは僕より足が速くなかったし、僕らイスラム教徒の文化では、兄は必ず弟を守るものと決まっている。

僕たちは、角を曲がったら家まであと五十メートルのところまで逃げた。間抜けないじめっ子たちを引きつけてから、僕はやつらを振り切って対向車の隙間に入りこみ、身をかわしたり、人の波をいったん縫うようにして、相手をまいた。心臓をバクバクさせながら家に戻った僕は、ドアを開けて中に入るなり叫んだ。「助けて！　助けて！　あいつらが兄ちゃんを殺そうとしている！」

パパは今まで見せたことのない表情になった。恐怖と怒りがない交ぜになった表情だった。僕がそれ以上言わなくても、すべてを察していた。親として、一番恐れていたことが起こった。もうすぐ人の親になる予定の僕も、こんな恐怖だけは体験したくない。

　パパは椅子から立つと通りに飛び出した。パキスタン人は家では靴を脱いでいるので、パパは裸足（はだし）で表に走っていった。イギリスは一年中ひんやりとした雨が降り、道が濡れていたけど、親なら当然のことだけど、パパは自分のことなど一ミリも気にせず、息子を守りたい一心で飛び出した。一緒に行こうとした僕をママが止めた。パパは悪ガキどもに駆け寄ると怒鳴り散らし、やつらはとっとと逃げたらしい。でも兄さんは、すでにひどく殴られていた。浅黒い肌をした僕らは、ただ家に帰りたかっただけなのに。

　小さいときはよく考えた。いつか大人になって、強くなったら、大きな車を借りて、いじめっ子たち全員を乗せる。そして浅黒い肌の人たちを呼んで、順繰りに気が済むまでやつらを殴ってもらうんだ――と。子どものころの一番の願いがこれって、バイオレンスもいい加減にしろって感じだよね。僕は暴力を好むタイプじゃない。こんなことを考えたのは、有色人種として生きることの大変さが実際の行動に表れた証（あかし）だ。差別をした連中に仕返しするっていうのが最大の夢だったなんて、子ども心にかなり傷ついていたってわけ。この話を、やはり浅黒い肌の友人にしたんだけど、彼はこう言った。「僕も同じこと考えてた！　いじめてたやつら全員呼び出して、僕にしたことを全部味わわせてやるって」

　子ども時代にはもうひとつ夢があって、今思い出しても腹が立つ。だけどこの夢を、いろんな有色人種の友だちに話したら、みんな同じことを考えていた。目が覚めたら、白人になっていますように、という夢。最初に思ったのは、物心がついたかつかないかのころ、家から外に出ていじめられたらどうしようと悩んでいたとき。かなわない夢とわかっていても、僕は夜遅くまで空想にふけった。弱虫だと思われたくなかったから、きょうだいには誰にも打ち明けなかった。兄さんや姉さんは、自分たちがほかの人とは違うと悩んでいるようには見えなかったし、言わないでおくのが一番だと考えたんだ。兄さんが病気で学校を休んだ日、僕ひとりで登校しなきゃと思うと気が重くなったときのことを思い出す。こういう日は、肌の色のことで意地悪を言うヒマも与えないぐらいのスピードで学校まで突っ走った。裏通りは避け、ひとりで歩いていると思われないよう、女性や家族連れのそばを歩くこともよくやった。逃げたり隠れたりするたび「自分はどうしてこんな肌の色に生まれたんだろう？」と考えた。白人に生まれればもっと生きやすかったはず。自分が白人になったときのことを、よく空想した――人種をネタにいじめられないし、自尊心を傷つけられたり、落ち込んだり、引っ込み思案になるようなことからも解放されるんだろうな、と。

それでも心のバランスが保てたのは、学校では誰も人種の話を持ち出さなかったから。クラスメイトが「あのパキ野郎」と、あからさまな人種差別をむき出しにしたあと、「お前じゃないよ。お前のことは好きだ。でもほかのパキはカスだ」と僕に言ったことは何度かあった。そのときは「だって僕をパキって言ったんじゃないもん！」って、その子を許した。思春期のタンにもし会えるなら、そのクラスメイトの愚かさや無知と向き合うんだ、「君は間違っている」って言うんだ――と教えてやりたい。「あの子たちは僕をよく知っているから、差別的なことを言ってもいい」

その考えがどんなに的外れか。僕と同じパキスタン系の人々とちゃんと向き合い、自分たちと同じ人間だってわかれば、どんなによかったか。

とはいえ、肌が浅黒いね、とはっきり口に出して指摘されないかぎり、僕は自分の肌の色なんて忘れてるけどね。パキって呼ばれても「あ、そうか！　忘れてた。ちょっとぼけっとしてて、自分がパキだっていうのをすっかり忘れてたよ」と返す。たしかに僕は、「君たちは僕たちとは違う」とか、「一緒にされると不愉快だ」とか、とても失礼な言い方で肌の色をとやかく言われるまで、ほんとうに頭からきれいさっぱり消し去っている。

人にはいつもていねいで、礼儀をわきまえ、親切であろうと心がけていた。自分は肌の色を指摘されて怒る有色人種とは違う。僕は君たち白人と同じ。愛想がよくて、機転が利いて、誠実(ホワイト)だと。

差別に対する考え方がこのように変わると、下に見られることのくやしさを声に出して主張するべきなのに、自分が受けた仕打ちを理不尽だとしか思えなくなった。でも有色人種は、ひとりが声を上げれば、その声は自分のコミュニティー全体の声と思われるのを、これまでの経験で知っている。ひとりの白人が怒鳴り、蹴飛ばし、金切り声を上げれば、同じ白人同士でも「だからジャックが嫌いなんだよ」とは言っても、「だから白人は嫌いなんだよ」とは言わない。逆に僕が白人と同じことをしたら「だから南アジア系はイヤなんだ。あいつらはいつも怒りっぽくてさ。自分の国に帰ればいいのに」と批判されるだろう。

自分の国に帰ればいいなんておかしな話。ここは僕の国なのに。僕はイングランドで生まれ、イングランドで育った。僕の一族の祖国は大英帝国の植民地となり、僕の先祖は定住資格を得てイギリスに渡り、この国で子どもを儲けた。イギリス人を名乗る連中が南アジア（そして、数えきれないほどたくさんの土地）に来て統治権を宣言していいなら、僕にだってイングランドを祖国と呼ぶ権利があるし、この国から出て行く気はさらっさらない。なぜならここが祖国だと教わったから……同胞はみな、僕と同じ気持ちでいる。

こちらにケンカをふっかけてくる相手とどう向き合うか、当時の僕はそればかり考えていた。彼らと戦っても得るものは何もないし、罵っても何の足しにもならないのは、そのときからわかっていた。生きやすくなりそうな唯一の手は、相手と人間として同じレベルに立ち、説得を試みることかもしれない。「君たちは僕の肌が浅黒いからって忌み嫌っているけど、僕らは同じ人間なんだよ。そう、肌の色や食べる物が違って見えるかもしれないけど、僕のことをもっとよく知れば、自分とまったく同じ人間だとわかるさ」そのあとでこう尋ねる。「なぜ国に帰れって言うの？君には僕に恨みを持つ理由もなければ、根拠もない。僕がイギリス国民ではないという結論にいたった理由を話し合おうよ。で、教えて。そもそもさ、白人はなぜ社会的に認められてるわけ？」

幼いころの僕はとにかく孤独だったという記憶が鮮明に残っている。うちの家族は自分の内なる思いを語り合うような関係じゃなかった。腹が立つことがあれば言い争いはしたけど、自分の孤独を家族に打ち明けることはなかった。感情を口に出すのは南アジア系の人らしくなく、家族や友人と、自分が抱える孤独について気安く語り合うことはできなかった。メディアで南アジア系の人が孤独を訴える姿を見たこともない。

主流派の文化に影響されたという意識はないけど、世論を基準にして、自分はまともだ、認められている、評価されていると感じる人はたくさんいる。僕だってそうだ。どこを見ても白人だらけだと、白人ってすごいんだと思い込む。テレビも、雑誌も、屋外広告も、白人が幅を利かせている。黒人の活躍をメディアで見かければ「うんうん、時代はいい方に向かっている」と考える。レズビアンを見かければ「よかった、注目を浴びるようになったね」と考える。「どういうこと？　南アジア系のゲイがテレビに出たのを見たことがない」と、僕は押し殺すことができない怒りを覚えた。あの日のことは、決して忘れられない。

　僕がゲイだとカムアウトすることは――長い間、一生隠し通すつもりでいたから――昔なら大問題で、周囲の人たちにショックを与えただろう。

　かつて、イギリスで西欧の白人向けドラマ『クィア・アズ・フォーク』が放送された。『ふたりは友達？　ウィル＆グレイス』や、オリジナル版『クィア・アイ』が放送されたころのこと。「よかった、僕みたいな人もいるんだ。ゲイがテレビに出ている」と思ったのを覚えている。でもドラマには描かれていない、人種の高い壁があった。テレビや映画を通じて、たくさんの南アジア系や中東系の同性愛者がいるのを確認したかったのに、かなわぬ夢に終わってしまった。インドやパキスタン、中東系の同性愛者を扱ったお話はないの？　僕たちを題材にしたお話はないの？　僕たちはいなかったことにされているの？　浅黒い肌をしたゲイの主張に耳を傾けようという視聴者はいないの？

　こうした意識改革には長い時間を要し、二〇一八年、僕がその運動の先頭に立ったというのには驚いたけど、世間がようやく動き出したのをうれしく思った。

ショービジネスの世界にはじめて足を踏み入れようとしたとき、僕が南アジア系コミュニティーを代表するんだと思ったら、言いようのない不安に襲われた。LGBT+と、南アジア系の両方のコミュニティーの代弁者になるのかと考えると、ますます足がすくんだ。僕の行動や発言が南アジア系移民コミュニティーの総意と思われることが怖かったんだ。僕が失言すると、パキスタン人への印象が思った以上に悪いものになるのでは。僕が不祥事を起こすと、パキスタン人はみな、あんな思想の持ち主だという悪評が立つのでは。そんな不安があった。

僕の発言が僕だけの発言で終わらないことは、十分すぎるほどわかっている。広報担当は繰り返し僕に言う――忘れないで、タンの発言はすべて、ゲイコミュニティーか、南アジア系、中東系を代表する声として受け取られるんだよ。

宗教とどう付き合うかについても思い悩んでいる。どう動いたって、タン・フランスという一個人ではおさまらないことぐらいわかっている。マスコミはこれまで、タン・フランスはゲイで、イギリス人で、イスラム教徒というプロフィールで紹介しようとする。『クィア・アイ』で、フード・ワインを担当しているアントニには、ゲイで、ポーランド人で、クリスチャンというプロフィールを使わないのに。ぜったい使わないのに。アントニとして紹介するのに。

宗教の問題はこれまで触れたくなかったし、これからも触れるつもりはない。プライベートに踏み込んだことなのに、取材や記者会見があるたび、マスコミはこの話題を持ち出してくる。インタビューでは宗教の話題には触れないでと先方に強くお願いしてあるのに、それでも取材で必ず話題に上る。だから、僕だって怒ってもいいよね。南アジア系を代表することは望外の喜びだけど、宗教を話題にするのは個人の領域に立ち入りすぎてはいないかな。僕はイスラム教やイスラム教徒の生活様式を語るつもりはない。

いばらの道を通ることになるのはわかっているから、先駆者になるのも気が進まない。僕の口を封じ、僕たちのコミュニティーにはゲイはいないことにしようとする一部の人たちから、盛大に叩かれるのは覚悟している。僕がやっているのは、このライフスタイルを〝世間に広め、応援すること〟だ、と。

違うって！　僕は大好きな仕事をしているの。僕がハッピーになり、今までなかった視点を持つことができた仕事を。社会的な主張なんてしていない。政治や文化を声高に叫んでなんかいない。僕は僕、見たとおり、誰にもはばかることなく、正真正銘の僕だってことを。

この本を通じて、テレビで一度も見せたことのない僕の一面が伝わり、今、悩んでいる子たちの力になるなら、うれしい。その子たちが「タンはいろいろ乗り越えて今のタンになり、今の自分に満足し、堂々と世間に表明している。僕もそうありたい」と思ってくれるとうれしい。

自分と同じ境遇の子たちが希望を抱いてくれると、うれしい。

ジーンズ

JEANS

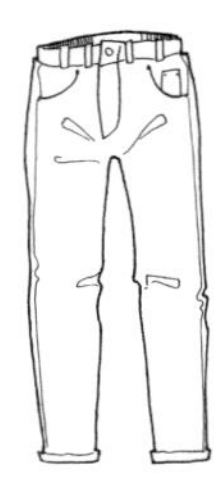

僕は物心ついたころからジーンズと一緒だった。家ではサルワール・カミーズを着るようしつけられたけど、学校に着て行く欧米の衣類はたくさん持っていて、すぐにそっちに着替えちゃうような子だった。ジーンズのコーディネートは大人になっても好きだけど、子ども時代の僕は、頭に浮かんだデザインで自由自在にリメイクできるジーンズに夢中だった。

僕がこんなにジーンズに愛着を持つ理由は、祖父が北イングランドでデニム工場を営んでいたから。子ども時代、毎年夏になるとおじいちゃんのところに遊びに行き、デニム工場のとりこになった。工場はとても広くて、四階建てか五階建てで、たくさんのミシンが何列も並んでいた。おじいちゃんのデニム工場で、僕は人生でなかなか得がたい経験をした。

おじいちゃんはデニム製品作りのすべてを僕に見せてくれた。まず、巨大なロールからデニム地をテーブルに引っ張り出し、サイズどおりに切り取る。切り取った布は次の縫製工程に渡される。さらに次の工程では別の部分を縫製する。ジーンズ一本がだいたい十分ほどで完成する。この工程が合理的なのは、ジーンズ一本を最初から最後までひとりで手がけたら、三〜四日ぐらいかかるのに、作業に熟練した人々で分業制にすると、時間が大幅に短縮できるところ。そこで働く女の人たちを見て、僕は魔法にかけられたのかと思った。あんな光景を見るのは生まれてはじめてだった。毎日のように穿いているジーンズがどのようにして作られるかなんて、考えたことは一度もなかった。こんなすごいことをやっているのはおじいちゃんの工場だけで、誰も知らない秘密の工程を全部見たんだと勘違いした僕は、自分の着るものに興味を持つようになった。

おじいちゃんはディズニーとライセンス契約を結んでいて、工場で作るジーンズやデニムジャケット、ノースリーブのジャケットにはディズニーのキャラクターがプリントされていた。今も覚えている。「えっ？　ディズニーのキャラクターが入った、僕だけの服が作れるの？」いつか見た、ミッキーマウスのイラストをTシャツにプリントしている女性の働き手さんたちみたいにやってみたかった。僕の個性が発揮できそうだと感じた。

子ども時代の僕は、没個性であることを求められた。子どもは親が買ってきたものを着るのが当たり前とされていた――だけど、そんなことを言われて黙っている僕じゃなかった。自分を個性的に見せるのが生まれつき得意だった僕は、おじいちゃんの工場から持ってきていいものをすべて持ち出した。ミッキーマウスやミニーマウスのプリントが入ったジーンズや、プルートのプリント入りジャケットを、たくさんもらった。おじいちゃんからもらったアイテムを、さまざまなカラーバリエーションで組み合わせてみた。思いつくかぎりのコーディネートを試そうと、何度も着替えた。

ママが僕に着せたいのはサルワール・カミーズだけなのはわかっていても、僕は気分に合わせて、一日に何度も着替えた。

六歳だか七歳か、八歳の時点で、僕は一日中着替えばっかりするようになっていた。「あなたに一日一着で我慢させるのがこんなに大変とはね」ママが僕に言った。「『僕はこれがやりたい』となったら着替える。『夕食の時間はぜったいに着替えるんだ』ってゴネるし、『夕食を食べたらお散歩に行くから』って着替える。そのあと遊びに行くなら、また着替えるって言いだすのよね」洗濯のことを考えると、ママも気が重くなるよね。だけど僕の頭の中には、たくさんのコーディネートが浮かんでいた。ママをがっかりさせるぐらい、たくさんのコーディネートがね！

放課後はバギージーンズとTシャツ。ディナーに行くときはドレスアップして、ボタンがあるシャツを着て、全体にきちんとしたコーディネートでキメてから、仕上げに制服のズボンを穿く。家族が「やーい、引っかかったね」って、僕をサプライズでホテル・リッツに連れて行って、ディナーを食べさせてくれるんじゃないかって期待してたかどうかは覚えてないけど、ディナーならドレスアップしなきゃ、っていうのは僕の中では当然のルールだった。

トップスもジーンズも数はそれほど持っていなかったから、人とは違った斬新なコーディネートを考えたかった。リメイクには工業用ミシンを使った。ミシンの使い方は夏休みにおじいちゃん家(ち)で教えてもらってたので、襟がついていないトップスにベルベットの襟をつけたり、ボタン留めのあらゆるシャツに片っ端からダーツを入れて、身体にフィットするラインに改造したりした。

自分を表現するにはこれしかないと、僕はファッションにはまっていった。僕はそんなに社交的な子どもじゃなかった。声が大きい方でもなかった。愛想がよくて人からは好かれたけど、自分のパーソナリティーというものがまだできあがっていなかった。そこで僕は、自分の人となりを着るもので表現した。自分を正しくわかってもらうには、ファッションしかないと考えたんだ。将来仕事にしようとか、まさか、この業界を背負って立とうなんて大それたことは、そのころまったく考えていなかった。

パキスタンの文化やコミュニティーでは、ファッションで自分を表現することは好意的には受け取られず、ましてや男の子がおしゃれするなんて論外だった。僕は大きな壁にぶち当たった。自分流コーディネートでキメると必ず、バカにしてクスクス笑う声が聞こえた。家族から笑われたり、苦言を呈されたりして、落ち込んでいた日のことは今も忘れない。

ある日、僕のいとこたちが話しているのを偶然耳にした。僕の家族はどうして、タンにミニーマウスのプリントが入ったジャケットを着せているんだろう。あれはどう見ても女の子向けなのに――と。着てはいけないなんて考えたことすらなかった。あのジャケットを気に入っていたし、着たいと思ったから着ていた。僕が人と違うところをよく思わない人がいると意識したはじめての体験で、不安になった。面と向かっておかしな格好をしてると指摘されたことはなかったけど、「タンが着ている、あれ、何?」って、陰で笑われていたなんて。

「どうして? 僕は男の子として着てるんだよ」なんて反論しなかったのは、僕のスタイルは「僕がこうありたいというイメージそのもの」を表現していたから。

家族でよその家の結婚式に出席したことがある。みんなよそ行きのスーツを着たけど、僕は、みんなと同じようなスーツを着ているのを見られたくなかった。真面目(まじめ)くさってて、見栄えが悪くて、どこから見てもダサい。子どもだって目立ちたいし、自分のスタイルに対する主張を持っていたかった。このとき僕はスポーツのユニフォームを着ようと考えた。マイティ・ダックスの先発選手が着る、オーバーサイズで通気性の高い素材のユニフォーム——どの州の、どんなチームかも知らないまま——でもＭＴＶで似たようなユニフォームを着ていた人がいたので、僕もかっこよく着こなそうと考えた。このユニフォームにハイトップスニーカーを合わせるならジーンズ。だってクールだから。少なくとも僕はクールだと思っていた。結婚式に着ていくには場違いったらなかった。結婚式に呼ばれたときに、こんな装いをするなんて。

着るものにかけては頑固な子だからと、両親は折れて僕の好きにさせてくれた。文句を言おうものなら、僕が一日中駄々をこねるとわかっていたから。普段は礼儀正しくて温厚な僕も、自分のやり方に口を出されたとき、相手を言い負かすのは上手(じょうず)だった。僕は末っ子。かなり小さいころから、自分の我を通すのが得意だったんだ。

ほかの人がまず着そうになくても、僕は気にしなかった。ゲイのタンのファッションセンスに、時代もすぐに追いつくはず。

ファッションで自己表現したっていい。リメイクして、自分らしさの延長線上にあるものを作ってもいいってことは、おじいちゃんの工場で遊んでいたときからわかっていた。こんな経験がなかったら、今の僕はいなかっただろうと固く信じている。自分だけの一枚を作ってよかったと心から思えるような、服作りの現場を見てみたくなった。僕は十五歳ではじめてショップで働き、もらった初任給全額をつぎ込んで、プロに頼んでカスタムメイドの服を作った。まだグーグルがなかったころの話で、僕は知恵を絞って探した。地元の新聞に女性の仕立て師が載せた小さな広告を見つけると、ショッピングセンターの静かな一角にある小さな店先で、彼女と会う約束をした。店の中はおばあちゃん家のにおいがぷんぷんしていた。この少年がカスタムメイドの服を作りたいと知った店主は驚いたけど、手間に見合った良心的な価格を提示してくれた。彼女も僕と同じぐらい服が好きだったんだ。

十五歳の僕が、カスタムメイドの服を作ろうとしている！　それは僕の服飾センスに大きな影響を与える、一大事件だった。

カスタムメイド第一号はキャメルカラーのジャケット（生地は地元の服地屋で手に入れた）で、ウエストのちょっと下に届く丈にしてもらった。長袖で大胆なスタンドカラー。ブラウンの革製ボタンと、ディテールにもこだわった。はやりすたりを感じさせない、完璧な一枚だ。このジャケットのデザインを数か月前から頭の中で練っていて、思い描いたとおりのすばらしいジャケットが完成した。気に入った。ずっと大事にしていたかったのに、引っ越しを繰り返しているうちになくしてしまったみたいだ。

工場は僕が十二歳のときに閉鎖され、おじいちゃんとはその後数年間会わなかった。おじいちゃんはカシミールから移民した南アジア系の年配男性を絵に描いたような人で、つまり、家族を養うためなら無駄口を叩かず、懸命に働く人だった。だけど僕は自分のビジネスをはじめてから、おじいちゃんの家に行くたび、仕事の話をした。僕の仕事はおじいちゃんが原点だったと言ってもいいと思う。この仕事の大変さを一族で誰より知っているのはおじいちゃんだから、僕の実績を誇りに思ってくれたはず。僕が服作りの世界に入ったと聞いて、おじいちゃんはかなり動揺していた。僕が工場に遊びに来ては自分の服を作るのが好きだったのは覚えていてくれたけど、まさか服作りの世界に入るとは思わなかったそうだ。

残りの親戚は定職についた――金融とか、地方議会とか、人事とか――僕とはまったく縁のない世界だ。彼らは立派だけど、そういう仕事をしたいとはまったく思わない。九時から五時まで、スケジュールどおりに働くより、何が起こるか予想もつかない、ワクワクするような仕事をしていたいし、本音を言っちゃうと、家賃と請求書の支払いのために働くのではなく、裕福で、リタイアしてからも豊かに暮らせる見通しがつきそうな仕事がしたいんだ。おじいちゃんというお手本がいてくれたことで勇気をもらったので、こんなことも言える。「賛成してくれないのはわかってる、でも、ビッグ・ダッド（おじいちゃんへの愛を込めた、僕たちの呼び方）は工場ひとすじでやってきた。それって十分、誇れることなんだよ」

ワンポイントアドバイス

ジーンズ

　夫のロブは、完璧なジーンズ探しに余念がない。もう何年も探し続けている。僕はジーンズがとても映える体型をしている――いつも穿くサイズは三〇、スキニーがまたよく似合うわけ。ロブと僕とは、体型がずいぶん違う。トレーニングをたっぷりやってるおかげで、ロブは脚とお尻に筋肉がきれいについている。ああ、僕ってなんてすてきな夫に恵まれたんだろう。

　ここ二年ほど、ロブは二週間に一回は新しいジーンズを買っていて、とうとう僕はロブを座らせてから言った（というか、怒鳴った）。「完璧なジーンズなんてないってば！」ジーンズの着こなしを楽しんでもいいけど、この世に完璧なジーンズなんて存在しない。ロブが僕の忠告に耳を傾け、現実を受け入れてくれるといいんだけど。やっぱダメだった。最近、ジーンズを買う頻度は減ったけど、キュッと締まったウエストと、ダイナマイトな太ももをきれいに見せてくれるジーンズを探したいという気持ちに変わりはないみたい。

　これって、誰にでも当てはまる教訓。ストアで買う服はみんなの身体に合うように作っていない。ジーンズは特に選ぶのが難しい。だからみんな必死になって大金をジーンズ代につぎ込むけど、結局、身体をきれいに見せてくれるジーンズじゃないとわかってがっかり、ってことになる。完璧なジーンズを探している人へのアドバイス――そんなものは、ありません。

特にジーンズは、ちゃんと試着することが大事、とアドバイスしたい。今はたいていのものがオンラインで手に入るけど、ジーンズは実際にお店に足を運んで、試着してから買うと失敗しない。お金とバイバイするのは、これは似合うと確認してからが鉄則。それから、サイズ違いをありったけフィッティングルームに持ち込んで試着しよう。のんきにお買い物するなんて時間のムダ。時間があるかぎり、たくさんのジーンズを穿いてみること。候補に挙がったジーンズをどんどん着ていけば、完璧じゃないけど、ベストだと思えるものが見つかるはず。

ジーンズ選びで深刻に悩んでいるのなら、その原因はウエストにあると思う。腰が張ってたり、お尻が豊かだったりすると、そっちに合わせてサイズを選ぶけど、そうしたらウエストがガバガバってことはよくある。

気になるならゼロから仕立て直してもいい。でも、そうすると高くつく。ウエストバンドのサイズを絞ったり、ダーツを入れたりすると、身体によりフィットする。ジーンズのお直しを専門にやっているお店に行って、ウエストの調整をお願いいし、ほかは変えないでとオーダーしてみよう。

ノンウォッシュのジーンズをかっこよく着こなすおしゃれさんになりたかったら、完璧にフィットするものはないと覚悟してほしい。ジーンズという素材は身体になじむまで数か月、いや、数年かかるものだから。ノンウォッシュのデニムを身体になじませようなんて、ムダな努力だからね。

ことデニムに関しては人生と同じ、妥協を恐れてはいけない。

ジーンズの選び方

Do

やってみよう

◆ミッドライズは誰にでも似合うライン、選ぶならミッドライズ。

◆押し出しの強いおしゃれを狙うなら、ハイウエストのジーンズ。

◆スリムやスキニーなら、違和感のないシルエットが出せる。

◆スタイルに自信が持てないなら、あまりウォッシュしていないジーンズを。濃い目の色はほかのアイテムと合わせやすい。

やめた方がいい

◆ローライズのジーンズはどんな体型もきれいに見せてはくれない。選ばないのが吉。

◆ブーツカットは背が低く、身体の横幅が広く見える。捨てちゃえ。あとできっと僕に感謝するはず。

◆ダメージ加工のジーンズはメッセージ性が高い分、穿くべき場とタイミングを選んで。

◆ハーレムパンツや腰パンは、穿きこなす自信がない人にとって重荷になるだけ。

たとえ子どものころのことでも、ひどいことを言われた記憶はいつまでも残る。一度傷ついた心は、癒えることを知らない。

　子ども時代の僕はずっと、人から嫌われないよう必死だった。白人が圧倒的多数の場にいたら、自分の南アジア系らしいところが目立たないよう気をつけた。においには特に気を遣った。「さーて、インド料理でも食べに行こうか」なんて一度も言ったことないのは、インド料理が、僕たちのような子どもたちをからかうネタに使われていたから。アンチのみなさん、叩きたかったらどうぞ。僕たちは家でインド料理を食べてたわけだし。でも当時の僕は、何が何でもインド料理のにおいを身にまとうものかとムキになっていた（あと、「タン、君ってたしかパキスタン系だよね」と思った人たちにも、ひとこと。どうしてインド料理なのかって？　パキスタンとインドは一九四〇年代後半まで同じ国だったから、僕たちが食べるのもインド料理なんだ）。

　食べ物のにおいは意識していたけど、自分の身体が出すにおいについては自覚がなかった。思春期に入りたてのころ、ずっと年上の従姉が僕にそっと近づいて、何気ない口調で穏やかにこう言った。「あなたもいい年になったんだから、もうちょっとこまめにシャワーを浴びなさい。そろそろ制汗剤も使った方がいいね」それからはもう一生懸命。毎日二度シャワーを浴びる習慣は

マウスウォッシュの苦い思い出

MOUTHWASH

まだ続けている。

口臭にも気をつけなきゃと思うようになった。

ある日の授業中、女子数名のおしゃべりがうるさかったので、先生が代表格の女子に席替えを命じた。「あなたはタンの隣に座って」

その子は文句を言った。「犬みたいな口臭の子の隣はイヤ」彼女は意地の悪そうな表情を浮かべて言った。僕は自分の席で授業に集中しているふりをしながら、一瞬だけ視線を上げた。そんな表情を見るには一瞬で十分。

二度と忘れるものか——あの言い方、単語のひとつひとつ、声のトーンにいたるまで。口臭については、ぜったいに指摘されないようにと注意している重要ポイント。

「どういうこと？ 僕の息って、犬みたいなにおいがするの？」自分の息がどんなにおいだなんて考えたことすらなかった。翌日から僕はこっそり、口にミントを含ませるのを毎日の習慣にした。最近では一日最低十回はマウスウォッシュで口をゆすいでいる。どんなときもマウスウォッシュを持ち歩いている。十回分から十五回分の量のマウスウォッシュを小瓶に詰め替え、バッグに入れているんだ。バッグを持ち込めないときはスプレーを口に吹いて、帰宅してマウスウォッシュが使えるまで、何とかする。僕の息がにおうなんて言われる場に、ぜったいに居合わせたくないから。

自分の気持ちがおさまったかどうかはさておき、あの子に言われたおかげで僕の生き方が変わった。

僕はずっと歯医者が怖かった。小さいときは大丈夫だったのに、十七年ほど通わなくなったのには理由がある。歯医者に行けなくなった運命の日、僕は歯を抜くため、歯茎に注射をされることになった。だけど麻酔がちゃんと効かなくて、抜歯の間、あの激しい痛みにずっと耐えた。歯医者はもう、何年もトラウマになっていた。勇気を振り絞って（それも去年）診てもらったら、虫歯が二本見つかっただけで済んだ。しょっちゅうマウスウォッシュを使っていたおかげで、深刻な歯のトラブルから奇跡的に逃れることができた。そう、〝犬みたいな口のにおい〟と言われたのは、僕の人生でそうめったにないぐらいひどい罵倒だったけど、僕の歯を救うきっかけにもなってくれた。

その子は当時、クラスの女王様的存在で、人生のピークは中学時代で終わった。過去の栄光にすがって生きてるんだね、エマ。このあいだフェイスブック経由でエマからメッセージが来て、「タンがこんなに有名になって、私はとても誇りに思ってる」って書いてあった。返事は書かなかった。

読者のみなさん、〝復讐(ふくしゅう)は甘～い蜜の味〟ってこと。

ボリウッド映画に夢中

BOLLYWOOD

子どものころ、ボリウッド映画に魅了された。僕らのコミュニティーはみんな、ボリウッド映画に夢中だった。欧米の人たちによく驚かれるのは、ハリウッド映画は層が厚いけど、ボリウッド映画はボリュームでハリウッドを圧倒しているところ。インドは世界のどこよりもたくさんの映画を制作している。

僕はインド映画を通じて社会というものを知った。僕がボリウッド映画のとりこになった（今もそうだけど）のは、ボリウッド映画は、僕たちパキスタン系コミュニティーが、自分たちとは違う世界を垣間見る、不思議な窓のような役割を持っているから。僕たちはある程度の年齢になると、人を好きになる気持ち――つまり〝恋愛結婚〟したくなるようなショーや映画を観ることが許されなくなる（あのコミュニティーとの絆を断った今、認識ってこんなに変わるものかと実感している。子ども時代、恋愛結婚は白人だけがする、いけないことだと考えていたんだ）。

だけどボリウッド映画では、登場人物は恋をして結婚することが許されている。しかも彼らは肌の色が同じ、話す言葉も同じだから、ボリウッド映画は観てもよかった（たとえ同じ映画のリメイク版でも、欧米の白人が主演の映画を観るのは許してもらえなかったと思う）。僕がお金を払ってボリウッド映画を観たのは、理解の範囲を超えた世界を、ほんの少しでも目にしたかったから——仲間になりたいのに、なれないのがわかっている世界を。

ボリウッド映画といえば音楽。九〇年代、ミュージカル仕立てじゃないボリウッド映画は一作しかなかった。それは爆破シーンに次ぐ爆破シーンが見物の作品だった。作る側はひと味違ったものに挑戦したくても、ほぼ習慣のように映画を観に行くインド人が映画に期待するのは、やっぱり歌や踊りなのだという結論に行き着いた。ボリウッド映画はあふれるような色、度肝を抜くような背景で、観る人を視覚的に圧倒する。予算をケチったりはしない——ロケ地はだいたいエキゾチックな場所（ビーチとか、山とか、宮殿とか）を選び、人間の創造力を総動員して、観る人を不思議な体験へといざなう。映画は、子どもだった僕にとっておとぎ話のような世界で、そこにずっと暮らす自分を空想していた。

僕はとにかく、ボリウッド映画の俳優になりたかった。女性と結ばれてハッピーエンドの主役になるのはムリなのはわかっていた。だから僕は、脇役に回ろうと思った。理由はどうあれ、ボリウッド映画の世界に入ること自体がムリだったのに。

聞く耳を持ってくれる人をつかまえては、ボリウッド俳優になりたいと訴えていた。今、仮にボリウッド俳優になるには、演技のほかに踊りの才能が求められるけれども、僕は踊るのが苦手だった。さらに想定外の障害が立ちはだかる——ヒンディー語が話せないとダメ。僕はそっちもダメだった。セリフの稽古も、覚えるのも、ヒンディー語が読めることが第一の条件だ。それなのに僕は根拠のない自信の持ち主で、こんなにすごい俳優なんだからという理由で、僕には特例が認められ、セリフを音読してくれるサポート役が見つかると信じていた。子どものころから思い込みが激しかったって話は、もうしたっけ？

兄さんからも姉さんからも「そんなことあるわけないじゃん、頭、大丈夫？」ってからかわれた。

それにはこう反論した。「うるさい。何とかして夢をかなえる手段を見つけてやる！」

思い込みの激しいティーンエイジャーだった僕は、シックス・フォーム（義務教育終了から大学入学の間に受講する二年間の選択プログラム）で芸能コースに進むと決めた。うちの校区、シックス・フォームの芸能コースはハイレベルらしいから、ヒンディー語をマスターすれば、二年以内で世界に打って出るスーパースターになれそうだと、僕は勝手に思った。芸能コースはスタートラインに過ぎず、一夜明けたら突然、シャー・ルク・カーン（「インド版トム・ハンクス」といわれるボリウッドのスター）の後釜におさまるなんてムリなことなど、まったく頭になかった。

中学を卒業する数か月前になると、生徒はみんな進路指導を受け、卒業後について話し合うことになっていた。進路指導のカウンセラーは、筋ばかりが目立ち、ちゃんとした食事をした方がいいと真剣に勧めたいタイプの女性だった。お手入れが行き届いていない、ブラウンのロングヘアに、たとえアメリカにいても、「ああ、イギリス人の血統がお顔にしっかりと出ていらっしゃいますね」と言われそうな顔立ち。僕には四十五か五十歳ぐらいに見えたけど、今にして思えば三十歳前後だと思う。

さて、僕はそのカウンセラーに、ボリウッド俳優になりたいと言った。十六歳の僕ったら、もう。おまけに自信たっぷりに、こう言った。「僕はシックス・フォームで演劇を専攻し、卒業後はインドに渡ってボリウッドの次世代スターを目指します」

カウンセラーは言葉を失い、呆（あき）れたような顔で僕を見て言った。「自分が言ってること、わかってる？」僕は「はい」と答えた。すると彼女は、僕の夢を現実にするためにはどんな努力が必要かを説明しようとした。浅はかな夢に浮かれていた僕を面と向かって笑い飛ばすことなく、第二のキャリアを考えなさいと諭してくれた彼女に神のご加護を。そして、芸能コースの内容をかみ砕いて教えてくれた。「芸能コースに願書を出します。入学後は、ヒンディー語を学ぶ授業を取ります。インドに行くのはそれからで、行ってからは適性が……」彼女は僕をがっかりさせないよう気を遣ってくれたけど、カウンセラーとしては失敗だった（きっと彼女はすぐクビになっただろう）、もうおわかりのとおり、僕は恐怖の芸能コースに入学したんだ。

大問題があった。シックス・フォームの芸能コースは、演劇学校とは違う。演劇学校のカリキュラムはすごい——一日中舞台漬けになって演技力を磨き、研さんに研さんを重ねて、研さんでコーティングするぐらいすごい。だけど芸能コースだと、演劇は三つある集中教科のひとつ。週に三日か四日、一時間の授業を受けるだけだった。

正直に言うと、僕は芸能コースの授業そのものに、ぜんぜんついて行けなかったんだ。

芸能コースでは当然、歌ったり、踊ったり、演じたりすることが求められる。

前にも書いたとおり、僕はダンスも演技も下手（へた）、それ以前に歌うことが大の苦手だった。

それでも僕は自分の進路選択は間違っていないと思っていた。物心つかないころに何があったんだろう。きっと誰かが僕を階段から何度も突き落としたせいで頭のネジが外れ、自分が描いた壮大な未来予想図がどれだけバカげているかもわからなかったんだろうな。

ベッドルームではよく、セリーヌ・ディオンの歌を歌っていた。中でもお気に入りがセリーヌ・ディオンとバーブラ・ストライサンドがデュエットしたヒット曲〈愛を伝えて～テル・ヒム〉で、ふたりのパートを歌っていた。名曲。ベッドルームで歌手みたいに立ち、リハーサルした。「テル・ヒム……」(待って、この曲聴いたことある? 僕の話、わかる? もしダメだったら、ここでちょっとひと息入れて、スポティファイで〈テル・ヒム〉を検索して、この曲の壮大な雰囲気を耳で楽しんでから、続きを読んで。そうすれば共感してもらえるはず)。「自分で聴いてても、僕って歌、うまいよね。どうして『アメリカン・アイドル』のサイモン・コーウェルとか、〝ニュー・キング・オブ・ポップ〟ことアッシャーは、僕の才能にまだ気づかないわけ?」なんてことを考えていた。

年に一度のミュージカルのオーディションでは、クラス全員、二十人が一斉に同じ曲を歌う中、先生が歩き回る。不合格なら先生に肩をポンと叩かれ、座らされる。もちろん僕は誰よりも早く「さっさと座りなさい、この調子っぱずれ」とばかりに肩を叩かれた。

演劇のキャストにも選ばれなかった。抗議の意味も込めて、僕はそのミュージカルを観に行かなかった。そのとき主役を務めた彼は、ショービジネスの世界に進めなかったらしい。ざまあみろ。あ、今の冗談、冗談だから、本気じゃないから。

と・に・か・く! 音程がキープできないという自覚があるので、歌う仕事があるたび、僕は今でも心がちょっと折れてる。

　ダンスも下手だけど、集団で踊るときはうまくごまかせる。どういうことかっていうと、鏡の前でダンスの練習中――練習のときってみんな、鏡の前でダンスするよね？――自分はビヨンセが感心するぐらい、ごまかすのがうまいなぁって感じる。ビヨンセならきっとこう言うだろうな。

「タン、あれってあなただったの？　バックダンサーの中にいたなんてぜんぜん気づかなかった」

自分だけなら自己満足で終わる。だけど、人のダンスを見ながら踊ると、手足の動きがほかの人の動きにつられてうまく踊れているような気がする。それなのにみんな、ひどいことを言うんだ。

「人前で踊らない方がいいよ」だから僕は踊るのをやめた。

　授業でダンスらしいことをしなきゃいけないときはいつも、僕の心はヒリヒリし、ひどくイヤな気分になった。不愉快に感じることをやらされると、今も同じ気分になる。『クィア・アイ』の撮影をはじめたとき、僕が感じたいたたまれなさも、このときと同じだった。自分が違う人になったような、不安にも似た気持ちから来るものなんだね。ダンスをしなさいと言われたら、そこそこできたんじゃないかと思う。でもシックス・フォーム時代、僕は自信を喪失していた。

　芸能コースも終わりに近づいた授業でのこと。卒業認定試験として、僕らは六分間のひとり芝居の原稿を書き、クラスメイト全員の前で芝居をすることになっていた。六分間って、ただ座ってトークするだけでも長い。また？　って言われそうだけど、僕は演技が下手だから、語りで表現するひとり芝居は、普通の演技以上にアラが目立つ。テレビに出ている俳優さんのセリフを聞いていて「うわっ、下手」と感じたことがあると思う。「この人、芝居やっちゃダメだわ」そう、僕の芝居がそのレベルだった。今もひとりで話す場面を撮影するたび、「もう、タン、あんたって最低」と、心の中でもだえ苦しんでる。

シックス・フォーム時代に話を戻すよ。僕が演じたひとり芝居は、恋に落ちた主人公が、友人に、そのことを話すという内容だった。ほんとうにありきたりな筋書きだけど、友人を好きになるシチュエーションって、若いころに誰でも経験すること。ひとり芝居では、僕が恋する相手は女子って想定だったんだけど、最後のセリフで、ついうっかりこう言ってしまった。「どうやって、彼に気持ちを伝えたらいいのか」

やっちまった！　僕のバカ！　こんな形でカムアウトするなんて、ずいぶんイケてるじゃない（ここに目を回してる顔の絵文字を入れてね）。

演劇科目の成績はとてもよくて――Ｂプラスをもらった。演劇にかけては劣等生だと思い込んでいて、一貫して芸能の才能がないのが自慢だっただけに、この成績に僕は、いい意味でショックを受けた。Ｂプラスという評価はうれしい驚きだった。僕はかなりのあがり症だし、男の子が好きっていう秘密を暴露してしまったので、翌年は演劇の授業を取らないことにした。

今にして思うと、芸能コースを中退したのは、歌や踊りや演技が下手だからじゃなかった。入学してからずっと、僕はここに居場所がないと感じていたからだ。南アジア系イスラム教徒のコミュニティーにいると、芸能の道に進まないのが普通だったので、僕は芸能コースで浅黒い肌をした生徒第一号と言ってもいいほどの存在だった。少なくともうちの家族は、僕がやりたいことは何でもやらせてあげようという方針だった――僕が学業と両立できるかぎりは、ね。シックス・

フォームに願書を出すとき、専攻を三つ選んで提出する。僕は心理学、社会学、芸能コースと書いて出した。医者になるための勉強をしてくれればいい、大学に入るときには心理学を選ぶはずだから——と、家族は、僕がバカバカしい夢を追っていても大目に見てくれていた。

一方、授業の初日、クラスに浅黒い肌の生徒がひとりもいないのに気づくと、僕は浮いているのを強く感じた。裕福で、選ばれた層の生徒ばかりがそこにいた。僕が育った町では所得別に住む地域が分かれていて——僕が住んでいる労働者階級の地域と、もう少し上の階級が暮らす地域があった——中学では両方の地域から生徒が集まっていた。だけど、芸能コースに進む生徒は、物心ついたころからバレエや音楽を習うような、裕福な家の子たちだった。みんな知り合いだったせいか、僕は孤立していた。彼らから意地悪もされなかったけれども、僕を仲間に入れようという雰囲気もなかった。

十一歳のころ、ごく短期間バイオリンを習ったことがある。当時一世を風靡したヴァネッサ・メイというバイオリニストがいて、彼女の才能に惚れ込んだ僕は、ヴァネッサのようにバイオリンを弾きたいと思った。バイオリンをポップに弾く彼女の才能が、思春期直前の僕の感性に響いたんだ。

バイオリンを習うとき、パパから許可をもらうのがほんとうに大変だった。だいたいバイオリンっていう楽器は高くつくし、わが家で自由になるお金はそう多くなかった。おまけに僕の教育費がさらに増えることになる。それ以前に、僕が人並み外れた怠け者なこと、僕が新しい技術を身につけるために頑張るなんてムリだと、パパはちゃんとわかっていたと思う。僕はぜったいにバイオリンの名手になる、そしたら大学受験で有利な特技として認められるからとパパに誓った。レッスンを二回受けたところで、「しまった、僕は取り返しのつかないことをしてしまった」と悟った。パパに知られたらただじゃ済まない。レッスンはやめたけど、家族にしゃべって怒られるのがイヤで、続けているふりをしていた。

パパはそのすぐあと、僕がバイオリンをやめたことを知らずに亡くなったので、面倒なことにはならずに済んだ。僕の記憶が正しければ、バイオリンをやめるのはパパが死んだからですと、ママに伝えれば大丈夫だよ——って、ひどいことを考えていた。そうすれば、高いバイオリンと一緒に芸能コースもやめられる。僕って最低だ。

でも、芸能コースにもいいところはあった。クラスメイトの大多数が僕とは別の世界の人間でも、この学校に通ってはじめて、校内にゲイの生徒がいることに気づいた。直接打ち明けられたことはなくても、仕草が女性っぽく、ゲイに人気のジュディ・ガーランドの曲が好きな子だった。ゲイだと思った最初の男の子だ。僕がそう思っただけだけど。仕草がとても女性っぽい異性愛者の可能性だってある。ううん、彼はとっても精密な友情のブレスレットを作っていた。あのブレスレットを作る技術は只者じゃない。ぜったいにゲイだったはず。

クラス全員が彼の大ファンだった。クラスメイトは親切で、仲間外れなんかしなくて、彼のジョークにみんなが笑っていた。彼が華やかな格好をすれば、みんな、それを楽しんでいた。僕が学校で「うれしい、ゲイなのは僕だけじゃなかった」と思えた最初の人物だった。広い世の中、ゲイの仲間はきっといると思ってはいたけど、校内には見当たらなかった。みんな僕と同じように振る舞っていた（たとえそう見えなくてもね）。異性愛者のふりをする。僕はずっと孤独なゲイだと思っていたけど、そうじゃなかったことがわかったのはうれしかった。

その子とは進路が違ったので、話す機会はめったになかった。でも、校内でゲイが僕ひとりじゃないとわかってホッとした。

つい最近、通信簿やテストの結果をまとめたファイルを偶然見つけたのを機に、ずっと取っておいた書類の整理をはじめた。中学時代の成績や証明書類、大学に出願するときとか、就職する際に雇用主に提出する証明書とか。十年以上放っておいた書類たち。大学に出願する書類には手紙を添付するものだけど、僕が書いた手紙の最後には、こう書いてあった。「大学では心理学と社会学を学ぶつもりですが、ショービジネスの世界に進みたいという情熱に変わりはありません。いつの日か、テレビ番組の司会者かニュースキャスターになるのが僕の夢です」

十七歳以来、久しぶりにその手紙を目にした。「そんなこと考えてたっけ？　誰が書いたの？」とつぶやいた。書いた覚えがない。そんな進路を考えていた記憶がない。ボリウッドのインド版トム・ハンクスの後釜に座りたかったのは覚えてるけど、司会者って何？　とはいえ、今の自分の着地点を思うと、何だかとても不思議な気分になる。もうひとつ不思議なこと、それは、服飾やファッションデザインについて何にも書いていないこと。僕があれほど憧れていた職業なのに。ファッションを離れてテレビの世界に進んだのも不思議な気分。ボリウッドで活躍する夢は結局実現しなかったけど、僕はいつか、エンターテインメントの世界に行き着くような予感はずっとしていた。

甘くて苦い、携帯電話の思い出

NOKIA 6210

十七歳になると、芸能界は僕の一生の仕事の場ではないとはっきり思うようになった。

僕はファッションが好きなんだ、これからはファッションを極めようと決意した。一年でシックス・フォームを中退し、地元のファッション・カレッジに願書を出した。中退する理由は誰にも言わなかった。勇気を振り絞って家族に告白するまで一年かかった。「話があるんだ、シックス・フォームは中退する。高等教育は受けない。医者になるつもりはない。僕はファッション・カレッジに進む」家族が歓迎するニュースじゃないのは最初から知っていたし、予想どおりの反応が返ってきた。南アジア系のカルチャーでは、出世の切符は医者か弁護士と決まっていた。家族の許可を得ずに進路を変更したのは、こう言われるのがわかっていたから。「どうやってファッションで身を立てるつもり？」

自分にはファッションの適性があった。カレッジに進んで二か月にも満たない間に、ほんとうにたくさんの人と知りあった。個性豊かな仲間ができた。カレッジには、これまで会った人たちよりもちょっと華やかな人が多く、ゲイもたくさん通っていた。ゲイの子たちは僕と友だちになりたくなさそうだったけど、そんなの関係ない。僕は自分の居場所を見つけた。カレッジの専攻も性に合ってたし、進路を変更してよかったと感じた。

だけど、ママに言ったらやめさせようと手を回すだろう。二年制のファッション・カレッジに入学するのは「ガールフレンドを妊娠させました」とママに告白するのと同然。それほどの一大事だった。

思ったとおり、家族の前でこの話題を出したところ、「どうしてお前は芸能とかファッションの分野を選ぼうとするの？　そんなの女の子の進路でしょ！　将来の生計が成り立ちません！」クリエイティブな仕事は軽々しいものと決めつけ、自分の子どもが芸術の分野に進むのをよく思わない親はけっこういる。そんな偏見が通ったのも、もう昔の話。クリエイティブな分野でちゃんとした収入が得られる職種はいくらでもある。女性の進路だなんて考えも、理にかなっていない。

あの当時、芸術系カレッジに進むことは、世間から危ない橋を渡るようなことだと思われていた。家族全員がそろった席で、僕はこう宣言したことがある。「僕がどんな子かわかってるよね。僕には責任感がある。よく考えてから決断を下す。僕が進路を変えるというのは、できるという自信があるからだよね」

これは血を見るぞ、僕は家族のなきがらを裏庭に穴を掘って埋める羽目になるのか。ありがたいことに、そんな修羅場にはならなかった。大歓迎こそされなかったけど、二日も経つと、家族全員が僕を無視するのをやめた。

僕はずっとこんな調子だ。自分には、人を説得する才能があると思う。言いくるめるんじゃない、売り込むのがうまく、自分のやり方がいかに正しいかを自分の言葉で言えるからだ。南アジア系でも厳格な一家だったら大変だっただろうけど、うちの家族は僕の好きなようにやらせてくれた。僕が歯を食いしばって努力している姿を見て、彼らは寛大な心で受け止めてくれた。

そうはいっても、家族にショックを与えないよう、言うタイミングを見計らうだけの知恵は使った。突然、シックス・フォームを中退してファッション・カレッジに進みます、なんて切り出したら、心臓発作でどうにかなる家族が出たかもしれない。若い読者のみなさん、ウソをついた方がみんなのためになることだってある。

十七歳の一年間、僕にはとても多くの出来事があった。思い出に残る年だった。ファッション・カレッジに出願し、希望の進路に足を踏み出したこと。十七歳という年の割には高給取りになれたこと。生まれてはじめて男性のパートナーを得たこと。そして、生まれてはじめてニューヨークに行ったこと。ファッション・カレッジは、はじめてゲイである自分を表に出せた場所でもあった。

親友のキリ・ピアソンにゲイだとカムアウトできたのは、僕にとって重大なターニングポイントだったし、親友ってやっぱり大事な存在だと思う。僕は職場で知りあったデイヴという超ナイスガイと付き合っていた。デイヴとデートしていた数週間、僕は親友にすべてをさらけ出したくてたまらなかった。屋根の上から「僕には彼氏がいる!」と叫びたかった。だけど、面と向かってキリに言うだけの根性はなかった。彼女にカムアウトする機会はたくさんあったのに、言おうとすると気分が悪くなり、出かかった言葉を飲み込んでいた。

この思い出は、ノキア6210を使っていたころのこと。小型の携帯電話で、僕は画面に目をくれることなく、親指一本でメッセージをタイプできた。机の下でタイプして、ミススペルなくメッセージを打てた。人生で取り柄と呼べるものはそうそうないけど、ショートメッセージを打つスキルだけは自慢できる。

ある日、教室で、僕はメッセージを送った。恋人できた！　最近デートしてる

キリから返事が来た。すごい。彼女の名前は？

デイヴ

キリからすぐ返事が来た。おめでとう。彼のこと教えて

僕はたちまちホッとした。キリは僕をゲイだからって変な目で見ていない。僕はキリの方を向いてハグすると、お決まりの、初デートが終わってから友だちとよくやる、たわいのないおしゃべりをはじめた。

僕はその夜、天にも昇るような気持ちで家に帰った。やっと他人にゲイだと告白できた。僕はゲイだと友だちにカムアウトして、そのせいで嫌われることもなく、非難されることもなく、ゲイでもタンはタンなんだよと受け入れてもらえた。

友だちにカムアウトしても、みんなが喜んでくれる。偏見のない、愛情にあふれた世界で、僕たちの友情はいつまでも続くんだ。だけど好意的には受け取らなかった友人もいた。

僕には十年来の親友がほかにもふたりいた。ふたりとも大好きだったし、向こうも、僕をどんな人間でも受け入れてくれてると信じていた。デイヴとデートするようになって、僕が彼女たちと一緒に遊べない理由をきちんと説明しなかったので、ふたりはある日、一緒に遊んで、じゃあ

ねと別れた僕のあとをつけた。この話は後日聞いたんだけど、彼女たちは道の反対側から僕のことをずっと見ていて、それから僕がどこに行き、誰と会ったかまで見届けたらしい。僕とデイヴがハグし、キスするのを見たふたりは、すべてを察した。万事休すだ。

彼女たちも南アジア系で、わが家と同じ倫理観を持った家庭で育った。生まれてからゲイを見たことがなく、この事実をどう扱えばいいかわからなかったんだ。ふたりは僕と話さなくなり、共通の友人から、あの子たち、君をすごく気味悪がってるよ、と聞かされてから数日も経たずに、僕がゲイだという噂が広まりだした。ふたりが僕のあとをつけたその日に、僕が男の子とデートしていると言いふらした。噂はどんどん広まっていった。

あのふたりとは七歳のころから親しかった――十七歳まで十年間。それって人生の半分以上は一緒にいたということ。南アジア系の狭いコミュニティーで、男の子と付き合ってるという噂を流せば、僕の評判がどうなるかは知っていたはずだ。僕は悲しみに打ちひしがれた。家に帰って泣いた。数日引きこもったけど、勇気を振り絞って家から出て、無条件に僕を愛してくれる友人たちに救いを求めた。

彼女たちは、僕が引きこもっていた間に数回携帯に電話をくれたけど、僕は出ないと決めていた。傷つくようなことを言われると思っていたから。僕らはゲイの話をしたことがなかったので、ふたりがゲイに対してどんな印象を持っているのかわからなかった。でも噂が広まったところで、偏見があるのをはっきりと理解した。

彼女たちとはこの日を最後に絶交し、一度も会っていない。町であの子たちを見かけても、駆け寄って話す気にはなれなかった。二年前、ふたりのうち、どちらかだったかがフェイスブック経由で連絡を取ろうとしてきた。〈友達リクエスト〉は届いてすぐ削除した。

あれから社会の認識は変わり、彼女たちもゲイコミュニティーと接する機会が増えたと思う。ものの見方も、十七歳、十八歳のころと、その後とでは変わることだってある。でも、十七歳だった僕は、ふたりの仕打ちに傷ついた。あのころと時代が違うからという言い訳を、僕は今、聞きたいとは思わない。彼女たちがゲイへの理解を持つことで、その後にできた友人や家族が救われたって、僕は今、彼女たちに救ってもらいたいとは思わない。

ゲイだという噂が広まり、表舞台に引きずり出された僕は、町を離れるしかなかった。幸い、ファッション・カレッジの卒業間近だったし、僕の家族は長年温めていたマンチェスターへの移住計画を実行に移すところだった。おかげで、僕がゲイだという噂がわが家に到着する前に、この小さな町から脱出できた。

ゲイだとカムアウトする会話は、いまだに慣れていない。赤ちゃんみたいに、小さな歩みを一歩一歩進めているところ。

スウェットパンツ

SWEATPANTS

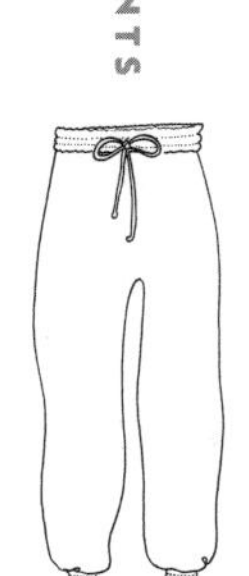

ファッション・カレッジに通うようになった僕は、夜はコールセンターでアルバイトをしていた。月曜日から金曜日まで、授業が終わったらすぐ出勤。学生はもっとアルバイトをすればいいのに。働くことで組織の構造がわかる上に責任感が身につき、稼いだお金は新しい靴を買う足しになる。

コールセンターで働くようになって二か月が過ぎたある日、友だちが車で僕を職場まで送ってくれた。車がビルに近づいたそのとき、あの男性（ひと）が友人と一緒に中央出入り口から出てくるのを見かけた。「ちょっと待って、誰あの人？　きれい」と思ったのを今でも覚えている。もともと白い肌が浅黒く日焼けし、髪はブロンド。服装は（ゼロ年代初期、ファッション界をリードする流行のスタイルはなかった）、身体に合ったTシャツとジーンズをきれいに着こなしていた。彼は日勤で、夜勤の僕が出勤する時間に退社するところだった。彼の姿はすぐ消えたけど、僕の胸に刻みつけられた。見たことがないくらい、きれいな男性だったから。

その物腰から、ゲイなのはわかった。僕の視線も意識している。彼から目を合わせてきて、お互い笑顔になったそのとき、僕は思った。「ああ、彼はゲイで、僕にロックオンしてる」それって僕の勝手な思い込み？　そこで、彼の気持ちを確かめることにした。

コールセンターは大規模な職場で、三、四百人ほどが働いていた。僕たちが働いていた階は、パーティションで区切った小さなスペースが何列も並んでいて、その上の階には、下にいるスタッフを見下ろせるバルコニーがあった。パーティションは胸の高さまであったので、中で座ると、もう一度立つまで姿は見えない。

彼のことが頭から離れず、話すチャンスを見つけるタイミングは見計らっていたけど、実際に話しかける勇気はなかった。正式にカムアウトする前で、ゲイだと知られることがとても怖かったころの話。でも、彼とまた会えるきっかけはないかと探していた。数日後、僕は早めに出勤した。仕事をはじめる前にカフェテリアで時間をつぶしながら、ついでに、食事を済ませるつもりだった。通路を行ったり来たりして、別の人を探しているようなふりをしながら、キョロキョロしていた。その辺は抜かりなく、露骨に彼を探しているような素振りは見せなかった。

そのとき、彼が席から立った。僕は彼を見つけた。

向こうは電話応対用の小さなヘッドセットをつけていた。僕たちはにっこり笑った。

月が変わると、僕は週に数日、日勤のシフトを入れた。デイヴが立ち上がってほほえみかけてくれるまで、僕はぜんぜん関係ないって顔をして歩き回った（ちなみに、彼の本名はデイヴじゃない。だけど、彼はごく普通の白人男性で、デイヴって白人男性っぽく聞こえる名前なので、ここでは仮名として使っている）。

共通の知り合いからデイヴの噂を聞いた。職場の人間関係が悪いので、彼は別の営業チームに移るらしい。異動そのものはどうでもいいけど、デイヴと会話をするネタとしてはこれしかないと考えた。そこで僕は、こんな感じのメモを彼に書いた。「あなたの噂を聞きました。そのことで話をしたい。僕と会ってくれるのなら、携帯の番号を書いておきます」僕はカチコチに緊張しながら、デイヴのパーティションまで歩いていった。通路を歩くと数名が（うちのシマに何か用か？）みたいな表情で、こっちを見ている。彼のデスクまで来ると、メモを置いてすぐ逃げた。とても緊張した。臓器という臓器が身体の外に飛び出すかと思うぐらいに。

今日のシフトは長いはずなのに、数時間待ってもデイヴはメッセージを送ってこなかった。僕はあせった。彼はゲイじゃなくて、僕からナンパされたと思ったらどうしよう？　仕事仲間に言いふらし、僕がゲイだと職場に知れ渡ったら？

そうこうするうちにメッセージが届いた。**ハイ、デイヴだ。君は何を知ってるの？**

返事を送った。**ふたりきりで会って話したい**

デイヴは即、返事を寄こした。**僕ん家（ち）に来てくれる？**

当然行く、行くったら行く！　僕は心の中で叫んだ。

こうして僕は彼のアパートメントに行った。カッチカチに緊張していた。僕はまだ十七歳。デイヴは二十二歳の大人。この年代で年上・年下って大問題。彼は大きな四階建ての家を友人とシェアしていて、住人にはゲイの男性カップルもいた。ゲイの男性が何人もいる場に加わるのは、僕にとってはじめての経験だった。

デイヴが僕をすぐ自分の部屋に連れて行ったのは、個人のスペースがそこしかなかったから。部屋はとてもきれいに整理整頓されていた。意外とは思わなかった。普段から身なりが整っていたから、家もきっときちんとしているだろうと。

別に大したことじゃないけど、彼が異動するって噂を聞いたと言った。僕たちは、自分はゲイだと告白した。話をするうちに、見た目は温和そうでも、発言は予想以上にストレートで、性格がきつそうだと感じた。鍛えているわけじゃないけど、スタイルのよさに恵まれ、脚がことにきれい。青い瞳が信じられないほど美しかった。この瞳をずっと見ていたかった。

ファーストキスの相手がデイヴだった。とてもよかった。ぜんぜん押しつけがましくなくって——唇に、ていねいに時間をかけてキスしてくれた。パーフェクトと言ってもいいぐらい、子どもを卒業するのにふさわしいキスだった。帰るころには午前二時を回っていた。翌朝に授業があるから帰らなきゃいけなかったけど、好きです、よかったら、いつか外でデートしましょうと彼に言った。

次の夜に会う約束をした。それから数週間、毎晩のように逢い続けたけど、いつも彼の部屋でだった。こんな小さな町のこと、うっかり知り合いと会ったら大変なので、僕たちはいつもデイヴの家で、彼の友人たちと過ごした。それから先は、デイヴやその友人たちと別の街まで遠征し、バーやクラブへ夜遊びに出た。見るものも聞くのも新しいことばかりだけど、僕の好きな遊び方じゃなかった。だけど、デイヴと付き合うにはしかたないと我慢した。夜遊びは彼やその友人たちが主導権を握り、僕はただ、よきパートナーとしておとなしくついて行くだけだった。誤解しないで——僕だって、イヤならイヤと言った。音楽のセンスがよかったら(たとえば九〇年代ヒップホップとか)、あのダサいダンスフロアで踊りまくったけど、いつもクラブミュージックしかかからない店に行くもんだから、僕はテーブルに置いてきぼりにされ、夜が早く明ければいいのにと思っていた。だいたい、こんなのって僕らしくない。

二か月ぐらい経って、思ったことを正直に話し合った結果、僕たちだけで会おうという結論が出た。一年ぐらい付き合ってから、先に引っ越しを済ませた家族を追うようにして、僕たちはマンチェスターに部屋を借りた。家族の誰も、僕たちの関係に気づかなかった。ルームメイトと同居しているもんだと信じこんでいた。

同居はしていても、僕たちはしょっちゅうくっついては離れての関係を繰り返した。価値観の違いが多く、言い争いばかりしていた——僕はデイヴが酔っ払うのが気に食わなかったので、ゲイコミュニティーの人たちに割って入ることはしなかった。デイヴは酔っ払うと絡むタチで、それでも僕は、お世話が面倒とか、こんなことはもうしないでとか、文句を言うことで、翌日気まずい思いをしたくなかった。イギリスでゲイコミュニティーの仲間入りをすると、週末は誰もが午前三時まで夜遊びし、日曜もたまに深夜まで遊び、また次の週末もと、夜遊びするのが当たり前だった。デイヴが酔っ払う、ケンカする、別れる、よりを戻す、それればかり。

正直、デイヴが僕の生涯を通じたパートナーではないと思ってはいたけど、はじめて付き合うには最高のボーイフレンドで、たくさんのことを教えてくれた。生まれてはじめてナイトクラブに連れて行ってくれたのも、お酒の味を教えてくれたのもデイヴ。彼とこんな風に付き合っても、僕の生き方とは合わないと思うようになった。デイヴたちとバーで落ち合い、軽く飲んでおしゃべりする。バーの閉店時間が近づく、僕たちはクラブに場所を移す。それから明け方近くまで飲んだり踊ったり。別に、バーやクラブが好きな人たちを悪く言うつもりはないし、友だちはみんなしょっちゅう通っている。ただ、僕にとって居心地がいい場所じゃないだけ。

こんな関係が二年ほど続くと、デイヴは僕ともう、次に別れたらやり直せないなと、うすうす察していた。そのころ僕たちは言い争うことが多くなり、くだらないことで言い争いをするようになった。僕が怒鳴ればデイヴが怒鳴り返す。お互いが傷つけ合う関係になっていた。

ケンカの回数は増え、同じベッドで身体が極力離れるようにして眠った。僕の人生で何度かあった、最悪の時期だと言ってもいい——一緒に暮らしてる相手も、自分も、互いに触れたくないと思うなんて——胸が張り裂けそうだ。こんなことが毎日続けば、別れるのは時間の問題なのは当然だった。それなのに、別れられないだろうとも感じていた。最初に付き合った相手、一緒になんかいたくないのに、僕のことを好きになってくれる人が二度と現れないんじゃないかと思うと怖くて、自分さえ我慢すればいいと思っていた。

ところがありがたいことに、パートナーにこんな引け目を感じたのは、これが最初で最後だった——デイヴと別れても、僕を愛してくれる人はちゃんといた。こんなひどい体験が一度で済んでホッとしている。トラウマになりそうな初恋だった。

デイヴと付き合って四年、僕は成長した。自分を大切にすることをないがしろにしたから、僕はちっとも幸せじゃなかった。デイヴに気に入ってもらうためにおしゃれをする気も失せていた。デイヴにもう一度ときめいてもらえたらと努力してきたのに、日を追うにつれてどうでもよくなっていた。

ついにその日が訪れた。僕は前の晩に出て行って、戻ってみると、デイヴの荷物が全部梱包(こんぽう)されていた。言い争いばかりしていたのは、今さら言うまでもない。ふたりの関係があまりに不公平で、僕はすっかり変わってしまった。でも、彼の荷物がすべて片付いているのを目にした僕は、「どうしてこうなったの?」と思ったのを覚えている。

「僕らはうまくいかなかったじゃないか」デイヴは僕に言った。彼はソファに座っていた。取り乱した様子はなかった。ぜんぜん怒っていなかった。悪態もつかなかった。ただ、率直にこう言った。「君は昔の君とは違う。身なりに気を遣わなくなった」これほど耳の痛い言葉はなかった。僕が着るものに無頓着になったから、外出をしたくなくなったのだと彼は言った。

「君は誰よりもおしゃれだったのに」彼は言った。「僕が目にするのはタンのひどい姿ばかりだった。おしゃれをしないタンをね」

僕はみっともないスウェットパンツ姿で、ソファに座って聞いていた。耳が痛いどころの騒ぎじゃなかった。反論の余地はない。もう終わりだとデイヴは言った。出て行くという言葉は、僕らの関係を終わりにしたいということを意味していた。

ショックを受けたけど、僕はドアのところでデイヴを見送り、お互い「さようなら」と言った。部屋に戻った僕は壁にもたれ、崩れ落ちるように床に倒れると、何時間もそのまま泣き続けた。こんなシーンはテレビで観るものだと思っていたのに。僕たちはもう、元どおりにはならない。僕はボロボロになった。こんなに心が折れたことはなく、折れた心と立ち向かうすべも知らなかった。デイヴと別れたこと自体が信じられなかった。僕の人生はもう、前向きに進むことなんかった。

ないように思えた。

最初、僕がひどい姿ばかり見せてるなんてウソだ！　と思った。だけど、時が経つにつれ、デイヴの言うとおりだと思うようになった。彼の苦言を、当時の僕は認めることができなかった。僕は、デイヴのためにおしゃれをしようと思わなくなっていた。デイヴが見ていたのは、家にいて、ブカブカのスウェットパンツと着古したTシャツで、髪がボサボサでおしゃれに気が回らない、ダッサダサのタン。デイヴの言葉は、僕に活を入れた。

　こんなヘマは二度としない。

　僕たちはついつい、そばにいるのが当たり前の人に対して気を遣わなくなりがちになる。人生で大事な存在であるパートナーにだって、ちゃんとした姿を見せるべきなんだ。自分のだらけた姿を見せる相手にしてはいけない。たしかに、パートナーのため、わざわざよそ行きの顔を見せる義務はなく、自分がくつろいでいられることは大事だけど、相手に魅力を感じさせるような努力を怠ることとは話が違う。

『クィア・アイ』で、僕たちが応援している人たちは、身なりに気を遣わなくなったとぼやき、結婚生活にヒビが入った話をする。だけどイメージチェンジをはじめると、人生は変わるし、自分自身を見る目も変わる。本来の自分とぜんぜん違う自分になりたい？　違うよね。大事な人が気分よくいられる自分になりたい？　もちろんそうだよね。だから、相手のために努力する必要はあると思う。人間関係には敬意が欠かせない――自分への敬意、相手への敬意。

　僕って家で、スウェットパンツ姿でだらけてるかな？　うん、たまにやってる。だけどちゃんと、自分の体型を引き立たせ、すっきり見せるものを選んで着ている。それにシャワーを浴びて、清潔を心がけている。きちんとさえしていれば、スウェットパンツを穿いていても恥じることはない。問題は身なりに気を遣わなくなることの方が大きい。自分もパートナーのどちらも、わきまえるべき礼儀ってものがある。

僕には、いつか自分の子どもを育てたいという夢がある。そうしたら僕はスウェットパンツを穿きっぱなしで、子どもなんてほしいと思わなきゃよかったという内容の本を書く。というのも、魔の二歳児を育てるのは悪夢のように苦しくて、寄宿学校に送り込む日が待ち遠しくなるだろうから。「タン、どうしてスウェットパンツ穿いてるの?」と聞かれたら、僕は落ち着きはらってこう答える。「ふん、だったら子どもを四人育ててみなよ」

だけどしばらくは努力を続けるつもり。

デイヴはとてもいい人だったし、いろんなことを教えてくれたので、最初に付き合ったのが彼でよかった。生涯を共にするパートナーじゃなかったけど、デイヴは今も、僕の大切な友人。数か月に一度の割合で、ソーシャルメディアでメッセージをやり取りしてるし、二年に一度、イギリスに帰省したら会うようにしている。穿き古しのショボいスウェットパンツ姿をパートナーに見せずに済んでいるのは、デイヴのおかげと感謝もしている。

ブローグ

BROGUES

パートタイムでコールセンターに勤めていた十七歳の僕は、携帯電話やインターネット回線を電話で営業する仕事をしていた。夢とはだいぶかけはなれた仕事だったけど、支払いがよかったし、僕としてはやりがいを感じていた。電話をかけてきた人に売り込みをかけるだけ。僕はまだ子どもだったし、自分に向いている仕事だという手ごたえは感じなかったけど、僕は人を説き伏せるのが得意で、月末になると、契約件数に見合った給与がそこそこもらえた。当時の僕は無計画にお金を遣う方だったので、実家で家族と同居していても貯金はできなかった。もっと正確に言うと、稼いだお金はすべて、服と靴に消えていった。

僕の人生を変えた、このブローグ（アメリカ人はウィングチップ・シューズと呼ぶ）を手に入れたのも、この年のことだった。店頭でこの靴が目に留まったとき、当時はずっとそうだったけど、僕にはお金がなかった。お給料をもらった最初の一週間で、僕は有り金はたいて、そんなに必要のないものを買ってしまったんだ。次のお給料日、僕は走ってブローグを買いに行ったけど、もう誰かの手に渡っていた。悔しかった。いい服や靴を手に入れるチャンスを逃すと、僕はひどく落ち込んでしまう。

それから数か月後、アウトレット・ストアで一足だけ、例のブローグを見つけた。運にも恵まれていて、サイズ感もぴったりだった。何にもましてうれしかったのは、売値百五十ポンド（定価は三百ポンド近くしたもの）が、たったの二十ポンドまで値下がりしていたんだ。「包んで、すぐに！」

キャメルというか、グレイがかったブラウンというか、僕の肌のトーンに映える、絶妙な色だった。僕の足は小さくて細身なので、靴の幅が少し狭めなのも気に入った。そして、背を高く見せてくれる、三センチ弱のヒール。そもそも特別なときに履いていく靴なのに、場を選ばないデザインだ。僕はどんなときもこの靴を履いていた。

このころの僕は、ちょうど〝やんちゃ盛り〟を迎えていた。悪いことだとわかっていて、わざと手を出す。僕たち南アジア系の若者たちは、早いうちから親にウソをつくことを覚える。厳格なイスラム系コミュニティーでは必須の知恵だ。十七歳になるまで、僕は夜遊びをほとんどしなかった。放課後に外で会おうという誘いが一度もなかった。週末も出かけなかった。友だちと遊ぶことすらなかった（デイヴと知り合う前の話）。だから家をこっそり抜け出すようになっても、家族には気づかれなかった。「タンが勉強してるって言っているなら、きっと勉強しているんだよ！」

中学時代、毎週水曜日に体育の授業があったのに、僕はモールで遊んでいた。体育が嫌いだったから。僕には関節を自由自在に外したり入れたりできるという、ちょっとした特技がある。体育の先生の前でそれをやって見せたら、みんな僕が脱臼したと思い込んだので、それからは体育の時間は早退して、買い物をしにモールに通ってたというわけ。授業をサボることを、イギリスでは〈トワッギング〉といい、トワッギングしてるのが見つかると大変なことになる。だから隣町のシェフィールドにあるメドーホールまで遠征した。理由その一、H&Mがある。理由その二、捕まりっこない。

この時期、僕は不意にニューヨークに行こうと思いついた。ニューヨークは憧れの街だったし、何の根拠もなかったけど、十七歳ならニューヨークに行けると楽観視していた。びっくりしたのは、僕の友人たちはあんなにニューヨークに行きたがっていたくせに、自分で予約をひとつもしないまま、僕の計画に乗ってきたことだ。

町の反対側に住んでる友だちの家に泊まる、五日間家を留守にすると、ママに伝えた。とても"責任感が強い"タンが言うのだからと、ママはすっかり信用してるし、うちの息子がほんとうにお世話になっていますか？　って、仲間の親に尋ねるはずがない。

それよりも、僕は友人三人分も含めてニューヨーク行きの航空券を予約した。フライトとホテルは、地元で探した旅行代理店で予約した。えっと、僕らはこのときロンドンにすら行ってない。そのくせ、バケーションを過ごすんならやっぱ海外だよね、ということで意見が一致していた。怖いもの知らずにもほどがある。

毎週水曜の午後は体育の授業をサボってモールで遊んでたので、鉄道で空港に行く経路はもうわかっていた。自宅から五分で駅に着き、そこから空港までは簡単。僕も友人たちも、南アジアへの渡航歴はかなりあったので、空港がどんなところかはよく知っている。だから大人抜きで旅行するのが今回はじめてでも、そんなに面倒な手を使わずに済んだ。アメリカに着いたらタクシーに乗り、気がついたら、僕たちはニューヨークのど真ん中にいた。

ニューヨーク行き作戦を綿密に練ったおかげで、ママもきょうだいたちも、僕を信じてくれた。全員が「だってタンだもの。あの子は信用できる」って感じだった。この町を離れたなんて一ミクロンも思っていない――ほんとは大西洋の向こう側にいたんだけどね。

アメリカのナイトクラブには二十一歳になるまで入れないのは知ってたけど、僕があのブローグを履いてたおかげで、年齢を偽って、ナスリン、ヤスミン、ビーナと一緒にナイトクラブにもぐり込んだ。みんな南アジア系。みんな同い年。みんな、とてもキュート。クラブに入店し、待望のダンスし放題が実現するなら、年をごまかすぐらい全員平気だった（南アジア系の少年はけっこう早い時期からひげが生えるので、よく年齢不詳だといわれる。僕は十七歳ですっかり立派なひげが生えていた）。

ジェイ・Zが経営している〈クラブ40／40〉にも行った。やっぱりひと味違っていた。大人になった気分だった。大都会の本格的なクラブは生まれてはじめてで、もう最高だった。音楽は、当時の僕が一番好きだったヒップホップテイストのR&B。僕は流行の最先端をひた走る勝ち組気取りで、夜が明けるまで踊りまくった。

五日間、クラブに通わない間は買い物に明け暮れた。僕はティンバーランドのブーツとパーカーを手に入れ、ミッシー・エリオットっぽいコーディネートを考えていた。しかもティンバーランドのアイテムは、アメリカではイギリスの半額で買えたんだ。ブーツを七、八足買ったかな。色違いで全色。ぜったい汚さないよう、全部箱に入れてもらった。ボンダッチのキャップとティンバーランドのブーツを左右に置いて、僕は眠った。

このころは、僕にとってファッションの暗黒時代だった（そのときの写真は残っていない、よかった）。一緒に旅行をした全員が写真にまったく興味がなく、僕だって旅行のためにカメラを買う気はなかった。その代わり、このニューヨーク旅行で手に入れたパーカーを今も着ている。十七歳のころのだよ！　こんな旅もけっこういいもんだと思う。

十ドル分、つまり一時間電話ができるテレフォンカードを買い、一日に一度はママに電話した。ママがテレフォンカードでパキスタンに電話するのを見てたので、国際電話のかけ方は知っていた。僕にとって初のニューヨーク旅行は滞りなく終わり、ニューヨークには年に二度ほど通うようになった。

僕は何のトラブルもなくニューヨークから帰ってくることができた。でも、僕のブログはそうじゃなかったことを、悲しいけど、ここに記しておく。スーツケースを開けると、ブローグがない。ちゃんとパッキングしたつもりなのに。僕はホテルに電話し、ウソをつくなと苦情を言った。「探しましたがどこにもありませんでした」って、どういうこと？　盗んだくせに！　あのすてきな靴を見れば魔が差したっておかしくないから。「お願いです、僕に送り返してください！」だけどホテル側は、靴はなかった、誓ってもいいと言い切った。靴はもうそれっきり、戻ってこなかった。

このブローグのことは、いまだに後悔している。誰が自分のものにしたんだろう。いい拾いものをしたよね。あんなことがなければ、ぜったい今も大事に履き続けていたのに。それぐらい、文句のつけどころがない靴だった。

ブローグの件以外で大した事件はなかったし、旅行のことはママには話さなかった。実はまだ話していないけど——あ、今、ここで書いてるじゃない（ごめんね、ママ）。一緒に行った仲間たちも、あの内緒の旅のことは両親に話していない。うちの両親は口を酸っぱくして言っていた。休暇とか旅行とか、自分のことしか考えていないことにお金を遣うもんじゃありません、って。休暇とは帰省、つまりパキスタンに行くことだった。そういう家風のわが家では、両親にウソをつく方がずっと楽だったし、大義名分もあった。ウソをついてよかったと思ってるかって？　まさか。イギリス人と南アジア系というふたつのルーツを持つ僕たち一家が平和に暮らせるなら、たまにはいいよねって思ってるかって？　そう、それ。

今の時代、もし自分に子どもがいて、僕と同じことしたら、命を落とす可能性はゼロじゃない。十七歳のわが子をアメリカからロンドンに旅行させるなんて、とてもできない。今なら言える、僕ってほんとにバカ、居場所も伝えずに旅に出るなんて。何が起こってもおかしくないし、異国でひとりぼっちになるかもしれなかったのに。でも、あのときの僕は精神年齢が三十五歳だとうぬぼれていた。若さゆえの暴走って、誰にでもあることじゃないかな。

この旅で得たこと。これしかないってものに出会ったら、必ず、すぐに買うこと。ときめいたものへの愛着は、きっと何年も続くはず。

ブローグをなくしたことで、僕は買い物に対する姿勢を改めた。フィット感が最高のジーンズを見つけたら、色違いも買う。黒いブーツがとても気に入った僕は、はやりすたりのないデザインだったので、同じものをもう二足手に入れた。流行をあまり追ったデザインじゃなく、ベーシックアイテムとして使い勝手がいい。よくできた品を見つけたら、必ず複数そろえておくこと。

僕は、あのブローグをまだ探している。もう十七年経ったけど、あの靴に勝るとも劣らない靴をググって探している。でも、あの靴ほど凝った作りのものにはまだ出会えていない。

あの靴、私がずっと隠し持っていたのよ――ある日ママが僕にそう耳打ちしてくれたら、最高なのに。ママの告白を、僕はずっと待っている。「ほら、あなたが探していた靴。バカね。タンがニューヨークに行ったことぐらい、最初から知ってたわよ」

髪の毛について
HAIR

僕のトレードマークがヘアスタイルだなんて聞くと、くすぐったい気分。僕の髪なんて、それほどすてきじゃない。最近は夫の方がきれいな髪だって注目されている。この十年、どこに行っても、決まって夫の髪が話題に上る。くすんだブロンドに、白いものがうっすら交じってて、ロブの髪質は僕よりきれい。僕みたいにブローで髪を立たせているけど、彼の髪はもっと高く立たせていて、ブローしてもまっすぐにならないぐらいゆるくカールしている。生まれつき髪がくるくるしている僕は、カーリーヘアと向き合うたび、自分が典型的な南アジア系であることを意識する。この本を読んでいるあなたも南アジア系なら、この気持ちをわかってもらえるはず。こんな風に謙遜すると「タンはやっぱりイギリス人だね」って言われるけど。ロブはハリウッド黄金期のスターみたいなヘアスタイルにしている。このスタイリングを教えたのは僕なんだけどさ、少しは認めてくれたっていいよね。僕だって謙遜ばかりしているわけじゃない。

話は変わって、僕のヘアスタイルには僕の人生が反映されている。

七歳ぐらいの僕は、自分の髪型がイヤでたまらなかった。そのころ、髪は二、三か月に一度カットしていて、お願いだからはやりの髪型に切ってとねだっていた。費用対効果を一番重視する典型的な南アジア系だったうちの両親は毎回、「できるだけ短く」と美容師にオーダーした。

いきつけの美容院は、石を投げたら当たりそうなほどのご近所——わが家の二軒隣にあった。いかにもご近所の美容院といった条件をすべて満たしていた。小規模、お手ごろ価格、全員が黒い服。担当の若い女性美容師は最初から僕のお気に入りで、十歳で引っ越すまでずっと髪を切ってもらっていた。〝後ろと両サイドは短く、トップは三センチ弱〟と、今で言うならクルーカットに近い髪型。僕の顔はクルーカットにするにはちょっと横幅が広かったけど、見栄えのよさなど、うちの両親はまったく求めていなかった。

今なら理解できる——親は子どものカットで、月に二度も三度も美容院に通いたくはない——だけど髪が伸びてくるたび、僕は早く切りそろえてほしくてウズウズしていた。ちょっとでも切ってもらえば、間抜け面に見えずに済むから。

九〇年代の子どもたち、主に白人の子どもたちの間では、長めの前髪を真ん中分けする〝カーテン〟というヘアスタイルがはやっていた。襟足は剃るか、短くカットする。若いころのレオナルド・ディカプリオやデイヴィッド・ベッカムの髪型みたいな雰囲気。

自分で好きな髪型を選べないのは、肌の色以外で白人の子たちとの差を見せつけられた初の体験だった。白人の子は外見が自慢できるのに、南アジア系の子はできない。僕たちのコミュニティーでは、外見の美しさを主張できなかった。すべて実用本位。飾り立てる必要なんかない。

十三歳か十四歳だったか、僕は意を決して、もう少しこまめに髪の毛を切りたいと言った。だって、考えてもみて。思春期を迎えた僕の顔立ちは自分ではどうしようもないほど変わり、こんなクルーカットはぜんぜん似合わなくなっていた。成長が終わった今は顔のバランスが取れたけど、成長期は目も、鼻も、口もバランスが取れないほど大きかった。目鼻立ちのバランスは、今もまだ気になっている。

兄さんたちはすでに自分の好きなタイミングで髪を切っていたので、僕だって兄さんたちみたいにしてもいいよねとママに訴えた。結局ママは折れた。

〝ちゃんとした〟ヘアカット初体験では、両サイドを刈り上げ同然まで短くし、トップは三センチ弱に切りそろえた。トップは全体的に前に流し、ジェルを少し使って毛束感を出して、額の上で浮かせるような感じに仕上げた。細くて柔らかく、まっすぐな毛質の白人がこのヘアスタイルにしたら、額に触れずに前髪が流せる。だけど僕の髪を白人の子たちみたいにスタイリングするには、スプレーで立たせてから指を毛の根元に入れて形を整えるしかないとわかった。うちのママはとてもよくできた人だから、指で髪を持ち上げている僕のそばに立って、ドライヤーでブローをしてくれた。僕が毎朝人前に出られるヘアスタイルが作れたのも、この鉄壁のチームワークのおかげだ。僕の顔立ちには似合わなかったけど、そのころは気に入っていた。

しばらく経って、もっと長めでボリュームのあるヘアスタイルが似合うんじゃないかと思うようになった。そして、あとでぜったい後悔しそうなヘアスタイルを思い付いた。〝ユタ式〟と名付け、試してみたら、意外にもけっこう似合ったので、プライベートでユタにいるときは今もこのスタイルで通している。

ユタ式カットとはこんな感じ。後ろはひよこのお尻みたいにふわふわな毛束感で毛を立たせる。

前は顔の輪郭に沿って毛先が下がるようにセットする。全体の印象は泳ぎに行った帰りに落雷に遭ったら、なぜか後頭部だけ感電したって感じ。すごくセクシー。顔立ちをすごくきれいに見せる。二度と感電したくない感がすごく出ている。

もう何年も、このバカバカしいヘアスタイルで遊んでたけど、「これってアメリカのレズビアンが好きな髪型じゃないの？」って尋ねた勇者が現れた。僕がカムアウトする前のことだったけど——レズビアンだとカムアウトはしなかったけど——マイナーチェンジを図ることにした。〝マイナーチェンジ〟とは、感電したみたいな後頭部のアレンジをやめて、学校の水泳の時間が終わってすぐアルバイト先の職場に駆けつけたみたいなスタイルにしたわけ。うっすらツヤのある髪が顔の輪郭をきれいに見せてくれるヘアスタイルを、僕は七、八年続けた。

ユタ式カットに挑戦中、ジェルをポマードに変え、もみあげを長く伸ばした。もみあげもポマードでストレートに整えた。このアレンジはファッションショーのランウェイで見かけたもの（デザイナーが誰だったか思い出せない）。ものすごくクールで個性的だった。こんなヘアスタイル見たことない……いい意味で。このヘアスタイル——ストレートに整えた長いもみあげ——を楽しんでいたころ、僕は、夫のロブと出会った。

僕のヘアスタイルはいつも注目の的で、自分も気に入っていたんだけど、ときどき、これって悪目立ちしてるんじゃないかと悩んでいた。ロブとの初対面で彼が驚いたのは、僕のストレートなもみあげがすてきだったからだと信じている。でも「おい、そのもみあげって！」って言われたからって「すてきだね」って意味とはかぎらないのは当然のこと。

よくよく考えた結果、僕の顔立ちとバランスを取るには、トップを高くした方がいいと結論を出した。それが二十五歳のとき。ポンパドールに落ち着いてからはずっと、同じ髪型でいる。白髪が増えてくると、さらに面白みを増してきた。若さにしがみついている人たちとは違って、僕は年相応に見せたいと思っている。二十代も終わりにさしかかり、〝高さがあってタイトな〟髪型にした僕は、これなら五十代でも六十代でも通用すると感じた。五十年前でも違和感のない、タイムレスな髪型。僕考案のスタイルはそれより高さがあるけど、レトロな雰囲気を彷彿（ほうふつ）とさせる。レトロと最先端が共存する髪型だ。

髪型で試行錯誤を繰り返したひとりとして、僕は髪に対する思い入れが強い。髪型の中には絶滅してほしいトレンドがいくつかある。

すたれるのは確実だから、髪を真っ赤に染めるのだけはやめた方がいい。生まれつきの赤毛のことじゃないよ——あの色は、言葉に尽くせぬ美しさがある。僕が言っているのは人工的に毛を赤く染めること。染めた毛はワインレッドみたいな色で、天然の赤毛とは色味が違う。染めた赤毛は好まれない。これだけはぜったいに譲れない。神様が与えてくださった髪の色と肌のトーンは本来合っているはずなので、肌のトーンと違う色に染めるのは似合わないのは知っておいてほしい。グリーン、ブルー、明るいトーンの赤で、その人のいいところを引き出すことは難しい。うん、今のスタイルにあった色に、少しの間だけ髪を染めるのはいいだろうし、クールかもしれない。でも、その色でずっと通したいなら、僕は考え直すことをお勧めする。友だちから褒められたら、きっと君を傷つけたくなかったからじゃないかな。僕のアドバイスが髪の色をけなしているように聞こえても、撤回する気はさらさらない。お好きにどうぞ。

前髪の長さも気にするべき。過去の女友だちからメッセージでよく相談されるのが「聞いて、タン、私、前髪作りたいんだけど」という悩み。で、僕が再三再四アドバイスしてるのが、「前髪作るとかわいいんだけど、伸びてくるとぜったい後悔するよ」ってこと。誰にでも当てはまることなので、改めて強調したい。**ぜったいに後悔するから。** 前髪は伸びすぎるとうっとうしくなるだけ。僕は前髪を作った方がいいと思うタイプだけど、女性たちよ、前髪についてはゲイの友人に相談するべき。でも決定権は髪を切る本人にあり。だから失敗したからって、他人のせいにしないこと。決断できないまま前髪を切って、伸ばす途中で悲しくなって泣きたい、君たちに相談したんだから、泣くために肩を貸してって言われても困る。相談された側を代表して言いたい。「だから言ったよね」と。僕が意地悪なのは、自分が一番よく知っている。

前髪を作ると二、三週間はかわいいんだけど、半年は苦労すると覚悟して。

ヘアスタイルでもうひとつムカつくのは、長すぎるロングヘア。「夫がセクシーだって言うから、ロングヘアにしたいんだけど」という相談をされても、ロングヘアはいいけど、お尻まで届くほど伸ばしたら、ぜんぜんセクシーじゃないから。カルト宗教から脱会したばかりの人みたい。それとも、まだ脱会の覚悟ができていないけど、宗教団体の幹部に、そんなロングヘア、もう見るのはこりごりって理由で放り出されたか。とにかく、切って。背中の真ん中ぐらいの長さがベスト。お尻に届きそうなロングヘアは常識のレベルを超えてるからね。

もっと苦手なのが男性のパーマ。生まれつきの巻き毛じゃないのに、カーリーヘアにしたかったら、ごめん、でもパーマはやめた方がいい。天はすべての人に公平じゃなく、ほしいものがすべて手に入るとはかぎらない。直毛で生まれたのにカーリーヘアを望むのも、そういうこと。

思い出した、ジェルで固めたヘアもダメ。ここで言うべきか正直わからないけど、もう一度言うね。強調するよ。**ジェルで固めたヘア。**髪の毛をジェルで固めてて「タンはどうしてそんなこと言うの？」って、キョトンとしているあなた。友だち選びを失敗したかも。

男性でも女性でも、世の中にはあなたに似合うヘアスタイルがたくさんある。似合うヘアスタイル探しで悩んでいるなら、自分に問いかけて。「本気で探してる？」髪をブローするドライヤーを持っていなくて、買おうかどうしようか迷っているなら、ぜひ買うこと。男女を問わず、試したいヘアスタイルがあるなら、ブローすることを考えて。シャワーを浴びてからタオルで髪の水気を取っただけで外出しているのに、魔法のようにすてきなヘアスタイルになりたいなんてムリ。手入れいらずのストレートかカーリーヘアでないかぎり、髪の毛は手をかけなければまとまらない。何もしなくても髪がまとまるのは恵まれた人たち。僕たちは恵まれていないグループに属している。

それにね、男性がブロー用のドライヤーを持っているからって、同性愛者呼ばわりなんてされないから。ヘアスタイルの見栄えがぐんとよくなる。きれいにスタイリングされたあなたを見て「ゲイなの？」って万が一聞かれたら、にっこり笑って「ありがとう」って言えばいい。ゲイだと思われるのは、「かっこいいのには理由があるはず」という、やっかみの裏返し。褒め言葉なんだってば。怒ったら負け。

ヘアスタイルが話題に出たところで、もうひとこと。男性はもう少し身だしなみに気を配った方がいい。身だしなみに気を配るのは男らしくないっていうのは変だし、タブーにしてはいけない。かっこよく見せたいなら、身だしなみはとても大事だから。

南アジア系の僕は、眉間のムダ毛を手入れしないと左右の眉毛が一直線につながってしまう。だから余分な毛は毛抜きで抜いて、左右の眉毛を整え、正しい位置にそろうようにしている。眉毛を整えるようになったのは、十四歳、いや、十五歳だったかな。姉さんたちがやってるのを見て、これはやってみるべきだと思った。最初の数回は、もう放送禁止用語を連発しちゃうぐらい痛いんだけど、すぐに慣れてくる。二、三日に一度、ちょんちょんと抜くだけだから、一分もかからない。時間はかからないし、簡単だし、眉毛の形がナチュラルな雰囲気で整う。

誰も教えてくれないから眉毛の下側も抜いていたけど、ドラァグクイーンっぽく見える気がして二十代でやめた。ドラァグクイーンに恨みはないけど。ライザ・ミネリっぽく作り込んだ眉毛は、僕には似合わない。ごく自然な眉毛のラインをキープしている。美容担当のジョナサン・ヴァン・ネスは、「タン、あなた、眉毛が伸びたら片っ端から抜いてるでしょ」って決めつけるけど、そんなことぜんぜんない。僕は自然のままの眉毛が気に入っている。

『クィア・アイ』の撮影がはじまると、ファブ5のメンバーは芸能人っぽいスタイリングを希望した。だけど僕は自分らしくありたいから、撮影前にヘアメイクの席には加わらなかった。

僕はメイクが嫌いだ。どんなメイクをしているかと尋ねられると、「すっぴん」と答えている。撮影前、前の晩の疲れを翌朝まで持ち越してたら、目の下にほんの少しコンシーラーを塗ったり、吹き出物ができたらカバーしたりすることはあるけど、それ以外のメイクは一切やっていない。ファブ5のメンバーはメイク映えする顔立ちだし、実際にメイクもよく似合ってる。だけど僕は、メイクをすると仮面をかぶっているような気分になるんだ。それに、僕と直接会う人に、テレビで観た僕との落差を感じさせたくないから、できるだけメイクなしでいようと心がけている。

浅黒い肌に生まれたおかげで、僕は肌トラブルに悩まされたことがほとんどない。自分でも、スキンケアにはかなり力を入れている。スキンケアのアイテムにはちょっとうるさい。肌を清潔にし、保湿効果の高いブランドを厳選し、ずっと使い続けている。

若いころ、僕に「お肌のケアは今はじめても決して早すぎない」と忠告してくれた、たくさんの人に感謝。みんなの忠告に耳を傾けてよかった。直射日光が当たるところには出歩かないし、フェイスパックは十年間愛用してて、その効き目は抜群。以前、『ヴォーグコリア』の取材で、雑誌ではスポンサーの商品を推すけれども、自分が普段愛用しているのはこれ――って、エディターの女性から自家製パックのレシピを教えてもらった。それからずっと、週に何度か試している。ぜったいにお勧め。

レシピ：タンのホームメイド・フェイスマスク

材料：ヨーグルト½カップ。僕はFAGEブランドの乳脂肪分2パーセントのギリシャヨーグルトを使ってる。
ティーバッグひと袋分の緑茶（茶葉をヨーグルトに入れる前に、熱湯に一分間ひたすこと）。

これらをよくかき混ぜてから、洗顔後の肌にたっぷりと塗る。十分から十二分間放置してからこすり落とす。ぬるま湯でヨーグルトをきれいに洗い流してから冷水ですすいで、毛穴を引き締める。その後は、普段使っている保湿剤で肌を整えて。

職を転々とした末に……

WINGS

十八歳でマンチェスターに引っ越し、数年間住んだ。家族はひと足先にママの実家近くに住んでいたので、僕も引っ越すことにした。たったの数年で、僕は二十四回職を変えた。一日でやめたこともあった。

僕には悩みがあった。人生でやりたいことが見つからないのに、稼ぎたいという気持ちだけは強かった。実力をつけて先輩風を吹かしたかったのに、すっかり挫折し、先輩風を吹かそうにも、先輩として扱ってくれるところがなかった。求人に応募して採用してもらおう。僕に合わない職場なら退職しよう。

僕はやんちゃなミレニアル世代だった。

面接はそつなくこなした。適切な受け答えができるし、面接にはきちんとした服装で現れる。はきはきとして前向きな態度で面接に臨む。必ず好感度の高いスーツを着てネクタイを締め、ちゃんとした靴を履いて面接を受ける。あるとき、待合室で大勢の応募者が面接を待っていて、そこに入ってきた僕を上司だと勘違いされたことがあった。服装で実際の自分以上に見せることに成功したら、面接は合格したも同然。誠実な着こなしで臨めば、相手も僕を誠実だと見てくれる。

さっさと逃げ出した仕事はひとつじゃない。入社初日の昼休みにやめた仕事がひとつあった。

街頭でエステサロンの契約を取る仕事についた。報酬は文句なしによかった。僕はほくそ笑んだ。僕のためにあるような仕事！　僕ならできる！　でも一時間も経たないうちに、先輩格の男性がどうしようもなく無能で、女性に甘い言葉をかけて、だまして、契約をたくさん取っていたという事実を知ってしまった。僕にはとうてい役に立たないスキルだ。女性のご機嫌を取るだけでいい仕事って、僕は大の苦手だ。

もうやだ、ぜったいやだ、やめてやる。取り柄がそれしかない人たちのためにある仕事じゃないか。いつの日か大成することを夢見る青年がやる仕事じゃない。それだけは言える。この仕事が気に入れば、やればいい。だけど僕がやる仕事じゃない。そこで数時間後、僕は先輩に言った。「ちょっと早いですが、ランチ休憩に入ってもいいですか？」この仕事をすぐにでもやめてしまいたくて僕は逃げることにした。バッグをひっつかんで、ランチ休憩が終わっても戻らなかった。もうぜったいにやめてやるつもりだった。家に帰る途中に立ち寄った食料品店で、自分へのごほうびのためにスイーツを買い、家に帰ってからは傷ついた心を家族に悟られないよう気をつけた。ほんとうにひどい仕事だった。やめたことを後悔なんてするものか。

勤務先から何度も何度も電話があった。僕は出なかった。僕は最低な人間なので、死んだらきっと地獄に落ちる。

僕は街角で何かを売る仕事は二度としないと学んだ。見知らぬ人に手当たり次第に声をかけ、エステサロンの契約を結ばせることが、こんなにつらいとは思わなかった。

僕は『クィア・アイ』で、時間をかけて自分自身を見つめて、自分を大切にしてって言っているけれども、このころの自分を振り返ると、照れくさくなってくる。仕事選びで重ねた失敗は、僕にとって有意義な職業訓練だった。今の僕は、自分のためにちゃんと時間を確保して、自分に少しだけ優しくすれば、もっとよい人生が送れるとみんなに伝えられるようになった。

就職してもすぐやめるパターンは、それから十五回近く続いた。コールセンター、店員、医療機関の受付……。どれもちゃんとした仕事だけど、僕にとって一生の仕事として選ぶ職種ではなかった。仕事探しをする前に考えておくべきだった。活動資金を貯め、自分はどんな仕事をやりたいのかを見極める時間を作るべきだった。それなのに僕は、よーし、だったらどれだけたくさんの職種につけるかやってみようじゃない——と、ある意味チャレンジするような状況に陥っていた。ね？　地獄へまっしぐらって感じ。

ひところ僕は、とある大手ファッション小売業で地域担当マネージャーの仕事についたことがある。マネージャーになる前は店長で、できもしないことをできるふりをして、地域担当マネージャーのポジションを手に入れた。二週間ぐらいは務まったけど、上司とまったく合わなかった。彼はパワハラだけは一人前で、管理能力はゼロ、無能な管理者、特に、尊敬できない上司の下で働くのは、僕にはとうてい耐えられなかった。

ある日、本社の社員から、管理支援が必要な店舗をいくつかサポートしてくれないかと頼まれ、僕はスペインへ飛ぶことになった。それなのに空港に着いたとたん、もう我慢できない、やめてやる——と決めた。相性の悪い上司とうまくやっていくのが苦手なのに、また同じ過ちを繰り返すのはイヤだ。頭を冷やす時間が必要だと、僕は空港の別ターミナルに行って、アメリカ行きのチケットを買った。そして上司にテキストメッセージを送った。スペインには行きません。アメリカに行きます　上司から返事が来た。私をバカにしてるのか？　今日スペインに行ってもらわないと困る

唯一の後悔は、メールのＣＣに彼の上司のアドレスを入れなかったこと。そうすれば僕がやめる原因があいつにあるのが伝わったのに。社員が次々とやめるのはあいつのせいだ。パワハラ三昧の管理職をそのままにしておくべきじゃない、ということが伝わったのに。僕の後任があんなスカポンタンの犠牲にならないよう、ちゃんとメールで退職の理由を送っておけばよかった。

まあ、これで、僕はこの会社と縁が切れた。

この一件で、自分の欠点がよくわかった。自分はどんな仕事でも、一度イヤだと思ったら、やめずにいられなくなる人間だってこと。僕はいったんこうだと思ったら、二度と考えを曲げないタイプ。新しい仕事につくたび「これならできそう！　ここなら楽しく働けそう！」と、よく考えもせず飛び込んでいた。職場の環境や雰囲気が合わないと感じると、とたんに長続きしなくなる。自分に合った仕事探しにかける時間を、僕はどれだけムダにしたんだろう。

僕は二十一歳になっていた。別のショップでスタッフとして、一年と少し働いたが、ふたりいた上司が（僕の主観では）今まで出会った中で一番の役立たずで、悪質ないじめを仕掛けてくる人たちだった。僕たちは同じ会社の所属だったけど、ふたりは本社勤務で、二か月に一度はショップに来て、僕を教育する立場にあった。そのくせ連中は、僕たちのショップへの出張を遊びと勘違いしていて、決まって二日酔いで来店しては、僕への研修などまったく行わず、何か不都合

を見つけると真っ先に僕を注意した。そこで僕は、本社の人事に不満をぶちまけた。「僕への研修目的で来店するあのふたりは、今まで定刻に出勤したことが一度もありません。ショップに来ても必要最低限のことすらやりません」僕がこんな苦情を本社に送ったと知った彼らは、それから数週間、僕を絶望の極みに追い込むようないじめを続けた。

そんなこんなで、上司のひとりと僕との間で口論がヒートアップしたとき、彼女に言った。「あなたはほんとうにひどい人です。ひどくなかったときなんて一秒もありませんでした。僕を降格させるなら、どうぞ、あなたも一緒に降格してもらいましょう。僕の方が優秀だって自覚もありますよね」僕は冷静だった。声を荒らげたりはしなかった。事実をありのましゃべったことが、かえって彼女を怒らせた。作戦どおりの展開だ。僕はもう時間をムダになんかしない。

その日は思っていたより早く来た。夏が訪れ、ショップのエアコンが故障した。イギリスでは、気温が一定の値を超えたら、健康上のトラブルを回避するため、エアコンがない職場は業務を取りやめるよう法律で決まっている。その日の気温は摂氏三十三度、ショップはどうしようもなく暑く、僕は暑さに弱いお客様に配慮し、閉店した。僕は閉店したと電話で上司に連絡したが、彼女は電話に出なかった。

翌日、彼女から電話が来た。「あなた、ショップを閉店時間前にクローズしましたね。事業規則に反する行為ですので、あなたを解雇することになりそうです」彼女はうれしそうな声で言った。やった、引っかかったぞ。やっと僕をやめさせる理由が見つかり、その喜びをかみしめている。

僕は法を守りましたと言っても、彼女はお構いなしだ。僕はクビだと彼女は宣言した。向こうから解雇を言い渡されたのはこのときがはじめてだった。そして、僕は彼女にこう言った。「いいでしょう、解雇なさるなら、その理由を一筆書いて僕に送ってくださいますか？」彼女は了解した。

その手紙が持つ効力はもちろんわかっていた。上司と会社を相手取り、法的措置をとるために必要だったのだ。だから言ったよね、僕の方が優秀だって。

僕を正式に解雇するため、人事との最後のミーティングが開かれた。僕はおとなしく座って彼女の愚痴を聞いていた。だいたいの内容は、僕は今までで最低最悪の社員だということ。人事部長（彼女の親しい友人）はメモを取りながら、僕の方を見てうっすら笑みをこぼした。僕がしゃべる番になった。「あなたの主張はこれでおしまいですか？　それでは僕も主張します」僕は訴訟を起こすつもりだと上司に言った。「あなたが僕をクビにするおつもりなのは知っています。だったらあなたにもやめていただかなきゃ」僕は話を続けた。「あなたの行為は違法です。ご自分でストア内の温度を確認されたらよかったのに」

上司は顔面蒼白（そうはく）だった。顔から血の気が失せていた！「あなたはずっとひどい仕打ちを繰り返していた。僕に書面で解雇理由を送ってくださいましたね。あれを証拠に、あなたを告訴します！」

さらに追い打ちをかけた。「そう、あなたたちはふたりそろってスタッフにパワハラを働いたんですから、当然の報いでしょう。言いましたよね、あなたはひどい人だと。それをご自身で今日、ここで立証されたわけです」

結局、告訴はしなかった。最初から告訴する気はなかったというのが本音。だけど、彼女から受けた仕打ちの仕返しはしたかった。思ったとおり、二週間後に彼女は解雇された。

後悔してるかって？　ぜんぜん。職場で誰かがいじめられていても気にしないかって？　まさか。職場で誰かをいじめているなら、仕事を失う覚悟をした方がいいよ。職場にいじめがあって、いじめている人にダメージを与えたいなら、あなたのやっているいじめは限度を超えていると再三警告をしてから実行に移すと、ずっといい結果が得られる。僕は「だから言ったよね」という言葉の重みを、誰よりも身にしみて感じているから。

こんなひどい職場を渡り歩いたおかげで、人の上に立ち、人を管理するための振る舞い方が身についた。ひどい上司に出会ったら、自分は決してああならないと教訓にする。僕は他人に、自分と同じ経験をさせたくはない。やってきたことに満足しているし、ひとつも後悔していない。

誰かを管理する立場になると、管理される側の心の健康や幸せ、キャリアにかなりの影響を与え、責任を負うことにもなる。上司のせいで部下がどれだけ苦労させられたか、上司本人が一番わかっていない。仕事中でも、オフィスの外でも、上司の行動は部下の心にいちいち突き刺さる。

この僕にも気に入った仕事はいくつかあった。そのひとつがバーテンダー。パートタイムでの勤務は、たったのひと夏で終わった。場所はマンチェスターで、ゲイバーが三十軒ほど並ぶ、ゲイ・ビレッジと呼ばれる地域。裕福な客層を抱え、店内にジャズが流れるワインバーだった。クラブ系のバーではなく、おいしいお酒を飲みながら友人と歓談するようなお店。

当時、僕はアルコールを飲まなかった――アルコールの味さえ知らなかった――それなのに、（お酒の知識がゼロなのに）チャーミングだと客の間で評判になり、僕は店一番の稼ぎ手だった。ほかのバーテンダーよりたくさんチップをもらったけど、それは僕が客の好みに無頓着だったから。「飲みたいお酒があったら指を差してください。僕がお持ちします！」とか、「どれぐらいお飲みになりますか？　どれぐらいお注ぎすればいいですか？」と、客に尋ねるようなバーテンダーだった。客は自分の飲む酒を自分で作る始末。グラスに注ぎすぎることもしょっちゅうだった。クビを覚悟していたのに、みんなにそれがかわいいと言われた。それからは、僕がバーテンダー全員を代表してチップをもらいまくり、シフトの終わりに総額を全員で山分けした。

大好きな仕事だったのに、この仕事もやめることになった。ある日突然、予告もなく解雇されたんだ。やっぱりそうか、最後の勤務の日、僕の落ち込みようったらなかった。あんなに頑張って働いたのに。

というのも、僕はゲイ・ビレッジで年に一度開かれるゲイの祭典〈プライド〉のイベント、マンチェスター・プライドの日にシフトに入った。僕はプライドに参加したことが一度もなかった。ゲイ・ビレッジの通りという通りが人でいっぱい。誰もが喜びに満ちあふれている。どこに行っても人、人、人、身動きが取れない。友だちに「どうして仕事してるの？　楽しもうよ！」と誘われて、せっかくの機会をフイにするのが不安で、不安で、僕はボスに向かって「すみません。僕、抜けます。ほんとうにすみません」と謝ると、店を飛び出した。脳というより股間が反応したわけ。下品なこと言っても嫌わないで。若かったし、あの日はゲイとして最高の週末を迎えたかったから。うう……。

その週末は徹底的に楽しんだけど、仕事には二度と戻れなかった。

いろんな仕事をやめてきたけど、やめたのを一番後悔したのはこのバーテンダーの仕事だった。もしあのときの同僚に今会って謝罪できるなら、ぜひ謝りたい。自分でも愚かなことをしたと反省している。でも、この本を読んでるゲイのみんななら、僕の気持ちは痛いほどわかってくれるはず。プライド初参加の日は一大事件なんだから。

これはぜったいおかしいと思ったのは、フライトアテンダント時代の仕事だった。六か月で満了する契約だったのに、二か月しか続かなかった。僕は面接の段階で自信満々で、フライトアテンダントの経験がゼロだというのに、合格するという前提で応募した。未経験で条件が不利な分、僕は上手に自己アピールした。こうして、人生ではじめて体験するフライトアテンダントの試験に合格した。

フライトアテンダントになろうと思った動機は、お金がなくても海外に行けるから。仕事はそんなに難しくないだろう。乗客にお茶やコーヒーをお出しして、ほかにはちょっとしたお世話をするだけ。僕はそのころ十九歳だった。どう考えても、フライトアテンダントの仕事を甘く見ていた。

フライトアテンダントになるのは大変だ。あれだけの努力が求められるとは知らなかった。三十日間の研修カリキュラムには、人生で最大の苦難と言ってもいいほどの科目がいくつかあった。難関で挫折する人が続出した。何が自慢って、僕は記憶力がとてもいい――養成所を卒業するまで、教科書を一度読めば試験でいい成績が取れるほど。その僕がフライトアテンダントになり、あんなに勉強したのに、すれすれで合格する程度の知識しか身につかなかった。機内安全のテキストなんか、頭がおかしくなりそうなほど難解だった。

つらい研修を乗り越えた先には、華やかな職場が僕を待っている。だけど現実は違っていた。これじゃウエイターとあんまり変わらない。長距離フライトではダストシュートを開いてゴミを片付けなければいけないし、仕事の内容は、華やかさのかけらもなかった。

輝かしさのかけらもないって言えば、イングランド発スペイン行きのシャトル便は、僕の心をバキバキに折るフライトだった。イギリスでは十八歳から三十歳のお客がメインの便、アメリカだったら〝スプリングブレイカー〟と呼ばれる、ヒマを持て余した学生でしっちゃかめっちゃかのフライトってこと。搭乗客は大半が酔っ払ってて、酔ってると人種差別に対する常識のタガが外れてしまう。ちょうどアメリカ同時多発テロ事件から二年後ぐらいで、パキスタン人がテロリスト呼ばわりされていた時期だった。離陸時はおとなしかったくせに、着陸が近づいてくると、僕がフライトアテンダントとして搭乗していることが不満だという表情を露骨に見せるようになった。

最後のフライトは決して忘れないだろう。イビサ島からイギリスに向かう便で、手に負えない失礼な客の態度がどんどん横柄になった。連中はもっとアルコールを寄こせと、半ば脅すような態度で僕に要求した。泥酔した上に、さらにアルコールをほしがる乗客に、僕はどう接していいのかわからなかった。

彼らはかなり機嫌を損ね、僕がもうアルコールを出さないとわかると、今度はコーヒーを持ってこいと言いだした。フライトの間中失礼な態度を取り続けていたやつらだったので、僕はついに怒鳴り返した。「自分のコーヒーぐらい自分で持ってこいよ」そしてギャレーに戻ると（ギャレーは飛行機の後尾にあった）、チーフアテンダントに言った。「やめます。こんな仕打ちには耐えられません」

飛行機が目的地に着くと、僕は飛行機を降り、自分の徽章（きしょう）を返却した——フライトアテンダントに渡される、翼の形をした小さなバッジ。その後一度もフライトアテンダントとして搭乗することはなかった。

乗客が自分勝手な要求を突きつけてくるので、フライトアテンダントという仕事は大変だ。会社を代表する顔であり、乗客と接する立場にいる。不満があれば、乗客の怒りはフライトアテンダントに向く。狭くて外に出られないスペースの治安を守るのは、想像を絶するほど大変なこと。あんな状況で場を平和に保つフライトアテンダントにかける言葉は、尊敬以外にない。

やめて当然だと思ってやめた仕事はもちろんあった。性格に問題があり、仕事もできず、優しくもない人たちと働くことになると、特にそうだった。だけどそれはごく一部で、勝手なことをして申し訳ないと思いながらやめた仕事の方が圧倒的に多い。僕じゃなくて、ほかの人を採用したらうまくいったかもしれないのに、と。でも、罪悪感を持っても、どのみちやめていた。僕は仕事でこうと決めたら、何があってもぜったいに押し通すから。

人間関係さえ順調だったら、こんな言い訳がましいことを考えずに済んだのに。僕が同僚や上司を好きになり、彼らが僕を温かく迎えてくれたら、頑張れたのかもしれない。データ入力の仕事は職場全体がいい雰囲気で、チームの一員だと感じられたおかげで、僕は契約を延長した。雰囲気のいい職場を安易に去ることになったときは、さすがに気がとがめた。

あのころに戻ってやり直したいかって？　戻りたくなんかない。二十三歳の僕にはこう言いたい。「目先のお金がほしいからってよく考えもせずに仕事を探すんじゃなく、軍資金を貯め、やりたいことを考える時間を作って」

十六歳から二十七歳（この年に僕は起業した）で三十以上の仕事を転々としたけど、履歴書に書くのは三つだけ。一年以上勤めて実績を残した経験だけを〝職歴〟としている。それ以外の期間は旅に出て、人生経験を積んだことにしている。とても人生経験と言えるものじゃなかったけど、ほんとうのことを言ったら目も当てられない。

履歴書で経歴詐称したことある？　みんな、少しはよく見せようとしたことぐらいはあるよね。僕は自分のキャリアの中から、ハイライトを選んだだけ。それもそうだし、仕事が長続きしなかったのにはちゃんとした理由があって、僕が無能だからじゃないから。

この章の教訓。タン・フランスを社員にすることで得られるメリットは、雇ってみなけりゃわからない。

ロブとの出会い

SLIPPERS

休暇でソルトレークシティーに行ったのは二十五歳のころ。きっかけは当時の同僚で、自分が生まれたユタ州はじっくり観光する価値があるから一緒に行こうと、僕を誘ってくれた。それから二年ほど、機会があればユタを訪れていた。はじめて訪れた最初の晩、チリーズというファミレスで、僕は同僚に言った。「いつか、ここを僕の第二の故郷にする」彼は僕が冗談を言ってるのかと思ったそうだ。僕は本気だった。

街そのものもすてきだけど、住んでいる人たちがとても気さくで、将来、ソルトレークシティーが僕の第二の故郷になるのは自然な成り行きだった。理由は聞かないで……じゃなかったら、この十年間、僕が脳内で練り上げたソルトレークシティーへの愛を綴った大、大、大長編を読まされる羽目になるよ。思いっきりはしょると、この街は美しくて山に囲まれ、人々はとても気さくで、これまでなかったほど自分が受け入れられているって気持ちになったから（それは今も変わらない）。僕が幸せでいられる場所なんだ。永住計画の準備段階として、友人作りを目標に掲げた。

それが二〇〇八年一月のこと。ユタでできた友だちとバーやクラブに行くたび、彼らがいいなと目をつけた男性がみな僕ばっかり口説くのは、僕が街で、ひょっとしたらユタ州全体でただひとりの、浅黒い肌をしたイギリス人だからじゃないの？　と彼らは不満を口にしだした。「お近づきになろうと頑張ってたのにさ」彼らは情けない声を上げる。「あんたがひょっこり来たと思ったら、ちゃっかりさらってっちゃうなんて」

そこで彼らはちょっとした実験をやることにした。〈コネクション〉という、ゲイ版フェイスブックのようなソーシャルメディアにプロフィールを作ったんだ。今どきのアプリとは違ってて――見知らぬ相手に不適切な画像を送るなんて大それたことは禁止されていた。友人作りと、実際に会ってデートすることが目的のサイト。「写真だけアップロードしたら、あんたのアクセントが相手に伝わらないもんね！」要するに、イギリス仕込みのアクセントがなければ、僕がモテるわけないと言いたかったわけ。お褒めにあずかり光栄に存じます。って、何それ。失礼な話。あの子たちを親友とは、とても言えない。彼らとの友情を続ける？　答えは出ているじゃない、ぜったいやめた方がいい。あの子たちはクラブで知り合い、クラブにいるときだけ楽しく過ごせればいい友だちだとわかったんだから。僕たちはみんな二十代だったし、本音を言うと、仲が良かった彼らをそんな風に非難したくはない。生まれも育ちもユタ州のユタっ子ばかり、小さなゲイコミュニティーで〝エキゾチック〟な友人を受け入れてくれたのだから。

僕が自分のかわいいアクセントを武器にして男性を誘うからうまくいくんだと誤解され、ちょっと寂しかったんだろうか？　そうかもしれない。僕はトラウマを克服したし、あの子たちはまだ若かったたし、酔っぱらってて、人を傷つけているって意識が飛んでいたと考えるべき？　それはどうかな。

さて、彼らが僕のアカウントを作った最初の日、メッセージが数通来た。ロブはその中のひとりだった。こんなメッセージが添えてあった。**この辺の人じゃないみたいだね**　僕は返事を打った。**当たり前のこと聞かないで**　そして、あたりさわりのない会話が続いた。僕の〝議論だったら負けないよ〟センサーが起動するのを感じた。

そのときは気づかなかったけど、ロブがこう聞いたのは肌の色が理由じゃなく、ユタ州やワイオミング州の人ではないというニュアンスで、僕がメキシコ人だと勘違いしていただけだった。〝人はみな平等だ〟主義のみなさん、落ち着いてってば。ロブは断じてレイシストじゃない。イギリス出身の南アジア系男性がソルトレークシティーをバケーションの目的地に選ぶとは、すぐには考えられなかっただけ。それに、だから、えーと、判断基準が画像しかなく、わかってない人たちが僕たちの浅黒い肌（ブラウニー）を見たらまず……メキシコ人と勘違いする。このイタズラを考えたやつ、火あぶりの刑！

僕たちはネットでチャットを続けたけど、イギリスから来たことをロブには教えなかった。チャットが数日続いて、ロブの方から、会おうと誘ってきた。ランチは本物のデートじゃないから、ランチならいいよと返事を打った。これって明らかに逃げの姿勢だよね。おまけに僕は、ランチの場所をオリーブ・ガーデンというチェーンのイタリアンに指定した。

お店選びの経緯についてちょっと説明させてほしい。

『ふたりは友達？　ウィル＆グレイス』という（中学時代に僕がハマっていた）ドラマで、ウィルとグレイスには、ロブとエレンっていうカップルの友人がいるんだけど、ふたりの取り柄って、とにかく〝ありきたり〟なところしかない。ロブとエレンがディナーに行くのはオリーブ・ガーデンみたいなレストランと決まってて、それをウィルとグレイスが〝デートに行く場所にしてはひどすぎる〟とがっかりするシーンがある。オリーブ・ガーデンに行ったことがなかった僕は、絶好のチャンスだと思ったというわけ。世界でも一、二を争う退屈な場所として有名なレストランで楽しませてくれる人なら、僕はきっと大感激するだろうから。

ランチデートの日、僕は着心地のいい、お気に入りの服でコーディネートした。上品でシンプルなコーディネート。インディゴのスリムジーンズ。身体にフィットする、グレイのカシミア・セーター。手入れの行き届いたダークブラウンの靴。そして黒い膝丈のトレンチコートで、勝負コーディネートのできあがり。

ロブはトラックから降りてきた――彼は裕福な農場主の息子だから――そして僕をひと目見たときの顔ったら。「え、うそ、メキシコ人じゃない」

僕の第一印象は……この人の靴、室内履き。内側は子羊の革張りのブラウンレザーで、家の中で履くなら、とても、とても品がいいけど、デートに履いてくる靴じゃない。ロブの弁護のために言うけど、ほんとうは室内履きじゃなかった。バブーシュという、おしゃれで履き心地のいい屋外用の靴だった。真相がわかっても気になったかって？　当然ＯＫ。

室内履きの話はともかく、彼の変なコーディネートがとても気に入った。〈コネクション〉のプロフィールで見たとおり、ちょっと光沢がある七〇年代風プリントのシャツを着て、身体にフィットしたジーンズにシャツの裾をきちんとインしていた。ダサいけど、彼の真面目な性格と、おしゃれをしようという努力が一瞬で見て取れた。そこいらにいる、ワルを気取った装いじゃない。雑踏の中でも目立ち、ファッションで冒険しようというその姿勢に、僕はいっそう惹き付けられた。

で、例のオリーブ・ガーデンだけど、予想どおりのレストランだった。思い描いていたイメージと違っていたらどうしようって思ってたけど、店に入るなり、僕は間違ってなかったと確信した。こんなインテリアの店、ぜったいここだけ。壁はベネチア風の漆喰(しっくい)で仕上げ、椅子の脚にはキャスターがついている。アメリカ人が考えるイタリアってこんななの？　設計担当者はきっとイタリアに行ったこともなければ、ニューヨークのリトル・イタリーにも行ったことないはず。食べ物もイタリア料理とはほど遠かった。

だけどその後、僕はオリーブ・ガーデンでお気に入りのメニューを見つけた。念を押すね、このメニューをイタリア料理とは呼べない。イタリアとはさっさと縁を切って、イタリア料理という触れ込みで営業している。でもあそこのアルフレッド・ソースと、ブレッドスティックは最高。もし無理やりオリーブ・ガーデンに連れて行かれたら、ブレッドスティックとアルフレッド・ソースをオーダーして。塩分も炭水化物も、カロリーもヘビー——だけど、おいしいことに変わりはない。

オリーブ・ガーデンの何がいいって、来店するとすぐ「今日はどんなお祝い事ですか？」って必ず聞かれるところ。この質問には意味がある。「オリーブ・ガーデンでお食事をしようと決めたいきさつは？　私どものブレッドスティックやアルフレッド・ソースが癒やしになるような悩みごとはございますか？」先に言っておくね。「お金がないからここに来た」って動機に偏見を持ってはいないから。まず、オリーブ・ガーデンは決して安くない。大天使ルシフェルに誓ってもいい、オリーブ・ガーデンよりお手軽な予算で、本物のおいしいイタリア料理が食べられるレストランに行くのは可能。僕ならチーズケーキ・ファクトリーを勧めたい。チーズケーキ専門店なんだと自分に言い聞かせてから行ってね。

脱線しちゃったけど、デートの話に戻るね。そのときのロブは、三十歳になってすぐ、ゲイをカムアウトしたばかりだったので、ゲイとデートする場数はあまり踏んでいなかった。実際に僕のことを知っている人ならわかるだろうけど、僕は話をぜんぜん聞いてない人に延々話しかけてから、あ、聞いてないのか、と気づくタイプ。だからふたりはテーブルを挟んで、僕は話す側、彼は聞く側をずっと続けていた。ロブは何度かお手洗いに立ったんだけど、あとでわかったのは怒りを鎮めて冷静になるためだったんだって。わかる。でも、ショック！

そろそろランチも終わろうかというときになっても、僕たちは別れがたかった。場所を変えてデートを続けようということになった。そんな気持ちになったのは意外だった。まだ一緒にいたいと思ったことも、場所を変えてまで話をしたいなんてこともなかったから。じゃあ、一緒に映画を観たいなと僕から提案した。僕たちは映画館に向かい、次の回で上映される映画を観ようということになった。ところが、選択肢は『ブライダル・ウォーズ』しかなかった。ケイト・ハドソンとアン・ハサウェイがダブル主演、史上最悪にランキングされるダメ映画。ケイトもアンも大好きな女優だし、僕がラブコメ好きなのはご存じのとおり。でも、最初のデートで観るにはつらい。

映画館で、バッグからメガネを出そうと身を乗り出したロブの背中に、僕は軽く触れた。ロブが振り返って言った。「俺が好き？」僕は笑みを返しただけで、何も言わなかった。

僕たちは手をつなぎながら映画を観た。映画が終わっても、僕は彼と別れたくなかった。ふたりでコーヒーを飲んで、そして――会ってから六時間後――僕は意を決して、ディナーの予定が入っていると告げた。ロブは宿泊先まで送ると言ってきかなかった。百点満点のファースト・デートだった。

デート中、ロブがある時期までモルモン教徒だったと聞いた。モルモン教ってどんな宗教なのか、僕はぜんぜん知らなかった。ユタ州に来るまではアーミッシュみたいなもんだと勝手に想像していた。僕はとんでもない誤解をしていたんだ。アルコールを一切飲まないと聞いた僕は、車のルーフトップから顔を出し、主を称える賛美歌を歌いたくってたまらなかった。白人男性の恋人は酒飲みと思ってまず間違いないという思い込みが僕にはあった。イギリス育ちの僕は、自分のコミュニティー以外でお酒を……それほど飲まない人に会ったことがなかった。お酒を飲むこと、お酒を飲む場の雰囲気がずっと嫌いだった僕は、自分が我慢さえすれば丸くおさまると思ってきた。パートナーシップを続けたいなら、相手の飲酒は我慢しなきゃ。そんなだったから、この（おとぎ話のエデンの園みたいな）ユタ州は、禁酒を心がけている人がこんなにいるのを知って、僕の固定観念はどこかに吹っ飛んだ。お酒を飲まないことだけでも、ロブは僕のパートナー最有力候補だった。

メッセージをすぐ送ってくれたところも好感度大（僕は駆け引きが大嫌い。好きなら好きだとメッセージを送って）。明日も一緒に出かけないか？　というお誘いだった。ロブは子ども向け総合病院に勤務していて、十二時間のシフト中に一回、三十分間の休憩が取れる。その三十分間で、彼は車で十分かけて僕に会いに来てくれた。僕がイギリスに帰るまで毎日、休憩時間に会いに来るからと約束してくれたんだ。

たったの一週間デートしただけ、でも別れ際にロブはこう言った。「君にとっては迷惑かもしれないけど、愛してるよ」

僕は僕で「何てこと言うの。僕は休暇中で、今から帰国するところなのに。僕も君が好き、でも、愛しているってまだ言えない」ロブを心から愛しているのか、旅先の行きずりの恋なのか、自分ではまだ答えが出ていなかったから、結論を出せるまで〝愛している〟という言葉は口に出さないでおこうと思った。

ロブのネックレスがとてもすてきだと僕は思った。シンプルなチェーンにコインがひとつ付いているネックレス。ロブはそのネックレスを僕にくれると、「これを君にあげたら、いつか戻ってきて俺に返してくれるはずだ」と言った。

飛行機に乗っている間ずっと考えていた。僕はこの人がとても好きだ、こんなこと言われたら、恋に落ちない方がおかしい。帰国してすぐロブに、もしイギリスに来るつもりがあるなら、もう少し長く一緒にいましょうと伝えた。一か月後、ロブはイギリスまで僕に会いに来て、十日間一緒に過ごした。

そのころ僕はマンチェスターに住んでいたけど、ロブとは僕が大好きな街、ロンドンで会いたかった。ロブと再会した瞬間に、彼との深い絆を感じた。愛しくて、愛しくて、ホテルの部屋で僕は、自分も君を愛してると伝えた。ロブのロンドン旅行の日程はこれで決まった。僕らは若く、愛し合っている。最高のホリデーがはじまる瞬間だった。最初の二日ぐらいでロンドンをひととおり案内したあと、僕らはテネリフェ島（北西アフリカ沿岸にある、スペイン領の小さな島）に飛んだ。

ロンドン滞在中は、僕の親友で、イングランド北部出身のアリ姉妹にロブを紹介した。四人で夕食へと出かけ、食事中ロブは笑ったりうなずいたりしてたんだけど、アリ姉妹が何を言ってるのかさっぱりわかっていないのに僕は気づいていた。彼女たちはリーズで育ち、かなり強いリーズなまりでしゃべっていたのに、ロブはわからないことはおくびにも出さず、ただ僕に身体を近づけて、（あのふたりの言葉がわからない）と耳打ちした。僕の親友たちは、ロブをたちまち気に入った。

このときがロブにとってはじめてのヨーロッパ旅行で、見るものすべてが彼にとって驚きの連続だった。新鮮な目を通して街を観察するのは楽しいもの。十日間では足りないと思った僕は滞在を延長するよう提案したけれども、ロブはすっかり疲れ果て、普段の生活に戻りたいと言ってアメリカに帰った。たちまち僕は寂しくなった。

帰国間際にロブは言った。「君は俺の運命の人だ」

僕も言った。「君は僕の運命の人だよ」

ロブはアメリカに戻り、その翌月、僕はアメリカに三か月滞在し、ロブと一緒に暮らそうと決めた。当時を振り返ると、たった二か月付き合っただけで一緒に暮らそうと決意するなんて、僕はどうかしていた。でも、あのときの僕には、ロブと一緒にいるのが一番の選択肢だった。僕が就労ビザを取得するまでの二年間、僕のイギリスへの途中帰国を挟みながら、ひとつ屋根の下で暮らそう——と。無上の喜びだった。三か月でビザの有効期限が切れると、僕はイギリスに戻らなければならない。僕たちの関係はこんな感じだ。三か月の同居、六か月の遠距離恋愛、行ったり来たりの生活が四年間続いた。

現在遠距離恋愛中の人、遠距離恋愛を考えている人みんなにアドバイスしたい。続けようという意志があったら、きっとうまくいく。最初に会った日から、僕たちがお互いアメリカとイギリスにいる間は必ず毎日二、三時間はスカイプで連絡を取り合っていた。好きな人が遠く離れていると、触れ合う手段が絶たれる分、心の絆が深くなる。心と心でつながっているしかできないから。お互いを深く理解すること。出会ってから十年経つのに、僕たちが新婚カップルのように仲良しなのには、こんな事情があるからかもしれない。

タンから学ぼう
ファースト・デートを成功させるコツ

Do
・シャワーを浴びて、制汗剤を使い、コロンをほんの少し身体にまとわせる。はつらつとしたイメージを心がけて。

Don't
・制汗剤を使うのを面倒くさがること。体臭がセクシーだなんて思い込みはやめて。相手に嫌われるだけ！

Do
・自分が一番好きな服を選ぶこと。一度着たことがある服を着れば、自信を持って行動できる。

Don't
・やりすぎは失敗の元。デートに行く場所の雰囲気に合った服装を心がけること。目立ちたがり屋に見られたくないなら、張り切ったコーディネートはＮＧ。

Do
・デートでは遅刻しないこと。しっかり準備して。

Don't
・相手より上の立場だと示すため、わざと遅刻すること。立場がどうこう以前に、ぜったたい嫌われる。

・相手の話をよく聞き、リラックスした態度を取ること。

・昔の恋人、仕事、友人、ママ、ネコの悪口を言いまくること。

Do

・相手を信頼していると態度で示すこと。僕はロブに心を開いている、心を開こうとしている気持ちを示すよう努力した。

Don't

・自虐的な態度や尊大な態度を取り過ぎること。やりすぎは逆効果。ちょっと油断すると卑屈な人、生意気な人だと誤解される。

Do

・自分が支払いたいときは、払うとはっきり言うこと。性別を問わず、これはとても大事。実際に払っても払わなくても、その意思を示すだけで、相手を尊重しているという気持ちが伝わる。

Don't

・自分からは何もせず、相手が払ってくれるのを待つこと。おごってもらうのが当然だという態度を示すこと。

・こまめに連絡を取ること。まだロブと真剣に付き合うと決める前から、デートのあと、すぐロブにメッセージで感謝の気持ちを伝えていた。コミュニケーションは相手を思いやる気持ちの印！

・三日も連絡しないで相手をじらすのが恋の駆け引きだと勘違いすること、または相手よりも先に別の人にメッセージを送ること。相手が見つからないのは駆け引きしてるからだと思いたくない。意地悪な言い方かもしれないけど、恋の駆け引きを楽しんでいると、いつか自分が、じらされる側になるから。

・自分らしさを忘れないこと。ロブにはありのままの自分を見せている。リアルな僕、ほんとうの僕を見せている。

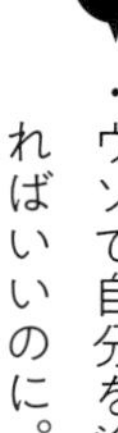

・ウソで自分を塗り固めること。化けの皮はいつか剥げる。だったらありのままで勝負すればいいのに。

こうしたルールを守ってきたおかげで、ロブと僕は楽しいデートを重ね、ゴールインまでこぎ着けた。出会ってから十年、僕たちは今もこのルールを破らないよう気をつけている。

ワンポイントアドバイス

自分の気持ちは相手にきちんと伝えよう

ことあるごとに、僕が自分に言い聞かせている言葉がある。「自分の気持ちは相手にきちんと伝えよう」好きなら好きと伝えなければ、相手はどうすればいいかわからなくなる。恋愛では特に大事なこと。

デートが終わるとロブはすぐ、今日はとても楽しかったとメッセージを送ってくれる。僕もすぐ、どんなに楽しかったか、次に逢える日が楽しみだと返事を打つ。「そんなにすぐメッセージは送らないよ」「僕なら一日は余裕を見るなあ」「だってメッセージは彼から来るもんだし」みたいに、すぐに連絡をしないのが恋の駆け引きだと勘違いしている話を聞くと、ムカついてくる。駆け引きなんてやめようよ。そんなことに血道を上げててもロクなことないから。半年経ってようやく、自分は恋をしてたんじゃない、よく知らない相手と恋の駆け引きをやってただけだったって気づく結果になるから。

誰かを好きになったら、僕は「好きだよ、もう一度会いたい」と言う。相手が乗ってきたら、向こうも気がある証拠。注意してほしいのは、いきなり一生変わらぬ愛を誓いますと宣言したら、それはそれで問題だから。こちらのときめきに向こうが応じないなら、彼はあなたとは合わない。さっさと次の相手を探すこと。次行こ、次!

心が冷めたら早いうちに伝えるべきだと僕は思う。反対する人も多いけど、言わないでずっと黙っているって、僕にはとうてい理解できない。付き合っている人がいるんなら、もう会いたくないと相手に伝えるまで、僕たちは恋人同士。自分以外の相手と寝たいと考えている相手とはセックスしたくない。身体のお付き合いまで進んだ相手がいるなら、ほかの人とはしないという、世界共通のルールを作るべきじゃないかな。適当にその辺で相手を見つけて、ただ会っていて、それで気が済むなら僕は何も言わない。でもそれはデートじゃない。

あと、「こないだ出会ったあの人、すてきなんだけど、でも……」って愚痴もよく聞く。僕はこんな愚痴を聞かされるのがとてもイヤだ。その先はたいてい、「彼の服のセンスが好きになれないから、こんなコーディネートはどう？　って勧めるつもり……」とか、「彼の仕事がダサいから、転職してよって言ってみるつもり……」とか。最低。間違ってる。他人のライフスタイルを変える権利なんかない。あなたは彼を見下す立場にはいない。何より、彼は今の自分に満足しているかもしれないのに。

付き合っている人をそこまで変えたいと思うのは、あなたがほんとうに彼を好きじゃないから。人生の根本にかかわること、たとえば結婚に意味を見いださない、子どもがほしいと思わない、あなたの宗教を受け入れたくないってことならわかる。美人でも、ユーモアのセンスがあっても、あなたの信仰を押しつけるのはよくない。次行こ、次！

ロブのクローゼット改造計画

COWBOY BOOTS

　僕たちが最初に会った日、ロブは室内履き（のようなもの）を履いていた。当然の成り行きで、僕は知り合って最初の二か月ほどで、ロブの服を買いまくるようになった。彼のコーディネートをそっくり変えようなんて気はなかった。彼らしい、ちょっと奇抜なコーディネートは大好きだし、そのセンスは変わってほしくなかった。彼のために服を見て歩きたい、彼に似合う服を買いたいという気持ちが強かった。要するにロブの世話を焼きたかったってこと。こなれ感のあるファッションを目指す彼は、古着屋で服を買うことが多い。アドバイスがほしいと言われると、僕は喜んで協力している。

　ただ、ロブにはひとつ問題があった。彼が言うには、自分のコーディネートに満足している僕だったからアドバイスを頼んでいたらしい。だけどパートナーに服装のアドバイスをするのは難しく、その相手がロブ・フランスならなおさら大変だ。今日のコーディネートはどう？　と聞かれるから、忌憚（きたん）のない意見を言うと、ロブはすねて落ち込んでしまうのだ。僕たちが唯一本気で言い争うのはこのとき。バカげてるって言われればそのとおりなんだけど。

　結果、ちゃんと向き合って反省会を開くことになり、僕はロブに聞いた。「ロブは僕のアドバイスがほしいの、それともほしくないの？」

ロブが自分で買って、しばらく着続けていた衣類を、僕が好きじゃないと言ったのも、彼の機嫌を損ねた原因だとわかった。「さあ、これから君が持っているワードローブを批評するよ」なんてやり方じゃ、誰も幸せにはならない。だけど、一度言ったことを取り消すこともできない。そこで僕は彼と一緒にショッピングに行くことにした。今も一緒に行ってるし、友だちの買い物に付き合うことも増えた。買う前に意見を言うなら気を悪くさせずに済むから。ロブが手のひらを返したようにやる気を出したのには驚いた。アドバイスは、買う側がまだお金を払っていないうちに――似合わないアイテムを買うという決断をしたところで――行うこと。「それは買わない方がいいかも。もう少し探してみよう」

ロブのクローゼットを一緒に棚卸しして、これは似合う、これは似合わないと伝えたりもした。彼はムダな買い物をめったにしないけど、ひとりで買い物に行くと、派手なものに手を出すタチだ。自己主張の強いアイテムというか。ロブには個性が強すぎて、スタイリングが難しくなるという問題がある。だから、クローゼットの一等地を占領しているくせに日の目を見ないアイテムができてしまう。ゴージャスなファーの襟がついた、ウールの冬用コートとか。僕の夫は厳寒のワイオミング州出身。気候が温暖なユタ州に引っ越した今、このコートをどんなとき、どこで着るわけ？

クローゼットの棚卸しは、さあこれから夜遊びに行こうという段になって、服を着替えてとお願いするよりずっとうまくいった。そんなことをしたら、ロブのメンツは丸つぶれだ。念を押すけど、頼まれてもいないのに彼の着こなしをチェックすることはぜったいにない。感想を聞かれたときだけ答えるようにしているし、そういうときは決まって、この着こなしは似合ってないと自分でもわかっていて聞いてくる。

そのころのロブは、結婚式やバースデーパーティー、ちょっとお高いディナーのデートみたいな特別な日に着る服を大切にしまっていた。似合うのは似合うんだけど、お目にかかれるのは三か月に一度ぐらい。ある日聞いてみた。「特別な日の服を普段でも着て、毎日が特別な日みたいに楽しむのはどうかな?」これはロブ以外の人にもアドバイスしたい。じゃんじゃん着てみようよ! 毎日を特別な日にしてみない? 別にパーティーウェアを毎日着ろとは言わないけど、ちょっといいアイテムを着る機会を増やしても悪くないということ。自分を魅力的に見せ、長所を際立たせるアイテムをクローゼットにしまいっぱなしにするのはもったいないと思う。数週間に一度のお楽しみに取っておかなくてもいい。特別な日に着るようなアイテムを増やして普段のワードローブに取り入れると、服の持つ活気で足取りも軽くなる。

僕が気に入っているアイテムをロブが着ると褒め、気に入らないものを着てると何も言わないようにもした。ロブはもう自分で自分のコーディネートができるようになったので、これからは同じようにして友人たちをサポートする予定だけど、これが着こなしに悩んでいる人にアドバイスをする一番のテクニック。よかったら褒め、悪かったら何も言わない。やってみる価値はあるし、できるだけ相手の気を悪くさせずに済む。

僕がロブに抱く不満――ロブに腹を立てるのはこれしかないんだけど――それは、僕の着こなしをそっくり真似(まね)ること。数週間経ってから、僕が着たアイテムとまったく同じものを着ている。

おそろいを着たいから買うのだろう。「自分のパートナーが白人の双子のかたわれみたいな格好をするのはどうかと思う」と言ったのに、ロブはやめようとしない。

それでも僕は自分が着たいものを着るし、二週間後にそっくり同じアイテムを着てロブがクローゼットから出てきたら、僕はその服を二度と着ない。ロブに言わせると、僕はファッションの世界で働いているから、誰も考えないような着こなしを思いつくのだそうだ。「君が着ているものを着たいのは、君の仕事がうまくいっているってことさ」

だから最近は、ロブがまず着そうにないものを無理して選んでいる。白人の中年男性が着たら大目に見てもらえないアイテムはたしかにある。アジア系の女の子が着てもひんしゅくを買わないのに、白人の子が着ると「大丈夫？」って思われそうなものとか。ロブの悪癖から逃れるにはこの作戦しかない。

だけど、僕が選びそうにないアイテムもある。ロブと付き合いだしたころ、あのカウボーイブーツは牧場で履くためのものだと、ＴＰＯをはっきりさせた（ロブのご家族のみなさんへ。ワイオミング州にお住まいのみなさんには履く資格があります）。牧場のオーナーでもないかぎり、カウボーイブーツを履いたらダメ。

カウボーイブーツには流行の波がある。着こなしにアクセントを効かせたいなら、たまに履くのならＯＫ。でも、クローゼットにあるのがカウボーイブーツだけだったら考え直した方がいい。カウボーイブーツが流行しても、毎日履くような靴じゃないから。

それに、僕がカウボーイブーツを履いたら、白人文化の盗用になってしまうしね。

レトロな水着が大ブレイク

ODE TO A ONE-PIECE

ファッションを学びにカレッジに通う人の多くは、アレキサンダー・マックイーンとか、ステラ・マッカートニーとか、自分が尊敬するデザイナーの後継者の座に落ち着くことを夢見ているんじゃないかな。だけど僕は早いうちから、ああいう著名デザイナーはめったに現れるもんじゃないと悟っていた。彼らは百万人にひとりの逸材だよ。

芸術をハングリーに極めるデザイナーを目指す気はなく、僕は大量生産のアパレルブランドを作る夢をずっと思い描いていた（ファッション・カレッジの大半が、トップショップのようなファストブランドで通用するデザインを教えない現状に違和感を覚えている。現役を引退したら、芸術を追究するデザイナーではなく、アパレルブランドのデザイナーになるための講座を開き、自分で教えようかと考えているぐらいだ。だけど僕は『クィア・アイ』のキャストとしてテレビに出ているから、その夢は当分実現できそうにない）。そのためには業界を当然知らなきゃいけないから、大量生産ブランドへの参入に必要な知識を身につけるため、パタンナーの技術や、デザインの設計図ともいえるテックパックについて学べる仕事を受けるようになった。マネキンに布をまとわせて型紙を取る立体裁断もできなかったし、ＸＳからＸＬまでのサイズに対応できる大量生産のノウハウも知らなかった。

そこで勘を頼りに、僕はそんなノウハウを教えてくれるブランドに当たった。アパレルブランドのありとあらゆる部分を学んでやると意気込んでいた。セルフリッジやZARAで働き、店舗運営の基本、視覚的要素を取り入れた販売促進、商品を発注するコツを学んだ。こうして僕は、シェイド・クロージングというアメリカのブランドで働くことになった。モルモン教徒の女性が顧客層で、慎み深い衣類を展開する企業だ。ニッチ市場で業績は好調だった。会社の規模もつつましかった。だから社員全員に肩書きがあった。僕は地域担当マネージャーとして入社したが、すぐに才能を見込まれ、営業・事業担当重役に抜擢(ばってき)された。デザインから生産、販売にいたるすべてを統括することになった。

シェイドの経営は好調だったのに、僕が入社して二年後、企業は民間企業に買収された。つまり僕は職を失ったというわけ。就労ビザで入国したのに失業中だったら、僕はアメリカを去らなければならない。ユタ州が拠点のアパレルはそれほど多くなく、ビザが切れる前に再就職できなかった――ショックだったし、アメリカを離れると思うと背筋に冷たいものが走った。当時アメリカの法律はイギリスでの同性婚を認めていなかったので、男性と結婚した僕は、結婚ビザが取得できなかった。だから別の手を考えるほかなかった。

このとき僕は二十六歳。三十歳になったら自分の会社を設立する計画を立てていた。従業員を雇い、ある程度の資金を蓄えて事業を軌道に乗せれば、グリーンカードが取得できるはず。そこで、計画を前倒しにして起業を決意した。事業資金は二万ドルほど貯まっていて、アパレルブランドを立ち上げるほどじゃなかったけど、商品をある程度まで抑えれば、何とかなるはずと踏んでいた。

シェイドが他社に売却され、市場にできた需要の隙間に入り込もうと、僕は保守的なデザインの衣類を扱う企業を立ち上げることにした。もう一歩流行を取り入れたアイテムを作ろう、身体の露出を認められていないモルモン教徒の女性の需要をねらい、露出を控え、しかも手ごろな価格で買えるおしゃれな品ぞろえにしようと決めた。

この市場には、すでに数社が参入していたけど、僕から見たらおしゃれとはほど遠かった。こうして僕はささやかなコレクションをデザインし、無謀にも自分の会社キングダム＆ステイトをイギリスでスタートさせると決めた。当時の拠点がイギリスだったからだけど、僕はオンラインストアの作り方も知らなければ、商品を発送するツテもなかった。十八種類のコレクションをデザインし、中国に飛んでサンプルの縫製に取りかかった。そして店舗を半年間借りる契約を結んだ。

店はオープンしたものの、売り上げで大苦戦した。イギリスは、僕らが売ろうとする商品の市場じゃなかった。必要最低限の売り上げは達成できても、間接費が高くて経営が成り立たなかった。半年の賃貸契約が満了すると同時に店を閉め、手元に大量の在庫が残った。大きな痛手は受けたけど、事業を軌道に乗せることに努めた。問題はイギリスに出店したからなのは最初からわかっていて、克服する自信はあった。僕はアメリカの市場向けにデザインした。身体の露出を拒むモルモン教徒の女性の需要を満たすためにデザインした商品で、メインの市場はアメリカ、しかもユタ州だ。ユタ州に拠点を置こう、それから全米に展開させるんだ。

そのころ市場に出まわっていた、控えめなデザインの水着がどうも僕の感性に響かなかった。ピンタレストでハイウエストの水着姿の女性が写ったヴィンテージの画像を保存しながら、僕は考えた。「そういえばこういう水着、五〇年代や六〇年代以降は見なくなったなあ」ようやく見つかったのがドルチェ&ガッバーナのモデルで、とうてい手が出ない価格だった。このテイストで手ごろな価格の水着をデザインしよう、僕のターゲットはモルモン教徒の女性たちなんだから。それに、露出を好まない女性はモルモン教徒以外にもいるはず。

こうして僕は水着のファーストコレクションを完成させた——ワンピース水着が六パターン、ツーピース水着が二パターンの、合計八パターン。どれもヴィンテージ水着に着想を得た、五〇年代風のデザイン。ワンピース水着は、かのマリリン・モンローが着ていたアイコニックなクリーム色の水着をイメージした。ツーピース水着は腹部に別布を重ねてサポート感を出した、シンプルなハイウエストのボトムス、トップスはミッドレングスのビスチェにストラップを足した。スイムウェアのデザインは衣類とは勝手が違うけど、僕は早くマスターできるよう頑張った。自分ひとりで売りさばけるようにと、コレクションは合計七百着作った。このささやかなコレクションが、僕らにパワーをくれた。

インスタグラム経由で知り合ったブロガーにそのうち一着をプレゼントし、気に入ったら画像を公開してほしいと頼んだ。彼女がシェアしたとたん、とんでもないことが起こったんだ。

コレクションを立ち上げたその日、僕は新しいコレクションのサンプル制作のため、中国行きの便に乗るところだった。秋物コレクションのデザインが完成し、サンプル制作に入った。大量生産に入るためには必要なプロセスで、水着のコレクションが売れるのを見越した上での先行投資だった。移動中、ブロガーは僕の知らない間にインスタグラムに投稿していた。中国に到着した十七時間後、七百着の水着が売り切れた――一枚残らず。

飛行機で移動中はＷｉ－Ｆｉがつながらず、僕が売り切れの知らせを受け取ったのは、着陸間際のことだった。滑走路に降りたか降りないかのところで、ロブからのメッセージを受信した。**大変だ、ソールドアウトだよ**　また冗談言って、と、僕は返事を打った。**ははははは**　ロブが返した。**ほんとだよ、売り切れたんだよ。一着（ワンピース）も残っていない**

もう驚いたのなんのって。ロブと直接話さなきゃ。それなのに中国では空港内の携帯電話の使用に厳しい制限が課せられているから、飛行機が着陸しても電話は通じなかった。インスタグラムの使用も禁じられているので、水着の画像につけられたタグが確認できない。

二度目の中国出張だったので、税関審査に長い列ができるのは覚悟してはいたけど、審査を終えなきゃロブとは話せない。僕は一時間以上列に並び、爪を嚙（か）みながら（僕が子どものころからの癖）、そわそわして足をトントン鳴らしていた。イライラして大声を上げたくなったけど、肌が浅黒い僕がやったら、通れる税関も通れなくなる。おとなしく待った。

肌が浅黒い人種には禁止事項がある。空港でバックパックを背負ったまま、叫んだり走ったりすること。搭乗便に乗り遅れそうなときは、早く行かなきゃという衝動と戦う。でも白人のみなさんを下手に警戒させないよう、走ってはダメ。

空港で列に並んだまま、僕は頭の中で「はやく！」と絶叫した。そしてようやくタクシーに乗った僕は、ロブに電話をかけた。

「さっきのメッセージは、どういうこと？　売り切れるわけないじゃない」

ほんとうに売り切れたんだとロブは言った。

さっぱりわからない。僕が飛行機で移動中にソールドアウトってこと？　あんなに小さなウェブサイトで売れる数にしては多すぎる。

「どうしてそんなことに？」

ロブは言った。「こっちが聞きたいよ！　夜が明けて、目が覚めたらひとつ残らず売れてたんだ」

彼が眠りの中にいた数時間ずっと、売れ続けていたらしい。

「システムが乗っ取られたんじゃなくて？」

「違う」ロブは断言した。「全員別の名前で注文されている。先行予約のリクエストも来てるから、追加生産を検討しなければ」

すぐに提携先の工場に電話し、大至急で追加生産を依頼した。六週間あれば何とかなると彼らは言った。僕たちはコレクションのオンラインページを更新し、メッセージを付け足した。**先行予約を受け付けます。六週間で出荷します**　こうして僕らは売りに売りまくった。

ここまで終えてから、僕は電話でロブに言った。「でもさ、ロブ、君ひとりで三千箱を受け取って、三千件の発注元に送らなきゃいけないんだよ」

ロブは天使じゃないかと思うぐらいの大活躍を見せてくれた。

友だちに応援を頼もうよと僕は言ったんだけど、ロブは「いや、俺たちは仲間に助けを乞うような弱虫じゃないだろ」と返した。そして彼は一週間もかけずに、すべての業務を正確にやり遂げた。朝起きてから夜寝るまで、受注したオーダーを処理しては発送したのだ。

それはもう、シャレにならない数の箱が届いて、ベッドルームが一室しかない、僕たちの狭いアパートメントを埋め尽くしたんだ。リビングルームはもう居住空間として機能せず、倉庫と化した。そもそもオフィス兼ワードローブとして借りた部屋で、念のためにベッドを置いていただけ。ロブが荷物を受け取っては出荷して、という日々は一年半続き、僕らにやっと、オフィスを借りる資金ができた。

ビジネスが本格的に稼働した。僕は喜びにうち震えた。

新しい秋物コレクションのサンプルを持ってアメリカに舞い戻った僕は、ユタ州とアイダホ州で商品を置いてくれるショップを探した。僕がスーツケースを引きずって店舗を訪問した結果、大量の注文が入るようになった。

まるで悪徳商人――別にビジネスのルールを破ろうってわけじゃなく、僕がビジネスをよく知らなかっただけ。僕の店舗営業で得た利益で、ラスベガスで開かれる〈マジック〉という見本市にはじめてブースを出展した。〈マジック〉は全米最大のアパレル業界見本市で、膨大な数のバイヤーが来場する。出展料が一万ドルと聞いて気絶しそうになったけど、初日で元を取るほどの成功をおさめた。カリフォルニアで開かれた見本市にも挑戦した――今度は水着専門――フォーエバー21やモドクロスのようなブランドが僕のコレクションを買い付けてくれた。彼らは僕にデザインをたくさん発注し、それからわずか三か月で、実店舗やオンラインストアで売るための大量生産に入った。信じられないことが起こった。僕のビジネスが、本物のブランドとして動きだした。

僕らはすぐに大量生産の準備に入った。大手ブランドの発注量はとてつもなく多く、僕たちだけでまかなえるか、見当もつかなかった。まずは資金集め。売れ行きは絶好調で、オンラインショップでの販売がはじまって数週間で、発注量は四倍に増えた。

水着の売れ行きが好調なので、小売店からアパレルの発注も入った。長年の夢だったアパレルでの大規模なビジネス展開。かなうとは思わなかった夢が実現した。

最初の二年間、従業員は僕ひとりだった。ちゃんとしたオフィスがあると思われたいから部屋を借りたけど、実はベッドルームひと部屋の小さなアパートメント。オーダーはロブがひとりでさばき、僕らのリビングルームから商品を出荷した。営業マネージャー、カスタマーサービス担当と、それぞれ別のメールアドレスを作った。大手ブランドから零細企業と見下されたくなかったから。僕たちチームが一丸となり、お客様のご注文に対応していますと示せば、大手ブランドの信用を勝ち取り、発注が続くと考えたんだ。メールの上では、僕はジェーンだったり、エイヴリーだったり、クリスティーンだったり、何人もの女性キャラを使い分けた。直接話がしたいと言われると、後日書類で追跡できるよう、メールでのやり取りが義務付けられていますと答えていた。空想の大企業を動かすため、僕はこんな作り話で乗り切った。顧客から疑われることもなく。

会社を立ち上げてから二年半の時点で、僕たちは利益をあまり出せずにいた。入ったお金は片っ端から経費となって消えた——だから僕は事業を回すと同時に、生活費を稼ぐための仕事も探していた。僕はまだアメリカの就労ビザが取れなかったので、いったんイギリスに戻り、そこからユタ州のビジネスを回すという日々が続き、ロブは自分の仕事の合間を縫っては、出荷業務に追われていた。

一度はシェイド社の重役として高収入を得ていた僕だけど、法律事務所やメンタルクリニック、仕事があるならどんな仕事でも飛びついて、最低賃金の時間給で働いた。週に五日か六日、朝の八時から夕方四時まで派遣で働き、さっさと退社する。イギリスの夜はアメリカ通常営業の時間。僕は自分の会社の生産業務やカスタマーサービスの仕事をこなした。ストレスが溜まりに溜まり、何度体調を崩し、泣き、やめようかと思ったか。人生最悪の時期と言ってもいいだろう。

派遣社員でも残業があった。昼間の仕事でストレスを抱え、追い打ちをかけるように、工場でのトラブルに悩まされる。マスタードカラーで作るはずの商品が、明るいイエローで納品されたのだ。色の変更をバイヤーにうまく説明できなければ、十万ドル以上の余剰在庫を抱え（しかも生産を依頼していた工場はどこも、自分たちのミスを認めないという悪評で知られていて）、これほどの大打撃を対処できるだけの資金力もなく、僕は携帯電話とメールで、一刻も早く現状を打破しなきゃとあせっていた。

ようやく悟った。僕たちの会社は人を増やしてサポート体制を作り、利益を差し置いてでも人件費を払うところまで大きくなったことを。

こんな風にして、二年半乗り切ったところで、自分に給料が出せるようになった。全力でビジネスに取り組めるようになり、ソーシャルメディアでの宣伝活動も増やした。一方で知恵を絞って、経営の効率化も成功させた。まず、ふたり、それから三人の社員を雇った。大勢の社員を雇っていても、その大半が半日オンラインで遊んでいるような会社をたくさん見てきたし、遊んでいる社員を尻目に働いてきた。そこで僕は、自分の職務をきちんとわきまえる人を雇い、ムダなく働いてもらえるよう、たくさんの仕事を用意した。

事業拡大という大胆な構想も頭に浮かんだ。ブランドを増やし、新しい名前で売り出したらどうだろう? 水着ブランドでは、僕らの座を脅かすアメリカのブランドが次々と参入してきた。新興のブランドが毎日のように誕生する時代だった。僕のブランドも、かつてはこの中のひとつだった。新しいものを導入する必要はない。既存のデザインをコピーしてブランドを作ればよかった。あまりいいことじゃないけど、違法ではないから。実際、僕のデザインをまねて自社のものだと主張する地元企業が現れた。

ユタのみんなは大好きだけど、デザインを盗用する企業があるのも事実。悲しいけどね。そこで僕は考えた。僕のデザインを盗んで儲けようという企業があるなら、僕の会社をいったん整理しよう。それから、デザインは変えず、素材の質を落として価格をかなり下げた商品を売り出す会社を新たに作った。売り上げはかなり伸びた。僕は高級ブランドと廉価版ブランドの両方を売り出したけど、どちらも僕が手がけたと気づく人はいなかった。ビジネスは順調に進んだ。

ハイウエストのツーピース水着は、売れ行きにブレーキをかける商品になっていった。時流は変わり、ワンピース水着への需要が次第に増してきていた。レトロなデザインのワンピース水着は野暮ったくもなければ老けて見えることもなく、むしろシックで洗練された印象を与えた。そこで、世間が僕のツーピース水着は古くさいと批判することに夢中になっている間に、ワンピース水着のリニューアルを図った。大胆じゃないけどセクシーで、誰も試みたことのないデザインにした。つまり、ツーピース水着が僕のビジネスを盛り上げ、ワンピース水着が僕を救ったということ。僕が今こうしていられるのも、あのときワンピース水着をリニューアルしたおかげ。

僕は女性がワンピース水着を着た姿が好き。女性は肌をさらけ出すより、適度に隠した方がセクシーだと思うから。ボトムスがハイウエストのツーピース水着やワンピース水着を着たら、格段にセクシーで洗練されていて、しかもシックな印象を与える。Ｔバックは日焼けするのには便利だけど、布がお尻の割れ目に食い込んでしまいがち。あまり美しくない。それに、水着がお尻に食い込まず、バストがサポートされて上を向く水着を着れば、自信たっぷりにビーチやプールサイドを闊歩(かっぽ)できると思う。ビキニはもう絶滅危惧種、次のボーイフレンドを探す武器にはならないんじゃないかな。

八〇年代ファッションは、クラシックな美しさを否定していたと思う。どうしても注目を浴びたかったらお好きにどうぞ、流行遅れに見えるかもしれないけど。自分に自信を持ちたい、快適でいたい、サポート感を大切にしたかったら、ワンピース水着がお勧め。

ほかの女性から賞賛を得たいから装う。それはビーチ以外でも同じこと。ビーチで自信を持って過ごしたい、女性から好感度を得たいなら、それにふさわしい水着を着ること。

男性にも水着のアドバイスをするね。サーフボードを持っていない男子は、サーフショーツ禁止。サーフショーツがサーフィンに向いてるかどうかはわからない。でも、サーフショーツがおしゃれだった時代は終わっている――クールでもなければセクシーでもない。僕から男性へのお願い。太ももの真ん中あたりの丈のショーツを選んで。そうすれば背が高く、スリムに見えるから。

有名ブロガーとのコラボ

LITTLE PINK DRESS

ビジネスが軌道に乗ったところで、〈ピンク・ピオニーズ〉というブログの運営者、レイチェル・パーセルと提携することにした。レイチェルとは二年ほど前からの知り合いで、僕がニューヨーク・ファッションウィークで披露したアイテムをよく着てくれ、水着コレクションの販促にも手を貸してくれた女性。彼女がファッションやライフスタイルについて書くブログは同世代の支持を集め、レイチェルは二十代前半という若さで、世界中の読者が彼女のあらゆるライフスタイルに注目する存在になった。

レイチェルは女性が持つ美しさを存分に表現する、独自の感性の持ち主。彼女のブログでは、その才能がすみずみまで発揮されている。子どもふたりに夫、その上超豪邸に住むという、幸せを絵に描いたようなレイチェルは人気ブロガーになった。あれは寒いクリスマスの日、レイチェルから、自分のブランド作りに力を貸してくれないかと相談があった。

コラボをはじめるまで、僕はブロガーに偏見があった。ここ数年、毎日たくさんのブログが公開されてるけど、自撮りと自作のアボカドトーストの写真ばっかり。まさか自分が、そんな自己満足の集団と仕事をするとは思わなかった。ところが、ブロガーと実際に会ってみると、僕の偏見はウソみたいに消えた。

自分もブログを運営していたから、ブロガーはつまらないことばかり書いてると偏見を持たれるのはわかる気がする。でも最近、ブロガーって、最先端を走るマーケティングの担い手じゃないかと考えるようになった。ブロガーは購読者を増やそうと、ありとあらゆる手段を考えている。スポンサーが透けて見える記事もいっぱいあるけど、だからこそ、企業がコラボする理想的な相手だと思うな。ブロガーはインフルエンサー、アクセス数が収入のバロメーター。自分の好きなことを自由に書かせてくれて、しかも家族を養うためのギャラを払ってくれるスポンサー企業の発掘に余念がない。僕は発想を百八十度転換し、人気ブロガーのみんなを支持することにしたんだ。

タン、じゃ、今でもブランチを撮影中のブロガーのテーブルに乱入して、お皿をめちゃくちゃにしてやりたい？　もちろん。ジムで自撮りしているブロガーの画面に変顔で写り込んでやりたい？　当然。悪意のある批判や罵倒でコメント欄が荒れるのは、ブロガーに問題があるからだって思う？　それは、ぜったいにない。ブロガーは努力して、ゼロからフォロワーを集めたんだよ。尊敬に値する。

話をレイチェルに戻そう。彼女は非の打ち所がない――美人で面倒見がよくて、すばらしい才能に恵まれている。僕がこの本を書いている時点で、レイチェルはまだ二十七歳だけど、百万ドルを稼ぎ出すブロガーであり、百万ドルを稼ぎ出すアパレルブランドの経営者でもあり、六歳に満たないふたりの子どもの子育てとビジネスを両立させている（そう、レイチェルは若いママ。ここユタ州では、モルモン教徒は早婚で、若くして親になる）。

レイチェルから一緒にビジネスをやらない？　と提案されたとき、最初はあまり興味がなかった。ビジネス上のパートナーはいなかったし、僕自身、ビジネスにかなりのこだわりがあったから、パートナーが必要とは思わなかった。でも、彼女と組めばうまくいきそうだと思った。レイチェルは膨大な数の読者がいるブロガーで、読者は彼女が勧めるものを買う。ブログの世界では、コンバージョン（読者がサイトにアクセスし、利益を生む行動をすること）が大きな意味を持つ。リンクやアクセス数が売り上げに結びつかなければ、フォロワーが何人いても意味はない。レイチェルのブログ読者は売り上げにとても協力的なので、僕のコレクションの売り上げアップに結びつくと考えたんだ。

話し合った結果、僕たちはパートナーシップを結んだ。レイチェルは三か月以内に自分のブランドを公開したいと考えていた。条件がすべて整ったとしても、オリジナルブランドを考えるには、最低でも半年から九か月は必要だ。それなのに僕は安請け合いし、「僕らで奇跡を起こそう」と答えた。ほんとうに奇跡が起こった。使える時間はすべて投入した。僕たちは猛スピードで突っ走った。

ふたりは毎日、ほぼ二十四時間一緒に過ごした。会えないときはフェイスタイムで話した。コレクションの基調色はピンクに決めた。ピンクが大好きなレイチェルは、ブログのタイトルも〈ピンク・ピオニーズ〉だ。夢見るような感性で偶然思いついたように見せて、実は計算しつくされたデザインの、特別な場で着るドレスをレイチェルは求めていた。イメージ作りはレイチェル、デザイン画は僕が描いた。一週間も経つと、すばらしいコレクションが始動していた。デザインが完成したところで僕が中国に行き、サンプルを作る。二週間も経たずに大量生産がはじまった。

僕たちが作ったブランドは、僕が手がけたことのない高価格帯のアパレルだった。ふたりとも不安だった――僕は二百ドル以上のアイテムを売るノウハウを知らず、レイチェルは売り上げの予測が立てられない。僕たちは慎重にマーケティングを進めた。

構想は一月に決まった。そして四月、僕たちはブランドを公開した。

たったの一日で千着以上売れた。レイチェルの影響力は僕の想像をはるかに超えていた。

今、手がけているブランドがすべて成功したら、二年以内に引退しようと決めた。僕の目標は大富豪になることじゃなく、夫と未来の子どもたちが問題なく暮らせるだけの財産ができたら、合間にコンサルティングの仕事を引き受けるのもいいかも――と。いずれにせよ、数年もしないうちに業界から離れるべきだ。これだけのブランドを展開していたら、近いうちに体調を崩しそうだった。

レイチェルに会うまで、僕はピンクが大嫌いだった。今では好きだと言えるだけ大人になった。レイチェルは（ピンクの）光で僕を導いてくれた。僕たちはターゲット層を理解し、彼女たちの好みに合った商品を作った――顧客層が気に入るテイストのワンピースとスカートを種類豊富にそろえた、上品でフェミニンなブランド。フィット・アンド・フレアのワンピースを大量に作った。アメリカでは、ストレートなシルエットのシフトドレスよりも、フィット・アンド・フレアのワンピースの売れ行きが伸びるだろうと考えた。ウエストまでは身体にフィットし、スカート部分にボリュームを持たせたデザインのどこが魅力的なのかわからなかったけど、どうやらアメリカでは好まれるみたい。アパレルブランドを展開した経験上、アメリカ人はウエストのくびれを見せたがるけど、ヒップを隠そうとする。一方、ヨーロッパの女性はウエストの細さをあまり重視しない。ヨーロッパではシフトドレスが好まれる。ヨーロッパの女性たちは、品格やファッションのセンス、サイズ感や構造、丈を見極める才覚を重んじる。

アメリカ女性はどうしてウエストのくびれを強調し、ヒップを目立たなくするデザインを好むのだろうか——メディアがプレッシャーをかけるから？　アメリカンカルチャー不滅の理想像が、五〇年代の主婦だから？　どんな深層心理があるのか知らないけれども、こんなにたくさんのアメリカ女性がフィット・アンド・フレアに惹かれるという現状に、驚きを隠せないでいる。これは僕の好みだけど、ウエストを細く見せ、かわいらしいフィット・アンド・フレアのシルエットは好き。でも、お尻が大きいのを隠すためとか、男性の目で見た女性らしさや美しさに迎合して、フィット・アンド・フレアを着るのは賛成できない。

シフトドレスは身体のどの部分も強調していないけど、とてもおしゃれでセクシーだと思う。女性らしさをただ前面に押し出すのではなく、着る人の独創性やスタイルを反映させたドレスだとも思う。

まあ、それはそれとして、レイチェルの話に戻るね。僕たちのパートナーシップは五年続いた。コレクションは大成功したけど、一年経つと、僕はレイチェルと組んだビジネス以外の経営に頭が回らなくなってきた。ユタ州への永住許可を得て、やるべきことがたくさんあった。仕事もプライベートも両立したかった僕は、会社を三つ経営して、充実した幸せな人生も送らなきゃと欲張ってしまったんだ。

三つ目の事業であるレイチェルとの提携は、すでに手がけたビジネスの延長線上にあり、すべて難なくこなせると思っていた。ところがビジネスパートナーの存在は、僕に予想外のストレスとなってのしかかったんだ。自分がトップなら、経営判断はすべて自分で下せる。だけどビジネスパートナーがいると、相手のことも考えなければならない。レイチェルは高い収益をたき出すブロガーで、譲れない美学がある。どんな細かいことでもレイチェルにとっては妥協できないポイントで、それは僕も理解していた。だけどそれって、僕の判断には彼女の承認が必要で、ふたりの意見が合わなければ、レイチェルが満足するまで説得しなければならない。僕は事業を整理して新たな道を探そうと思った。レイチェルと僕は腹を割って話せる友になっていたので、僕は会社を去るつもりだと彼女に告げた。

正直に言うと、あのころの僕は、今まで感じたことがないほど気分が落ち込んでいたんだ。ゆううつな気分になることはあったけど、このときは違っていた。人生が仕事中心に回って、それ以外、何もないように感じた。ベッドから出たくなくなった。ロブとの関係もこじれてきて、深刻な問題が起こる明らかな兆候が表われていた。ロブはいつも僕を元気づけてくれ、幸せな気持ちにしてくれていたのに。

これだけは言っておきたい。冬に入ってから、僕は落ち込むようになったんだけど、ユタ州は一月になると、とても冷える。寒くて曇り空だと、気分がどんよりする。その上ビジネスで悩みごとがたくさん。そんなネガティブな要素が積み重なった時期でもあった。

でも、三つの会社をぎりぎりのタイミングで回す日々は数か月も持たず、僕は方向性を見失った。うつ状態はさらに悪化し、自分がこの世からいなくなればいいと思うまでになった。毎日、車で仕事先に向かうとき、このまま反対車線に突っ込んだらどうなるんだろうと考えだした。とにかく楽になりたいと、車の中で毎日泣いた。

重圧に溺れてしまいそうだった。金銭的な負担は、自分はもちろん、ロブにも負わせたくない。失敗はしたくない、失敗したところをロブに見せたくない。ここで撤退しなければ、僕はきっと二度と立ち直れなくなる。一方で、こんなことも考えていた。事業が失敗したら、残りの人生をどうやって生きるつもり？　答えは自分の中で出ていたのに。

タン、君は一か月間、会社をたたむことばかり考えていたよね――って。

ロブから今後のことを毎日尋ねられるたび、僕は大丈夫だと答えていた。それなのに涙が出る。泣くなんて、まったく僕らしくない。ロブは一緒に耐えてくれた。毎日泣いている僕を見ながら、彼も一緒に泣いてくれた。「もう何もしなくていい。やめていいんだよ、そうすれば楽になる」と言ってくれた。僕が死を選びそうだと気づいた彼は、僕を救い出そうと必死だった。どん底にいたある日のこと、愛車のスバル・アウトバックで十五分かけて職場から家に戻る途中、ロブに電話した。「この橋から車ごと飛び降りたい、お願いだからやめろと言って」彼は僕を思いとどまらせた。彼は仕事中だったのに、仕事そっちのけで職場を飛び出して、僕と話すため、橋まで車を飛ばした。僕は道路の脇に車を停めると、ロブは僕から希死念慮を振り払った。

ロブは最愛の夫だ。

家に戻ると彼が言った。「とにかく退任するべきだ」

僕は言った。「ありがとう、でもそれでは生活が成り立たない。僕には社員がいる。彼らの生活を守る責任がある。勝手に退任なんかできない」すべてを——自分の矜持と尊厳も含めて——失うかどうかの瀬戸際にあった。僕は自分が間違っていなかったのを示そうと、何年も努力してきた。名声を手にした親戚はいたけど、中ぐらいの成功者ばかりだった。大好きな家族も、自分の身の丈に合った程度に野心を持っていた。家族にこんな風には思われたくなかった。「タンはアメリカンドリームをかなえるために故郷を離れたのに、数年で逆境にめげ、挫折してしまった」自分は正しかった、失敗なんかしていないと示そうと、僕はかなりの圧力を自分にかけていた。今まで職を転々として、実家では物笑いの種にされてきた。だけど、そのときと今とは事情が違う。

会社をたたむのが怖かったのは、毎日家にじっとしていたくなかったからでもあった。うつ状態がさらに悪化し、わけもなく死にたくなるだろうから。

でも、このストレスを背負って我慢していれば、自分を死に追いやるのは時間の問題だった。そこで対策を考えた。早急に事業を売却し、僕は引退する。大富豪ではないにしろ、事業を売却すれば、僕と夫、未来の子どもたちが暮らしていけるだけの資産が手に入る。そして、ファッションのコンサルタント業に転身すれば収入は確保できる。

レイチェルに迷惑をかけたくなかった。パートナーシップを打ち切ると彼女との間にしこりが残りそうだったので、まず彼女の夫に相談し、事業の一部を肩代わりする気はないかと聞いた。「僕が降りたら、代わりに経営を手伝ってくれない？」彼には経営を担当してもらい、デザイン関係はパタンナーが担当してくれればうまくいく。当初から経営への参画に興味を示していたレイチェルの夫は、この話に向こうから乗ってきた。

ビジネスが継続できそうな手ごたえを得たところで、あとは心の絆を保つ努力。レイチェルに話さなければ。僕はプライベートにもっと目を向けたいんだと彼女に言った。子どもがほしい。家族に愛情を注ぎたい。「レイチェル、君は大事な友人だけど、友情がこじれたからパートナーを解消するんじゃない。君とのパートナーシップが不満でビジネスから降りるんじゃない。僕はもう限界だ。自分や家族にもっと寄り添って生きていきたいんだ」

レイチェルは怒らなかったけれども、かなり動揺した。彼女は涙を流し、サポートの人員を増やしましょうと提案した。パートナーシップを続けるためなら、どんなことでもすると言ってくれた。ビジネスは大成功したし、レイチェルとの関係はかけがえのないものだけど、家族を優先して生きていくという僕の気持ちは断じて変わらなかった。

レイチェルには自殺を考えたことを打ち明けようとは思わなかった。僕は、隠しごとはしないタイプだけど、相手の心を折るようなことになると、大の親友に対しても口をつぐんでしまうところがあった。振り返れば、別に恥じるところは何もなかったのに。自分の力がおよばないところにまで来て、全体像が見えなくなる時期は誰にだってある。だけど僕は、命を絶ちたいと思ったことをレイチェルには打ち明けたくなかった。彼女には弱音を一度も吐いたことがなかったので、僕が心を病んだのは、自分とパートナーシップを組んだからだと罪悪感を持ってほしくなかった。

経営から手を引くと発表してから二週間後、ネットフリックスから『クィア・アイ』のオファーが飛び込んできた。

僕が『クィア・アイ』のキャスト候補に選ばれたという噂が耳に入ると、この仕事が来たから経営から手を引いたのかと、レイチェルはとても傷ついた。疑われてもしかたがない、絶妙なタイミングでオファーが来たけど、ただの偶然で、思いがけなく舞い込んできた話なんだと事情を説明した。身辺を整理し、のんびり余生を過ごすはずが、人生で最も忙しいプロジェクトに加わるかもしれない。でも、まったく未経験のキャリアが舞い込んできたからには、辞退するのはもったいない。誠意を尽くして誤解を解こうとしたけど、レイチェルは僕の言葉を信じてはくれなかった。

僕とレイチェルの友情に一生消えない亀裂が入りそうになったが、僕が採用したスタッフのおかげでビジネスは何事もなく進み、レイチェル・パーセル夫妻がトップに立ってから、経営はつつがなく続いている、僕がいなくてもビジネスが回るのが立証された。レイチェルとの友情はその後も続いている。

この際だから、ビジネスを整理することにした。そのために会社清算のプロを雇い、彼は、ほぼ一年以内にすべてのブランドの売却先を決めた。すべてアパレル業界の個人事業者に売却できた。僕にはデザインとブランド作りの才能はあると自覚している。だけど、資金調達と生産管理の才能はゼロにひとしい。アパレル業界で大量生産ブランドに参入したい人たちにアドバイスしたい。かなりのプレッシャーを難なく乗り切れなければ、やめた方がいい。だって、ストレスで死にそうになるから。大丈夫と言うならやってごらん。数百万ドルの資金をプールしていなけりゃ、ちょっとしたミスで莫大な損害が出るから。

起業を考えている人たちに、もうひとつアドバイスしたい。「僕はリッチになる！」という動機で事業をはじめてはダメ。金儲け目当てでビジネスをはじめてもロクなことはない。企業経営はとてもつらい。素人が思っているほど楽なことじゃない。休暇は取れないし、プールでまったりもできない。休暇を取ろうものなら、数日間楽しんだツケとして、山のように溜まったメールと電話の処理が待っている。ビジネスにはストレスがつきもの。経営者は必ずリッチになれるという妄想は捨てること。人がやりたがらないことを何年も積み重ねれば、ごほうびに、ちょっとは報われることがあるかもしれない。

起業したい分野について、可能なかぎり学び、可能なかぎりの職についてから起業すること。業界に精通した人材を雇えば何とかなると考え、十分に学ばないうちに起業しないこと。安心して経営が成り立つと思えるだけの資金が調達できるまで、（ひとりでも）従業員を雇うのは理にかなっていない。

借金は最小限に留めること。僕は、融資や信用貸しに眉をひそめるどころか、一切許されない環境で育った。無借金でビジネスをはじめたからこそ、あれだけの利益を上げ、経費を引いたら全額が僕のものになった（大量生産に乗り出したときに一か月間融資を受けたけど、売上にはまったく影響しなかったし、融資の利率が変動したこともあって、今後は手を出さないつもり）。銀行やほかの融資先から資金を調達して起業するなら、耐えがたい負担を背負うことになる。資金を全額使い切ってもいいんだと思うようにもなる。僕は借金の奴隷になるつもりはない。

数年間は自分に給料が払えないと覚悟すること。副業をやるか、別の収入源を確保するか、起業するからといって、軌道に乗るまで今の仕事はやめないこと。

自分がやりたくないことを社員にやらせないこと。オフィスの掃除はやった？ うん、僕はやったよ。社員は君の召使いではなく、従業員なんだから。従業員にしかるべき敬意を払って接すれば、彼らは君を社長として尊敬し、一生懸命働いてくれる。従業員をヘトヘトにさせるような、無能な上司にはならないこと。使えない上司は権威もなければ説得力もない。君がもしそうなら、君はただの道具だ。

社内のどこかで悲観的な意見が起こると、ネガティブな空気が山火事のように全社に広まる。その気配を感じたら、火元を消すよう心がけること。チーム内で仲間のやる気をくじく社員がいるようなら、その人物を解雇する勇気を持とう。組織とは、企業を成功へと導く大事な存在だと思う。悲観的な社員をいつまでも雇うというリスクを負わないこと。

従業員とは友だち付き合いをしないこと。ソーシャルメディアでフォローする必要もなければ、彼らにフォローを強制するべきでもない。以前、僕の下で働いてくれていたメンバーと、今では友だち付き合いをしてるけど、経営者時代は一線を引いていた。彼らは僕の会社の従業員であり、しかるべき敬意を払っていた。信頼し、誠意を示し、大事な仕事仲間として接しても、彼らはあくまで仕事仲間。従業員と友だち付き合いをしなくてもいい。なぜなら従業員を友人にしてしまうと、仕事を教えるときや、研修や職業訓練の場で――解雇するときはもちろん――何かと面倒になる。僕は人と距離を置きたい——友人だろうと、家族だろうと、一緒に仕事をしてくれる仲間とは特に。

社員の勤務初日、僕の会社では「嫌われ者にならないために」というテーマで話をしていた。その内容を紹介しよう。

職場で嫌われ者にならない秘訣

これから紹介するルールは、職場の全員から嫌われた過去の経験を踏まえ、僕が独自に考えたもの。職場の嫌われ者として、場数を踏んでいる僕。経験豊富な嫌われ者だからこそ、陥りやすいワナも、嫌われないためのスキルも身についた。

◆職場とは、誰かを押しのけてひとり勝ちする場所だと考えないこと。
◆たとえ同僚が成功しても、自分の目標が達成できないかもしれないと考えないこと。
◆同僚の噂話はしないこと。ネガティブな空気は山火事みたいに燃え広がる。
◆もしあなたが僕の部下で、同僚をいじめて一歩リードしようと考えているなら、僕はその同僚を評価し、いじめたあなたを解雇するから。そこんとこ、よーく考えてね。
◆「アイツはダメだ」と人に言う、あなたの方がダメな社員。
◆同僚の態度がどうしてもムカつくなら、言葉を選んでこっそり相手に指摘し、気に食わない理由を事務的に――つまり主観を交えずに――伝えること。

僕は女性が大好きで、職場でも複数の女性と働いている。生まれてからずっと、女性と接する機会の方が圧倒的に多かったと言ってもいいほど。女性って、女性ならこうあるべきという既成概念の抑圧を受けて生きている。でも、僕の身近にいる女性たちは、職場の男女平等を語り、女性のサポートに回り、同性を支持する人たちばかり。だけど、女性同士でののしり合い、同性の悪口を言う女性を、男性よりも多く目にした気もする。

女性のみなさんに言いたい。悪口合戦はやめて、女性同士で連帯しよう。先回りした男たちが女性たちの争いを踏み台にして、自分たちだけ出世しようとしているよ。そんなやつらに迎合し、同じ女性を貶(おとし)めようとするのは、最悪中の最悪だからね。

ワンポイントアドバイス

着回しが利く、ブラックのシンプルなアイテム

女性はファッションの選択肢が多くてうらやましい。ジーンズも、ドレスも、スカートも……。さて、手元にクレヨンの箱があり、好きな色をふたつ選べと言われたらどうする？

僕個人、あまり女装には憧れていない。女装したい人たちがいるのはすてきなことだし、見事な演出のドラァグショーを見るのは好き。ただ、僕は女装があまり得意じゃないだけ。それなのに、僕はこれまでたくさんのワンピースを着てきた。その裏事情をちょっと話してみたい。

最初に作った会社、キングダム＆ステイト時代、フィッティングモデルを雇う予算がなく、僕の体型はアメリカ女性のＭサイズ。ワンピースは女性にとって着回しが利くアイテムであるべきとの持論を持つ僕は、起業してから数年間、自分の会社で売るワンピースやスカート、水着のフィッティングモデルを自分でやっていた。Ｍサイズの女性の体型が正確に把握できるよう、体重を増やしたり減らしたりもした。僕は真剣だった。サンプル制作の準備期間は、Ｍサイズのモデルにふさわしい体型をキープするよう努めていた（ここまで書いてきたように、ビジネスを成功させるためなら、どんなこともやってきた。夢をかなえたいなら、一見バカみたいなことにも挑戦した方がいい）。

ワンピースは着る場所を選ばない便利な選択肢で、ジーンズやスカートより、洗練されたセク

シーな雰囲気を演出できる。女性はワンピースを着る呪縛から解放されるべきだという意見があり、僕も全面的に賛成。だけど、あれこれ考えずにワンピースに手を伸ばすだけで、どんなシチュエーションでも美しく見せてくれると僕は信じている。

職場ではセクシーすぎる服装はつつしみ、仕事着としてふさわしい服装を選ぶ。職場は大胆でセクシーなファッションを主張する場じゃないから。輝いているあなたにケチをつけてるわけじゃなくて、同僚や上司は、仕事中にはそういう輝きを求めていないってこと。業績達成の方がもっと大事。

どんな状況でも使えるリトル・ブラック・ドレスを一枚持っておきなさいってアドバイスは悪くない。でも、ワンピースであるべきって考え方は古くさいかも。身体のラインをきれいに見せてくれるブラックのパンツと同色のトップスをセットアップでそろえておくと、靴の選び方次第で、華やかな場でも通用する。要は、ブラックのシンプルなアイテムさえあれば、困ったときにはそれを着ればいいってこと。クローゼットに駆け込んで一、二秒で、おしゃれでシックなコーディネートのできあがり。

突然の電話

JEWELLERY

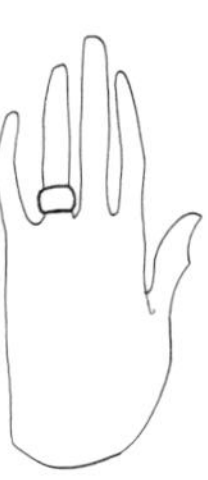

充電期間中、ロブとラスベガスにいた僕に、キャメロンと名乗る、男性から電話があった。はじめて聞く名前だ。タレントのマネージャーで、友人の友人経由で僕の連絡先を聞いたそうだ。「これからお時間ありますか？　スカイプでネットフリックスのスタッフと話をしてもらいたいんですが」

しつこいかもしれないけど、キャメロンという名前に覚えがない。それに僕は今、充電中。電話面接を受けるとは言っていない。事実上の引退を考えているのに、仕事を続ける話なんて興味はない、ましてやショービジネスの世界なんて。

「大丈夫です、一時間だけお時間をいただければ。先方は、あなたがこの番組に適任かを確かめるため、ちょっとお話がしたいそうです」

「一時間？」僕は言った。「僕は夫と休暇中です。僕が適任だとはとうてい思えませんけど、声をかけてくださっただけでも光栄です」

キャメロンは『クィア・アイ♂♀ ゲイ5のダサ男改造計画』を観たことがあるかと聞いてきた。イギリス版はあるけど、アメリカ版は観ていない。電話面接にも興味はなかった。どうせ選ばれるわけはないし、エンターテインメント業界のオーディションは一度も受けたことがなく、「あなたはこの役には向いていません」と言われるに決まっている相手と話すなんて、時間のムダ。夫は「ただの電話じゃないか！　やってみなよ！」と、僕の背中を押してくれた。その先はご存じのとおりで、僕は今、ロブ・フランスに感謝している。

僕はしぶしぶモールを出ると、シーザーズパレスをのんびり歩いてホテルの部屋に戻った。ホテルの名は〈パリス〉。まるでおばあちゃん家にいるみたいな歴史あるホテルで、僕のお気に入りだった。モダンで洗練されたデザインの客室じゃないけど、居心地はいい。夜の十時になったら眠っちゃうおばあちゃんみたいな優しさがあって、当時の僕にはそれが性に合っていた。僕らが泊まっていた客室は、白人の保守的なおばあちゃんの家そのものの内装。リッチなんだけど四〇年代からリフォームしてなそう。おばあちゃんは子どもたちが走り回るのが嫌いだから、廊下はしんと静まり返っている。そう、ホテルはそうあってほしい。

僕がスカイプにつなぐと、キャスティング・ディレクターと自己紹介した彼は、部屋——ベージュ地にブルーとホワイトの花柄をあしらった安っぽい壁紙、ペイズリー柄のカーペット——を見るなり「ダメだよ。別の部屋に移ってくれないか」と言った。おばあちゃんの家風インテリアに好感を抱いていたのに、彼はご不満だった。「クールじゃなくっちゃ。この面接は録画してオーディション動画としてネットフリックスに送るんだ。ホテルのマネージャーと交渉してくれないか？　この通話はオーディションなんだから、別の部屋を用意できないだろうか？」

それを言うって、ホテルのマネージャーに対してとても失礼じゃないかな。相談する前に、僕はスパに場所を移すことにした。スパなら掃除も行き届いてるし、明るいし、ここよりはモダンだし、きっとうまくいくと思った。ところが回線がつながったとたん、BGMがエンヤに切り替わった。エンヤって!! エンヤが朗々と歌い上げてる……。

ホテルのマネージャーが言う。「ダメです。どの部屋も空いてません」

スパを出ると、僕のラップトップを抱えて走り回ってる夫と目が合った。リラックスするための休暇が台無し。「オーディションは忘れて。向こうには、もうほっといてくれって僕が言うから!」モールに戻って休暇の残りを楽しみたかった僕は、夫に言った。するとロブは「冷静になろうか。マネージャーにかけあってみよう。ネットフリックスのオーディションだと言ったらどうするか様子を見てみようよ」

マネージャーと交渉したのはもちろんロブで、僕は自分のラップトップを抱えたまま、彼の脇で見守っていた。

リフォームを終えたばかりの会議室を一時間借りるということでホテル側と話がついた。ホワイトがベースで必要最低限のものしかなく、ブラックやレッド、イエローが差し色として効いている部屋。客室よりもずっとモダンで商談には向いてそうだし、面接に使えるぐらいにクール——たぶん。僕はボーダーのTシャツにブラックレザーのライダースを着ていた。これって、面接映えするコーディネートだと思わない?

回線がつながり、数分も話さないうちに、僕はこのキャスティング・ディレクターがとてもいい人に思えてきた。相手も僕を高く評価してくれたようだ。面接は二時間続いた。とてもくだけた面接だと思った。僕のプロフィールや人生観について尋ねられた。どうしてユタ州に住んでいるの？　アメリカの生活はイギリスと比べてどう？　僕の夫についても聞かれた。肩ひじ張らない、雑談のような面接だった。話しやすくて、この人と友だちになれそうだと感じた。それぐらい感じのいい面接だった。この日がオーディション最終日だったそうで、すでに二千人近くの面接が終わっているけれども、彼は僕を候補に推したいと言った。「信じられません！　ほんとにいい人だ」と答えたのは決してお世辞じゃない。彼は笑って、キャメロンとは相性が合わなかったみたいだねと言った。でも僕は、この人の言うことを真に受けてはいなかった。こんなに親切だったのは、僕がキャストとしての条件を満たしていて、この業界に不慣れな僕の機嫌を損ねたくなかったからだと思った。今ならわかる。他人をムダに怒らせるタイプのキャスティング・ディレクターはいない。

彼の話だと、次のステップはスカイプの通話を三分間の動画に編集して番組の制作者に渡し、制作側が僕を気に入れば、直接会って面接することになるらしい。まさか、この仕事に抜擢されるわけがない。カメラには不機嫌そうな顔で映っているし。制作側は、カメラが回っている現場で僕がどんな演技をするかを確かめるつもりだろうけど、これじゃダメだ。

ところがそれから二日ほど経って、制作側から連絡があった。もう一度スカイプで話したいからスケジュールを調整してほしいと。長い通話になりそうだったので、僕は落ち着きはらって、ひどく生意気な態度で（普段から生意気だけどね）、僕の都合に合わせてくださいと言った。電話面接がはじまる間際、僕はその中のひとりに向かって「偉そう、ムカつく」と言った。「今、私にムカつくって言いましたよね？」と返してきたので、僕は「あなたがムカつくやつだったら、僕はためらわずにそう言いますから」と答えた。制作側では笑いが起こり、お互い顔を見合わせながら「こんな風に歯に衣着せないところがいいね」と言いたげだった。

僕は人前でめったに卑屈な態度を取らない。僕はこのときも、制作側と視線をそらさずに言った。そちらはキャストを見つける、僕は仕事を手に入れる。ウィン・ウィンですよね。どうしてこちらが遠慮しなきゃいけないんです？　このオファーがダメになっても、僕の人生には楽しいことがたくさん待っている。スカイプ面接が終わり、回線が切れるまで三秒間のタイムラグがあった。回線が切れる直前、番組の制作者が「やったな！」と言ってから、勢いよく席を立つのが見えた。ひょっとしたら、ひょっとするかも。

その日が終わらないうちに、例のキャスティング・ディレクターから電話があった。「合格です！そうなると思ってましたよ。最終選考に進みます」聞くところによると、最終選考は三日間、ロサンゼルスで行われる。キャストの座をかけて争う四十人ほどの男性たちとの顔合わせだ。

ここまで来ても、僕がこの仕事に向いているとは思えなかった。自分はここでおしまいだろうと、心のどこかで感じていた。制作側が僕をキャストに選ぶはずがない——彼らは情け深くて、多様性を重んじ、肌の浅黒い移民にチャンスをくれてやったというポーズを取りたかっただけ。そしてもう一度、最終選考には行けませんと連絡した。三日間も時間を取るのはムリです、とも言った。僕は最後の事業を売却する途中で、やることが山ほどあった。事業の売却はストレスが山のようにかかる仕事だ。確定申告の時期、家に予想を上回る高値がつき、ローンを申請するために書類を十種類作るのと同じぐらい大変なんだ。あまりにたくさんの提出書類を抱えたまま、陽光うららかなロサンゼルスにちょっと顔を出し、決まるわけもないキャストのオーディションで必死になるなんて、考えただけでもバカバカしい。だけどこのときも、行ってこいよと背中を押したのはロブだった。彼は言った。タン、こないだ、ゲイの友人を増やしたいって言ってたばかりじゃないか。たしかにこれまでは来る日も来る日も働いてばかりで、同性愛者の友人は……夫だけ。ソルトレークシティーに住んでいると、ゲイの友人を作るのはけっこう難しい。ゲイの男性が四十二人集まった部屋で、そのうち誰かと友だちになれるんじゃないか？　ロブの指摘はなかなか鋭かった。そんなこんなで、僕は最終選考に向かった。大人数が集まるオーディションで、新しいゲイの友だちができてよかった——と思いながら家に帰ればいい。

オーディション初日の夜、カクテルパーティーがあると聞かされた。なるほど、「自己紹介して友だちになれる」チャンスだ。

このパーティーは、チームとしての相性をチェックするためのテストだった。

ここで僕は不安になった。キャストになれるかということじゃなく、ここ十年ほどバーやクラブで遊んでいなかったし、キャスト候補は注目を浴びようとやっきになるだろうし。僕は基本的に真面目な方。酒は飲まないし、ダンスもしない、それに、かわいくてムカつくなんて言ってくる人もいない。人が大勢集まる場も気後れするし、ここそこ隅っこに引っ込んで、誰にも気づかれないうちにパーティー会場から逃げ出したかった。

カクテルパーティーの会場に着くと、モッシュピットみたいに人がぎっしりいる場所がある——バーコーナーのまわりに人が集まっていて、中央に置かれたカクテル用のハイテーブル周辺を除けば、人影はまばらだった。酒を飲まない僕がバーコーナーの集団に交じっても意味がないし、どうやってこの場になじめばいいかわからなかったので、ハイテーブルのひとつを拠点にしようと考えた。僕と話をしたければ、このテーブルに来れば一対一でおしゃべりができるよね。

不思議なことに、そのテーブルに人が絶えず訪れ、いつしか僕のまわりにゲイの輪ができ、パーティーの間、おしゃべりと笑いがずっとあふれていた。僕は愛想よく一対一の会話を楽しみ、こちらから話しかけたりもして、数時間続いたパーティーの最後まで、かっこよくいなきゃとか、テレビの仕事を手に入れなきゃといったプレッシャーを感じずに済んだ。大事なのはキャストに選ばれることじゃない、僕は友だちを作りに来たんだという意識がかえってプラスに働いたみたい。友だちになれそうだと感じたゲイを数名見つけたし、彼らとは今も仲がよい。

そのひとりがカルチャー担当のカラモだった。うわぁ、魅力的――これがカラモの第一印象。カラモはとても誠意のあるアイコンタクトをする人で、握手しながら目と目を合わせると、カラモ以外のすべてが消えてなくなってしまいそうなほど。あの夜、カラモがこんな風に見つめるのは僕だけだと勘違いしていた――僕がとてもすてきだからね。その後わかったのは、あの八方美人、話し上手だし、誰にでもいい顔を見せるってこと。僕もカラモのようになれたらいいのに。

次に目を引いたのが、明るいトーンのスーツ、図抜けてがっしりしたフレームのメガネと、ひょうきんな服装で現れたインテリア担当のボビー。彼はいきいきとして、集団の中でひときわ目立っていた。

そうこうする中、パーティーの話題はアントニで持ちきりだった。あの子、どうしてあんなにセクシーなの？　僕は「誰のこと？」とばかりに部屋中を見回し、噂の張本人がわかると拍子抜けした。えーっ、彼が？　アントニはもちろんとてもハンサムだけど、僕のタイプじゃなかった。アントニはナイスガイに見えたし、彼がキャストに決まればいいのにとは思ったけど、彼は緊張していて、おどおどしたイメージがぬぐえず、かわいくもなければ天使にも見えなかった。僕は自分より社交的な人に惹き付けられる方なので、アントニとは親しくなれそうにないと感じていた。

アントニの第一印象がこんなだったなんて、とても皮肉。今は僕にとって、（夫以外で）地球一大好きな子で、自分の命より大事なのに。アントニは生涯僕の弟、初対面の印象よりも断然かわいくて、澄んだ心の持ち主。

そして、ジョナサンがいた。

ラスベガスにいた僕に、最初に連絡してきたマネージャーのキャメロンは、実はジョナサンのマネージャーをやっていて、彼はしょっちゅう僕にささやいてきた。「ジョナサン・ヴァン・ネスを見つけるといいよ――きっと気に入るから！」

そうは言うけど、カクテルパーティーに集まったのは四十二人、パーティーも終わりに近づいたころ、最後に僕が話したのがジョナサンだった。初対面で、彼とはもう会わないだろうなと直感した。ジョナサンは近づいてくるなり、大声で自分の性生活について語りだした。はじめて会った相手にこれだけあっけらかんと、自分の奔放なセックスライフを語るジョナサンに、僕はどう接していいかわからず「この人とうまくやっていく自信はないし、友だちになれそうもない」

と考えていた。コネがあるならキャストに選ばれて当然だし、ジョナサンは、ほかの誰とも違っていた。何より、あの個性。僕たちがうまくやれるとは思えなかった。それがひと月も経たないうちに、僕の大好きな仲間のひとりに加わった。僕の第一印象って、どうやら当てにならないみたい。

最終選考の第二ラウンドは、全員がお見合いパーティーをやるような形式で行われた。テーブルが四つ用意され、各テーブルに候補者三人、プロデューサーひとりが座る。候補者はファーストネームのアルファベット順に呼ばれ、僕はTなので、先に呼ばれた候補者の質問を前もって聞くことができた。

テーブルの上にはそれぞれ金魚鉢があって、中にはテーマを決めた質問を書いた紙が入っている。僕の番になった。プロデューサーは、金魚鉢から質問の紙をひとつ取ってと言った。僕は断った。「この金魚鉢に入っている質問をさっきから聞いてましたが、『最近、誰かと絶交しましたか？』『どんな犬が好きですか？』のような質問をネタに話したくはありません。僕から質問しますので、もっと面白い話をしましょうよ」全員が言葉を失った。僕はさらに続けた。「僕はイギリス人です。意味のないおしゃべりはしません。もっと現実味のある話をしましょう。さて、あなたは最近離婚したそうですね、その辺を詳しく聞かせてください。お子さんは何人？　離婚の原因は？　もっと突っ込んだ話を聞きたいなあ」

「質問されるのはこっち？」彼らはキョトンとしていた。

制限時間が終わっても、彼らは僕のことをもっと知りたがった。「だから僕、金魚鉢の質問に答えなかったんですよ」

オーディション二日目、僕らは思い出の品を持ってくることになっていた。制作側の期待は、自分にとって意味のあるもの、話題にできるものを用意すること。トークはすべて撮影された。

この撮影付きオーディションの電話連絡は、僕がまたラスベガスにいたときに来たので、思い出の品を家から持ってくることができなかった。順番が来て、結婚指輪以外は何も持ってこなかったとプロデューサーに言った。結婚式の様子と、僕の人生を形にしてくれたのは夫であることを話した。僕の今、僕の未来を作ってくれたのは、夫とのパートナーシップ、そして指輪が示すものだと。ロブが世界一のパートナーであること、ロブと暮らしたいからアメリカに住むことにしたこと、ロブとの時間を大切にしたいから、キャリアを捨てて子どもを持とうと考えたこと。そして、ロブが支えてくれたから、夢見てきたことがすべてかなったと言って、話を終えた。「思い出の品を持ってこなかったことに理由はありません。この結婚指輪さえあれば十分だからです」

スピーチが終わると、プロデューサーたちは涙ぐんでいた。僕はまた考えた。ひょっとしたら、ひょっとするかも。

翌日、もう一度面接をしたいと電話をもらった。プロデューサーはカラモとボビー、僕を呼び、椅子に座らせて質問する。前にはたくさんのカメラと、プロデューサー数名が並んでいる。僕以外のキャスト候補者はローテーションで交代したけど、僕はずっとその部屋に残った。ジョナサンやアントニも来て、面接を受けた。この日、僕はジョナサンとアントニに惚れた。カラモとボビーに対する好感度もアップした。この面接のために集まった数時間で、僕たちは打ち解け、笑い転げた。面接はそうこうするうち八時間続いた。八時間ずっとその部屋にいたのは僕だけだった。僕のスピーチがそれほど気に入ったのか、まだ話し足りなそうな僕が黙るタイミングを見ていたのか。とにかく、評価されたのをうれしく思った。

カメラが向けられても緊張しなかった。カメラなんかないと自分にひたすら言い聞かせた。あんな度胸、自分のどこにあったんだろう。キャスト候補者とおしゃべりし、楽しく過ごそうと努めた。頑張りすぎた記憶もない。ただ、自分らしさを忘れないようにした。みなさんが番組で見ているとおりの、自分らしくいきいきとした、タン・フランスを。

途中から、面接の部屋にキャスト候補者が五人入るようになった。プロデューサーから、待合室に、あと五人候補者がいると聞かされた。合計十人。〝やった！　キャストになれるかも！〟という手ごたえを感じた。

審査の最終ステージ、僕たちは何かを見つけるシーンを短時間演じた。番組に出ていると想定して演技する――僕たちは（番組冒頭シーンのように）ヒーローの家にこっそりお邪魔する。僕はクローゼットの中にある衣類を吟味して、問題点や変更すべき点をプロデューサーに伝える、という演技を求められた。

ひとりぼっちでカメラの前に立つのがはじめてだった僕は、頭が真っ白になった。撮影されていることを意識しすぎたんだ。カメラを視聴者の顔だと思って、じっと見すえて話し続けた。スタッフから「カメラに向かって話さないで！」と注意されてもダメだった。しゃべり方もアメリカ風にしろと言う。僕はさらに動揺した。「僕はイギリス人だ。僕はずっとイギリス人らしいしゃべり方を守っている。アメリカ風になんてできない」もっとはっきり言ってしまえば、アメリカ風に振る舞う気すらなかった。はしゃいで浮かれるなんて、僕のキャラじゃない。

もっと大きな声で、オーバーアクションで下世話な演技を期待していたのだろう、でもそれはぜったいに僕のキャラじゃない。僕がそんな演技をしたら、観ている側が違和感を覚える。僕がそんな演技をするはずがない。本来の自分のまま、番組ではどう振る舞うかを見せるべきで、オーディションに通るために大げさな演技をしたって、本番でそのとおりに演じることはできない。

オーディションは終わり、僕たちは全員帰宅した。空港に向かう車の中、これはしくじったなと後悔した。キャストには選ばれないだろう。でも、もともとやりたかった仕事じゃないからと、僕は自分を納得させた。こうしてユタ州に戻った。『クィア・アイ』に出たい？ そりゃもちろん、出たいに決まってる。負け惜しみを言っているだけで、実はキャストに選ばれたいと強く願っていた。その願いを無理やり押さえつけていた。どうも僕には悲観的なところがあるらしい。

とはいえ、オーディションの最初の目標、ゲイの友人作りは達成していた。ボビー、カラモ、ジョナサン、アントニ、そして僕は、〈ファブ5〉というグループテキストを作った。まだキャストに内定もしていなかったけど、僕らはとても気が合い、連絡を取り合うことにした。たとえキャストに決まらなくたって僕は彼らと連絡を取り合い、また遊びに行きたかった。それぐらい最高の仲間になった。

ロサンゼルスを発（た）ったのが日曜日。五日後の金曜日、担当のキャスティング・ディレクターから、最終結果は早くても月曜日か火曜日になるとの連絡があった。五日間、ヤキモキしながら連絡を待っていたのに。ロクに眠らずに待ってたのに。いずれ結果が来るというのに、僕は脳内でオーディションの様子を最初から最後まで再生し、たぶん大丈夫だよねとか、人生がうんと変わるんだろうなと、プラスの空想にふけった。と思えば、こんなことをしたから合格はあり得ない、ど素人を起用するようなマネはしない――といったマイナスの妄想にも悩まされた。

一時間後、電話機にカリフォルニアの市内局番が表示された。ついに来た、不合格の電話だ。そういや月曜日に結果を知らせる電話が来るんじゃなかったっけ。

電話に出るなり、僕の方からしゃべりだした。「とても残念です。全力は尽くしました、みなさんが応援してくださったのに。とにかく僕は充電中ですので、ぜんぜん平気です！　がっかりさせて申し訳ありません」

すると、電話の相手はこう言った。「君にこんなことを言うのは申し訳ないけど、充電中の君がどうしても必要なんだ」

僕は言った。「そんな！　ほかの人を選んでください！　キャストになりたくてたまらない人を。僕では番組が成り立ちません！」

スタッフの間から笑い声が上がり、相手は言った。「僕たちはキャスティングのプロだよ。君は大スターになる」

まあ、こんな感じの会話だった。僕はオファーを受けた。

電話を切ってから、僕は枕に顔を埋めて叫んだ。すぐさま起き上がり、車のキーをつかむと、ロブに合格の知らせを伝えるため、彼が勤務する病院へと向かった。運転中の十分間、まるで他人の人生を映像で観ているような気分だった。車の中で「やった！」と何度も叫んだ。まさか、僕が選ばれるなんて。キャストの仲間入りだ。これは夢じゃない——僕は頭の中で言い続けた。番組に僕が出る。合格したのは事実なのに、頭のどこかで〝みんな夢なんだよ〟と、冷めた目をした自分がいる。今まで体験したこともない、妙な気分だった。

病院に着き、駐車場に車を停めて、緊張した顔をしてロブの勤務先まで歩いた。頭に血が上って、めまいがしそうだった。駆け出したりはしなかったけど（南アジア系の男性は病院で走ったりしない）、一秒でも早くロブに伝えたくてたまらなかった。職場ではロブはデスクにいて、まわりを大勢の人が取り巻いていたところだった。歩いてくる僕の笑顔で、ロブはいいニュースが届いたと察した。彼が「ワーオ」とささやいたので、僕も「ワーオ」とささやき返した。数分間は抱き合ったんじゃないかと思えるほど、僕らは強くハグした。ロブのおかげで、こんなに誇らしい気持ちになれたあのひととき、僕は一生忘れない。

キャスティング・ディレクターから、ボビー、カラモ、ジョナサン、僕がキャストに決定したと聞かされた。フード・ワイン担当がまだ決まっておらず、検討中だった。だけど僕ら四人は、アントニしかいないと決めていた。

ためらうことなく、アントニを起用するようキャスティング・ディレクターに交渉した。「アントニがいい。アントニにするべきだ」と電話で訴え、僕らがそう願う理由を熱く綴（つづ）ったメッセージを送った。「立場をわきまえろ。君たちに決定権はない」と思っただろう。だけど僕らが強くアントニを推したので、スタッフは彼を呼び寄せ、オーディションをやり直した。やった、アントニが選ばれた。二度目のオーディションで、彼はパーフェクトな演技をやってのけた。

撮影は四週間後にはじまり、アトランタに移動したら夏はずっとそこに滞在すると説明があった。アトランタに集合し、撮影がはじまると、リアリティー番組の制作現場が、僕の日常に加わった。大勢のスタッフ、僕らを取り巻くたくさんのカメラ、これは大がかりな番組になるだろうと、みんな口にしていた。撮影がはじまってから三週間、僕はずっとうろたえていた。ぜったいにヘマをやらかす。うまくできるわけがない、カメラの前にいると落ち着かないし、何よりハッピーでいられない――僕はネガティブな思いから抜け出せなかった。

落ち込みが頂点に達したのは、警官のコーリーを改造するエピソードのしめくくりでだった。このエピソードは二話目として撮られたもので、撮影がはじまってから二週間が経っていた。スタッフから演技へのダメ出しはほとんどなく、自分の演技は自分で評価しなきゃいけない。しかも僕は自己評価がとても低いタイプなので、カメラに映った自分は最低だとしか思えなかった。ほかのキャストよりも無口で、つまらなく見えないだろうか。僕はスタッフの期待を裏切っている。業界用語も知らなくて、いちいち聞いてると、使えないキャストだと思われそうだったので、わかっているふりをしていた。自分がカメラのファインダーから離れるタイミングがわからない。映るべきときに顔がきちんとカメラに映っていない。カメラがかかわるミスは当たり前のようにあった。僕のせいで撮影スケジュールが遅れる。知らないことは事前に下調べできたのにやらなかった。僕は自分で自分を追い込んでいた。

ある晩遅く、自分の気持ちが抑えられなくなった僕は、エグゼクティブ・プロデューサーのデイヴィッド・コリンズの部屋のドアをノックした。彼はすぐさま、僕に何かあったのを察した。僕はデイヴィッドの部屋のカウチに座って、わんわん泣いた。「うまく演技できません、この仕事、続けられません。僕のせいで番組制作が難航する。契約を打ち切ります。このままじゃスタッフは僕を解雇するでしょうし、それなら僕が今抜けます。僕からはぜったいに訴えません。ネットフリックスから訴えられないかぎりは」演技がうまくできない、エンターテインメント業界ではやっていけない。それ以外、もう何も考えられなくなっていた。

ファブ5のみんなをずっと見ていたけど、自分はとても、あんな風にはできなかった。みんなリラックスしている。僕とは正反対だ。彼らは表現力も感情も豊かで、しかもアメリカ人だ。番組が選んだヒーロー（依頼人のこと）のダサい服を平気で着るし、おもちゃで遊んだり冗談も飛ばす。僕は地味目のイギリス人として振る舞うことしかできなかった。

プロデューサーからよく言われた。「弾けて！　弾けて、タン！」ショービジネス界の人間らしく動きたいけど、それって僕らしくない。

この番組に向いていないのは、自分らしくない役回りができないからだとクリエイターに説明した。バカ騒ぎは苦手。派手な演技はムリ。すぐ不機嫌そうな顔になる。アメリカ人じゃない。イギリス人はお愛想笑いをしない。別人になりたいとも、なれるとも思わない。

彼は僕の顔を見て言った。「だが、君が君らしく見える、その瞬間がすばらしいんだよ。自分にあまりプレッシャーをかけないでくれ」デイヴィッドに言われて気づいた。僕のこんなところが自分らしいと思えばいいんだ。僕はずっと、スタッフは違う自分になるよう僕に期待していると信じこんでいた。デイヴィッドのアドバイスで、僕はネガティブな気持ちを振り払い、自分らしく振る舞うことで気持ちが楽になった。彼らは僕のこんなキャラクターを評価したんだ。僕がムリして演じようとした、偽りの自分じゃない。

翌日、僕は心機一転、撮影に参加した。目の前の景色が違って見えた。僕は与えられた役を演じたけど、好きなように演じることで力を得た。自分を何ひとつ偽ることなく。ずっと気が楽になった。番組も、タン・フランス自身も前進したと感じた。

相手と揉めたくないから口をつぐんでしまうことって、けっこうある。僕が知っていて当然なことだからといって、実はわからないのにわかったような顔をせず、疑問があればちゃんと聞けばよかったと後悔する。僕は言いたい。落ち込む前に相談しよう、質問してみよう。悩みごとを打ち明けてみよう。それが自分の前に立ちふさがった問題を解決する力を手に入れる、最初のステップだから。自分で自分の首を絞めることはない。尊敬する人が僕に言ってくれたから。〝君が君らしく見える、その瞬間がすばらしいんだよ〟

結婚指輪

WEDDING RING

結婚指輪がどんなに大切な品かについては前の章で話したけど、指輪にまつわる話も書いておきたい。

僕たちは話し合って結婚を決意したんじゃない。プロポーズもなかった。する必要がなかったから。結婚を意識したのは、知り合ってたったの一か月半、ロブがはじめてイギリスに僕を訪ねてきたときのことだった。どうかしていると思われても当然の決断だった。この話はいったん保留にしたけど、二年ぐらい経って、僕らの間でまた結婚が話題になった。「今日結婚してもいいよ」ロブが言った。僕も「いいよ」と答えた。そこで、「だったらやっちゃおう！」ということになり、結婚登記所まで出向いた。

イギリスで結婚するには、式の二週間前までに登記を済ませておかなければならない。行く前に書類をすべてそろえ、登記所では係員との面接があり、結婚する正当な理由があるかが確認される。登記所に行ったその日、ロブと僕は、ハキハキとした優しい女性担当者の前に座った。基本的な質問が終わると、彼女は僕たちの両親の職業を尋ねた。母は専業主婦ですと僕は答えた。次はロブの番だ。正直に答えなきゃいけなかったので、ロブは「カウボーイとカウガールです」と答えた。それを聞いた担当者は小躍りした。「職業欄に〝カウボーイ〟って書くの、はじめてです！　知り合いに話してもいいですか？」イギリス生まれのパキスタンくんが、本物のカウボーイと結婚するって、よっぽどおかしなことなんだな、と改めて思い知らされた瞬間だった。

ロブと結婚したのは、僕がイギリス在住でキングダム＆ステイトを立ち上げ、必死で会社経営に取り組んでいたころ。やっと軌道に乗ったが利益はまだ出ていなかった。僕たちは笑っちゃうぐらい貧乏だったけど、幸いメンズの結婚指輪は、女性に贈るダイヤモンドの婚約指輪ほど高くはなく、僕には理想の結婚指輪があった。西洋のゴールドよりも黄色くて純度が高く、柔らかいインディアン・ゴールドの指輪がほしかった。ロブの好みを聞いたら彼も気に入ってくれたので、早速指輪探しに入った。

ロブがいったんアメリカに帰国するので、結婚式に間に合うよう、薬指のサイズを前もって測ってほしいと頼んだ。ロブがサイズを教えてくれた。サイズ９だとロブは言う。「そんなわけないじゃん」

９で間違いないとロブは言う。

僕は言った。「君と付き合って二年になるけど、ぜったい測り間違えてるって。もう一度確かめて」

「タン、これで百パーセント間違いない」

僕が正しいに決まってるけど、君の言うことを信じるからねと答えた。でもぜったい間違ってる。だってサイズが大きすぎる。これじゃ親指用のリング。だけど、つまらないことで意地を張って結婚をためらわれるのもイヤなので、ロブの自己申告を信じることにした。覚えていると思うけど、僕は「だから言ったよね」という言葉の重みを、誰よりも身にしみて感じているから。「だから言ったよね」が飛び出すシチュエーションが来る予感をひしと受け止め、このチャンスを逃すものかと考えた。

ジュエリーショップのスタッフから電話があり、ロブの指輪は僕の三倍の値段になると言った。僕は考えこむ。笑っちゃうぐらい貧乏な僕から、最後の一ペニーまでむしり取るつもり？ だけどロブは断固として、サイズに間違いはないと言う。結婚とは信頼することでスタートラインに立てる……どう考えたって、相手の方が間違っていたとしても。

数日後、指輪が届いた。僕らは誓いの日まで指輪を身につけないことにした。

結婚式当日、目が覚めてロブと向き合い、結婚そのものについて、はじめて語り合ったときのことは、今も鮮明に覚えている。事務的な話はしっかりやった——式の日取りとか、僕たちと証人二名だけでやるとか——だけど僕たちの結婚について、きちんと語り合ったことはなかった。式の日の朝、僕はロブに言った。「結婚そのものを、ちゃんと考えたことってあったっけ？ 僕たち、一生カップルとして生きていくんだよ。お互いの気持ちを確かめない？」

「俺もまったく同じことを考えてた。このあたりは、もうちょっと詰めておいた方がいいな」

ロブと一緒に人生を歩みたいという気持ちに変わりはなかった。だから、人生設計について、徹底的に話し合った——これからどう生きていくか、今は結婚するのにふさわしいタイミングか、子どもはどうするか。でも、僕たちは、離婚するにはたくさんの法的手続が必要とか、すぐに答えが出ないような問題については触れなかった。これから結婚するのに、そんなことを深く考えたら、せっかくの決心が鈍るだけだから。

お金には困っていても、結婚式用のスーツは買った。ところが式の日直前になって、ロブのスーツがちっとも身体に合わず、そのせいで彼が落ち込んでしまった。僕のスーツを着てもらったら、ぴったりだった。彼のスーツは僕の趣味に合わないばかりか、僕の身体にもぜんぜんフィットしなかった。僕が似合わないスーツを着ているのはロブもちゃんとわかっていたようだったが、それでよかった。彼に気持ちよく式に出てほしかったから。ロブは普段から、似合わないものを着ると僕以上に落ち込む、今日は僕らの結婚式なんだから、ロブには気持ちよく過ごしてもらうことに僕は心を砕いた。この日のロブは、ほれぼれするような姿だった。

結婚当日はあまり写真を撮らなかった。写真がなくたって一生の思い出になる日だし、だったら必要はなかった。友人が撮ってくれた写真が一枚ある。この写真を見るたび、しまった、僕、自分のスーツを着ればよかったと後悔する。結婚式の最中はロブを気遣う気持ちが強かったけど、写真ってあとに残るものだから。

スーツに着替えた僕らは、証人を引き受けてくれたナズニンとナスリン（ふたりは姉妹）、ナスリンのフィアンセ、ジョンと一緒に地下鉄で移動した。僕たちはふたりとも、うれしさと緊張とが入り交じった気分で、駅からイズリントン・タウンホールまで歩いた。窓口で書類を提出してから待合室で二十分間、名前が呼ばれるのを待った。僕は待ちきれなくて、その場をうろうろしていた。

ようやく名前が呼ばれ、セレモニーの会場に入った。予想とはぜんぜん違ったところだった。

カーペットは花柄、垢抜（あかぬ）けない壁紙、狭くてけばけばしい部屋。お金はかかっているんだろうけど、センスが古くさい。五十人は座れそうな椅子が並んでいても、僕らには三人の証人しかいない。

ロブと僕は部屋の前へと進み出ると、結婚式に立ち合う職員の脇に立った。式の間中、僕らは照れ笑いを続けていた。緊張半分、笑いが止まらなかったのが半分、といったところ。

ロブはイギリス式アクセントにたびたび悩まされた。宣誓のとき、「常に汝（なんじ）を愛し、敬（うやま）います」と言うところを、彼は「常に汝を愛し、羨（うらや）みます」と言い間違えた。これにはふたりとも笑いが止まらなかった。ロブは僕の南アジア系の生き方をうらやましいと思っているみたいに聞こえたから。

こんなに不真面目なカップルははじめてだったのか、同性婚はグリーンカードを取得するためですかと職員が僕らに尋ねた。そんなことは断じてありませんと僕らは答えた。

そして、僕はほほえみながら、ロブの指に例の指輪をはめた。キングコングの結婚指輪かと思うようなビッグサイズのを。だから言ったよね、でも僕らは式を挙げてるんだし、僕を怒らせずに済んでよかったね、ロブ。指輪が入った箱を結婚式の日まで開けなかったのは、不幸中の幸いだった。

誓いの言葉を交わすとき、定番の「私はあなたを愛し、従います」というセリフから〝従います〟をカットすることになっていた。なのにロブはその約束を忘れ、誓いの言葉をやり直した。彼の傍らで、僕は口には出さずに毒づいた。指輪が大きすぎるって僕が言ったら、大きいねと認めようね。「従います」って誓った以上は。

翌日、僕らはもちろん指輪のサイズ調整をお願いした。

ちゃんと測った結果、ロブのサイズは7だった。9じゃなかった。

そう、僕は世界中の誰よりも「だから言ったよね」が口癖。僕の直感はたいてい当たるから「だから言ったよね」というオチがつくんだ。僕の親しい友人から「タンが世界で何より好きなものって？」と尋ねられたら、一位はきっと「ケーキ」で、次が「だから言ったよね」だろう。

いい人でいたいけど、その前に正しい人でいたい。あと、焼き菓子は大好き。

式が終わってから、友人がお祝いにと手配してくれた店でハイティーを楽しみ、アパートメントに戻った。そしてふたりでウェディングケーキを食べ、テレビを観た。僕たちの理想が現実になった式だった。大事なのは結婚式じゃない。パーティーでもない。僕たちふたりなんだ。

結婚式で大騒ぎはしたくなかった。誤解されないよう言っておくけど、プロポーズにはロマンチックなものもあるし、心温まる結婚式もある。だけど、盛大な式を挙げなければお互いの愛が確かめられないなら、そのふたりは、すでに警告の鐘が鳴っているんじゃないかな。

結婚して八年になるけど、僕らは毎年のように結婚記念日を忘れる。イギリスとアメリカで式を挙げているので、僕たちの記念日は二回ある。記念日の月になると「おっと、今月には記念日があるね」と思い出すんだけど、当日が過ぎてから思い出すというていたらく。

僕たちが記念日にこだわらないからというのが本音。バレンタインデーもお祝いしない。僕はこの手のイベントには興味がない。僕たちカップルは世の中の景気上昇には貢献していないけど、毎日必ず実行しているささやかなことがある。ささやかだけど、積み重ねが大きなイベントよりもずっと意味を持つことが。

価値観が似ているところも、僕たちが結婚に踏み切った理由かもしれない。欧米のスタイルを取っているようでも、僕はやっぱり南アジア系の価値観を大事にしている。伝統的な価値観の持ち主である僕には、離婚という選択肢はない。モルモン教徒のコミュニティー出身のロブも、離婚を選ぶことはない。どちらのコミュニティーでも離婚するケースはあるけれど、めったにない。それにどう考えても、同性婚は〝伝統的な〟結婚とは言えないけれど、やっぱり伝統を大切にする僕は「同性婚は僕にとって唯一の選択肢であり、ロブは生涯でたったひとりのパートナー」という考えに行き着いた。「僕は君と結婚する」と言ったからには、生涯その思いを大切にするつもりだ。ふたりで生きていくため、僕たちは何が起こっても必ず乗り越えてみせる。

すべていつも問題なく解決できると楽観視しているわけじゃない。ふたりの間でコミュニケーションがうまくいかないこともある。ロブの家族は優しくて愛情にあふれ、争いを避ける達人ぞろい。オリンピックに〈人をイヤな気持ちにさせない〉という種目があれば、ロブの一家は金メダル確定で、ロブはチームのトップ選手だ。

僕たちが付き合いだしたころ、ロブは誰よりも、僕が不愉快な思いをしないよう気を配ってくれた。だけど、僕はロブとは正反対の性格の持ち主。修羅場に耐えられないから、仲たがいの原因は必ずタンにあるとみんな言う。でも、ロブは自分が悪いと考えてると思う。

牧場育ちのロブは子どものころから家業を手伝っていた。学校から帰ってきたら、牛の世話、乳しぼり、牛の散歩が待っている……（僕も、まさか自分が牛の世話をするとは夢にも思わなかった）。だから大人になったロブは、家事をやりたがらない。人から指図されるのがイヤなんだ。僕が「僕の撮影中、数日間ヒマだよね。食料品店であれと、あれと、あれを買ってきておいてくれる？」と頼んだりしたらひどくむくれて、僕がうろたえて「いったいどうしたの？」と聞くまで黙り込んでしまう。

そんなわけで僕は、付き合いはじめたころから、イヤならイヤとすぐに言ってとロブには伝えている。

別に自分が天使のような性格だとは言ってないよ。とっても無愛想にもなるし、乱暴な言葉を吐くことだってある。だけど、結婚九年目を迎える僕とロブにとって大事なのは、感謝の気持ちを忘れないこと。僕らは友人たちがびっくりするぐらい愛し合い、思いやりをもって接している。僕らはこれからも、どっちが先かを巡って盛大なケンカをするだろう。でも僕らはお互いの気持ちを尊重することを忘れない。それがカップルとして幸せな関係が続く証だから。

人前でパートナー同士がけなし合ったり、感謝の気持ちを示さないのはどうかと思う。口論もそう――人前でパートナーと言い争うべきじゃない。何があっても、たとえ腹が立っても、ロブや共通の友人の前で彼を批判するなんて、僕には考えられない。人前でパートナーをけなすなんて、見るに堪えないから。

ロブと出会うまで、「恋人がいてもロクなことなんかない。第一難しい。出会ってよかったと思う相手もいるけどね」なんて、僕は斜に構えてた。あのころの僕は、なんてバカだったんだろう。人はいつだって幸せになる権利がある。自分には結婚が向いていないという人にかぎって、誰かと一緒にいたい気持ちが強いのかもしれない。結婚して、僕は生きるのがずいぶん楽になった。まだまだつらいこともあるけど、それでも結婚したことで、人生は格段に楽になった。結婚生活に困難はないとは言わないけれど、困難ばかりが続くわけでもない。

僕のまわりには、パートナーとの関係で行き詰まっている人がいる。パートナーから逃げたい——文字どおり逃げてしまいたいと言う人がいる。結婚相手とは別に週末を過ごしたいから、離れて過ごす方が楽だから、という理由で、友人と休暇を過ごすんだと言われると、こう尋ねたくなる。「君たち、いったいどうなってるの?」

ふたりの間で揉め事が起こっても、僕たちの間には離婚という選択肢がないので、妥協点さえ見つければ必ず答えは出る。解決はするかって? 百パーセント解決するとは言い切れない。僕たちは基本的に、いつも原点を忘れず、過去を振り返ることで愛情を育ててきた。年に一度ぐらいは、数日間、お互いひとこともしゃべらないぐらいの大ゲンカをするけど、その都度ふたりで仲直りする糸口を探している。

僕たちの結婚がうまくいっているのは、結婚前にライフプランを頑張って作ったからじゃないかな。結婚して一緒に暮らすまで、子どもは何人ほしいか、どこに住むか、経済状況はどんな感じか、結婚生活をどうやってうまくやっていくか——いろんなことを徹底的にスカイプで話し合ってから結婚した。十一年目を迎えれば、お互い結婚当時とは変わっただろうけど、生き方や日々の暮らしは変わらない。

僕たちが、いつも人生の同じページにいるようにしてきたこと。大事な人と向き合って、ふたりが同じページにいなかったら、注意信号が点滅してると思ってかまわない。とにかく会話を続け、同じページにいられる相手か確かめた方がいい。

僕は運に恵まれているかって？　そうは思わない。僕は理想の結婚相手をきちんとイメージしていた。お酒を飲まない人。一生続けられる仕事があり、情熱と野心を忘れない人。ロブのアーティストな部分も好き。僕たちはお互いの欠けているところを補っている。僕は考えに考え、理想の相手を選んだ。ロブを僕の理想に近づけようと無理強いしてもいない。妥協できるところはしているし、ちゃんと話し合って、理解してもらっている。結婚前は大変だったかって？　そういうこともあった。ふたりとも秘密を持たず、正直でいるよう努めたからこそ、トラブルが起きても、その都度うまく乗り越えてきた。仲がいいのは運に恵まれたからじゃない。努力したから。努力はするだけの価値がある。

ワンポイントアドバイス

アクセサリーについて

ココ・シャネルの名言がある。「家を出るとき、鏡を見て、アクセサリーをひとつ外すこと」アクセサリーの着けすぎだとよく指摘される人には、参考になるアドバイスかもしれない。存在感を主張するアクセサリーは普段使いするものじゃないし、「最近、金持ちぶってない?」みたいに批判されることもある。だけど、アクセサリー合わせはそれほど難しく考えない方がいい。ココ・シャネルの時代より、もうワンランク進んだ考えを取り入れるべき。家を出るとき、アクセサリーをひとつ外さなくても済むコーディネートが、ソーシャルメディアでたくさん見つかるんだから、真似したいと思ったコーディネートはすでにできあがってるはずなんだけど、違う?

僕からのアドバイス。アクセサリーはできればいつでもつけること。ウォッチやイヤリング、ネックレス、存在感のある靴みたいに、アクセサリーも気軽にプラスできる。ジーンズとTシャツの組み合わせは定番だけど、そこから一歩踏み出し、ジュエリーや華やかなアクセサリーを足せば、コーディネートがワンランクアップし、ベーシックでありきたりな雰囲気がさらにもう一段アップする。

似合うアクセサリーの中から、自分らしさを主張するものを選んで。こまめに取り替えたってかまわない。クローゼットの中身を全部取り替えなくてもいいけど、アクセサリーを替えれば気分が一新できる。

ジュエリーについて

衣類はシンプルすぎるアイテムを着るようにしている。プライベートの僕が、ブラックやホワイトのTシャツとジーンズ、スニーカー、そして、たくさんのリングで指まわりを華やかにしているのは、もう知っていると思う。

ジュエリーはたっぷりと。結婚指輪はぜったい外さないけど、リングはたくさんつけたい。普段は結婚指輪のほか、少なくとも五つはリングで指を飾る。ちょっとやりすぎぐらいにして、華やかでパンチの効いたアクセントにする。カンペキ。

着るものやファッションが派手すぎるのは苦手だけど、ジュエリーは悪趣味なぐらいに盛るようにしている。アントニはジュエリーをつけた僕を〝ペルシャの王子〟と呼ぶ。僕の印象って、みんなそんな感じなんだろうね。ひるまず、アクセサリーをじゃんじゃんつけよう。

プライベートではシルバーではなく、ゴールドのジュエリーを選ぶ（ベルトのバックルを除いて）。シルバーはまず選ばない。これは僕の意見だけど、シルバーって、ヒッピーっぽい。ターコイズと合わせるとなおさらそう思う。似合うって人はたしかにいるよ！　僕がただその中に入らないだけ。浅黒い肌をきれいに見せてくれるので、僕はゴールドひと筋。

ベルトについて

番組関係者から、タンはどうしてベルトをしないのと聞かれたことがある。ベルトそのものに存在感がなければ、ベルトはいらないと僕は思う。僕はベルトより、パンツのフィット感を重視している。ベルトは僕にとってファッションで、実用的なものじゃない。パンツのフィット感はベルトで調整しようなんて考えず、お願いだから、身体をきれいに見せてくれるパンツを選んで。

ベルトをしていると老けて見えることがある。たとえば実用本位の〝オフィス向け〟ベルトを締めるのは冴えないし、数歳年上に見える。年上に見せたくておしゃれする？　僕はスーツを着るときにベルトを締めるのも苦手。だって着こなしがうるさく見えることがあるから。着こなしがあっという間に〝お父さん〟寄りにもなりかねない。

それよりも見ていて情けないと思うのが、身体に合ってないスーツをベルトでごまかして着ていること。おじいちゃんのスーツを借りて着ているみたい。センスもないし垢抜けても見えないし、セクシーな予感がする場に着て行こうなんて、とうてい考えられない。身体に合ってないスーツを着た男性と寝たいなんて、誰も思わないから。もし着るなら、職場か教会、しかも、終わったあとにお楽しみの機会がないときに着て。男性でも女性でも、身体に合ってないスーツを着た男性と会って、それでもベッドに直行したいと思えるのなら、うん、健闘を祈る。だけど彼、行為の間中、目を閉じてて、終わったら泣いたりするに決まってる。女性のみなさん――注意して。

男性のみなさんへの結論――身体をきれいに見せてくれるスーツを選び、ベルトはしないこと。

靴とバッグをおそろいにするか

こないだ観た恋愛バラエティの番組で、どこかの男性が、出演者の若い女性にコーディネートをしてあげていた。とてもいいセンスだと女性は大喜び。というのも、彼はおそろいのバッグと靴を選んだから。僕は夫とカウチで観てたんだけど、彼と一緒にテレビに向かって「逃げて！にーげーてー！　その男、あなたを自分の女と勘違いしてるから！」って叫んだ。靴とバッグをおそろいにするのは、もう時代遅れだと僕は思う。気に入ったハンドバッグを選んだら、靴と合わせるかどうかなんて考えないこと。

多文化のテイストを取り入れること

『クィア・アイ』のプレミアのようなイベントに出るとき、僕は手の甲にメヘンディ（ヘナのボディーアート）を描いてもらっている。見た目もすてきだし、僕のルーツであるイスラム系カルチャーへのオマージュにもなる。最近の社会情勢を考慮し、違うコミュニティーの文化を安易に取り入れることに抵抗があるなら、参考にするとか、アイデアを取り入れるとかなら大丈夫。イスラム教徒でもないのにブルカを身につけてもいいの？　それはない。だけど、ジュエリーや生地、色合いや柄とか、政治的に配慮の欠けたメッセージにならなければ、ほかの文化のエッセンスを取り入れてもいいんじゃないかな。

そうはいっても、アステカ柄の幾何学模様を使ったレギンスだけはどうしても苦手。だいぶ前からファンの多い柄だけど、早くすたれちゃえばいいのにと思う。アステカ柄のレギンスを穿いてる人って、八年前にはヨガスタジオで着てて、今では毎週日曜日、ブランチを食べに行くときにも着ている。ブランチを食べたらヨガのレッスンに行くつもりで穿いてるんだろうけど、行くわけがない。インドに旅行したとき、〝私のソウルメイトを見つけた！〟って感激したのかもしれない。見つけたのはあなたのソウルメイトじゃなく、僕と同じ南アジア系の人ってだけだから。だからその、ぜんぜん似合わないレギンスを脱いで。

白い靴について

大原則として、ほぼどんな装いにも合うシンプルな白のスニーカーを男性には勧めているけど、女性がヒールのある白いブーツを履くのは好きじゃない。ときどきリバイバルする、ヒールのある白いブーツはやっぱりいいとは思えない。「いくら出したらエッチなことしてくれるの？」と声をかけられたくはないよね。

ぜったいに避けるべき靴

庭で履くようなラバーシューズ。論外。

『クィア・アイ』では〝人生をあきらめた靴〟と呼んだけど、心からそう思っている。履いていて楽なのはわかる。でも履いている人を見たら僕は指差して笑うし、脱ぐまでずっと指差して笑うから。もしあなたがそんな靴を履いても気にならなくて、恋人がいないのが悩みなら、まず、足元をちゃんと見て考えること。「恋人ができないのって、自分に問題があるから？」その答えが〝イエス〟だとわかるはず。

いい年をした大人が、カラフルなビニールの靴を履くのも同じこと。

男性たち、ビーチにいるのでもなく、今すぐプールに飛び込むのでもなければ、ビーチサンダルを履く言い訳は通用しないから。シャワーサンダルを手に入れて。あなたが足のモデルができそうと褒められることが多いからって、僕には関係のないこと。ビーチサンダルはダメ。ペディキュアをしたいなら、どうぞ。サロンのスタッフはきっと歓迎してくれるはず。それでも僕は、ビーチサンダルを履いたあなたの足を見たくはないし、ほかの人もそうだと思う。

男性がサンダルを履くことについて

サンダル嫌いはかなり克服できた。アメリカに来るまで、サンダルを履いている男性に会うと必ず「何でそんなもの履いてるの?」と攻撃していたほど。祖国を離れた異国の地で、アメリカ人はだらしないって思われたらどうするの? ってイライラしていた。だけど、みんながサンダルを履きたくなる理由もわからなくないなと感じるようになって、言い過ぎちゃダメと心の中でつぶやいている。ビーチサンダルを履くよりはずっとマシだからね。だけどお忘れなく、サンダルを履いていいのはカジュアルな着こなしが許される場で、カジュアルなアイテムを身につけているときだけ。サンダルを大目に見たって「おしゃれの努力をしてます」ってアイテムとは思わない。サンダルは「ただいま休暇中、そろそろ二杯目のドリンクを取りに行くところ」って感じにリラックスした場所で履くもの。

カルチャーショック

SUPERMARKET

アメリカとイギリスでは、文化的にかなり違うけど、僕は自分のイギリス人らしさを隠したくはない。『クィア・アイ』出演中は、特に。ほかのメンバーは感情を表に出し、弱いところをさらけ出すけど、僕はそれほど涙もろくない。アメリカ人は相手の感情にすぐ反応し、共感する。イギリス人よりも喜怒哀楽が表情に出やすく、それを隠そうともしない。

僕の知るかぎり、アメリカ人は積極的なのに受け身で、その振り幅が大きいと思う。イギリスでは、自分の主張は強くはっきりと言うようにと育てられる。イギリスではかなり幼いころから、アメリカ人とはぜんぜん違う形で感情との向き合い方を教わっていると感じる。

ロケからソルトレークシティーに戻ったらまず、スーパーマーケットに行く。アメリカに住むようになって十年経つけど、僕はスーパーマーケットが楽しくてたまらない。

ほかの国の食品売場は似たり寄ったり。一般的な生鮮食料品と、シリアルが十種類ほど。シリアルの棚に七十五品目ぐらいの関連商品が一緒に並んでいる。それがアメリカに来ると、シリアル専用の棚がある。そこにはシリアルだけが並んでいる。アメリカなら、ごく普通の光景。

アメリカに観光で来た人たちを乗せたバスが最初に停まるのは、決まってスーパーマーケット。食品売場の画像を撮って実家に送ったことがある。イギリスとはぜんぜん違うのを、家族にどうしてても見てほしかったから。品ぞろえがパーフェクト。ただの食品なのに、こんなにキラッキラして見えるよ、って。

『クィア・アイ』の放映がはじまってから、ロブは僕と一緒にスーパーマーケットに行きたがらなくなった。買い物客に見つかると写真を一緒に撮ってと頼まれ、それが延々続いて、本来の目的である買い物ができるのはそのあと。だからといって、ロブは僕と別行動を取ったりはしない。僕は僕で、陳列棚を歩き回っては、やったぁ！　僕はアメリカにいるんだ！　好きなシリアルが全部そろってる！　と、声には出さない喜びの声を上げている。

アメリカに住みはじめたころ、みんなどうしてたくさん人が乗れる車をほしがるのか、僕には理解できなかった。巨大なＳＵＶの多いこと。こんなこと言っていながら、実は僕、ＳＵＶの購入を検討中。僕はもうアメリカ人、だからやっぱり大きな車がほしい。

英米の違いで慣れないことがもうひとつある。ローンに対する考え方だ。アメリカ人は新車に目がない。数年乗ったらそわそわしてくる。ざっくり言うと、アメリカでひと財産築いたら、大きな買い物をする。ひと財産築かなくても、大きな買い物をする。夢を手に入れたければ、夢をカタチとして手に入れる。僕はまだ、この考え方になじめずにいる。

僕は、車は長く乗るものだと思っている。祖国イギリスでは、五年から十年ものの中古車は比較的新しい車とされ、いい買い物をしたと思われる。

ローンの話をしたついでに言うけど、アメリカに住むようになって一番悩んだのは、何といっても税金問題だった。最初に渡米したとき、アメリカ人がまさか税金の申告を自分でするとは知らなかった。個人が申告した税額を政府が信用するなんて、不条理だと思う。一度、知り合いの確定申告の様子を見せてもらったとき、あれも控除、これも控除って処理していた。アメリカの確定申告って、頭さえうまく回れば基本的には抜け道がいっぱいある。確定申告を一般人にやらせるのはおかしい。だって、ものすごく複雑なんだもの！　それでいて、ミスすればうるさいほど指摘してくる。確定申告がアメリカ国民にとって必須の義務なら、学校の必修科目にするべき！だけど自分の税額は自分で計算しなきゃいけないのが現実。

それにイギリスでは、一定の条件を満たせば健康保険も教育費も基本的に無料なのに、アメリカの方が、たくさん税金を払っている。

健康保険と言えば、大・大・大好きな義父と、こんな話をしたことがある。あれはまだ、僕とロブが付き合ったばかりのころ。義父が言った。「知ってのとおり、君たちイギリス人は病院で診察を受けるのにずいぶん待たされる。あれはよくない。我々アメリカ人のように、医療費を自己負担すればいいんだ。医療費無料制度は百害あって一利なし」

僕は義父に尋ねた。「イギリスには何年お住まいでした？」

「住んだことはない」

「じゃあ、行ったことは？」

「ない」

「だったら医療費の話は誰から聞いたんです？」

「ＦＯＸニュースでやってた」

ここで事実関係をはっきりさせておくね。イギリスの医療保険制度に関するこの手の話は、アメリカでよく誤解されている。治療してもらうまで待つ時間は、イギリスよりアメリカの方がずっと長く、イギリスのお医者さんは優秀。

うん、たしかにアメリカの病院の方が立派。でも僕が病院を評価する基準は、建物の立派さではないから。

アメリカの医療制度には問題点がたくさんある。高額な治療費や薬代を払うために、みんな一生懸命。あと、医療保険！　矛盾してるよ。税控除分(デダクティブル)を先払いするなんて、ほんと頭にきた。〝デダクティブル〟なんて、イギリスでは一度も聞いたことのない用語。医療保険を払っているのだから、医療費は保障されるべき。保険金を長年積み立ててるのに、その上二千ドルも払うなんて信じられない。

アメリカ以外の国に住んでる人なら「へええ」って思うだろうけど、僕が『クィア・アイ』のキャストに選ばれる前、個人医療保険への加入を検討していた。月額千ドルに税控除分が加算されていた。別に問題がないって思うのは、まわりの言うことを鵜呑(うの)みにしてるだけ。国民をだましているくせに、法的にはどこにも問題がないんだから。

アメリカ人にありがちなイギリスへの誤解と言えば、「イギリスの車って左側通行なんでしょ？」が有名。

僕ならこう反論する。「左側通行だけじゃないよ、車のデザインも違う。イギリス車に乗ったら、僕は左側の助手席に座ってる！」イギリスに帰ってすぐ、アメリカに戻ってすぐだと、僕も混乱する。慣れるまで一日か二日はかかる。

それより僕は、いまだにアメリカのオートマチック車になじめない。アメリカではじめてオートマチック車に乗ったとき、不慣れな僕はゴーカートを運転しているような気分だった。イギリスではマニュアル車が主流で、運転中はドライバーがギアチェンジする。マニュアル車のギアは三段、オートマチック車はギアが二段。でも、三段のギアって全部必要なんだろうかって考えると、僕はわけがわからなくなる。

ブランチの解釈も英米では違う。「ブランチに行かない？」アメリカ人から誘われて、「何時に？」と聞くと「午後二時」と言われる。

それはランチ。ランチ以外の何ものでもない。〝ブランチ〟とは、〝ブレックファースト〟と〝ランチ〟の間に食べることから生まれた呼び名。でも午後二時だと、ブレックファーストには遅すぎる。パンケーキはさっさと食べちゃいましょう。

僕たちは食事に対する考え方がまったく違う。初デートの日に目を丸くするほど驚いたけど、アメリカではごく当たり前のことのようだ。アメリカ人はテーブルに前のめりになり、右手にフォークを持ち、シャベルですくうようにして食べる。左手は使わない。「モリモリ食べてるブタさんを見てるみたい」とロブに言ったことがある。イギリスでは左手にはフォーク、右手にはナイフを持ち、食べ物は少しずつ優雅に口に運び、頬張ったりはしない。

英米を問わず、インド料理店で食事をしていて思うのは、お店にインド系のお客さんがほとんどいないこと。僕はインドの風習に従い、インド料理は指で食べる。驚いた顔で僕を見る人たちを観察するのが、いつも楽しくてたまらない。今ではロブもインド料理を指でつまんで食べているので、僕らは一緒に好奇の視線を浴びている。

アメリカのデート文化も、僕にとってはカルチャーショックのひとつ。ヨーロッパの人たちはもっと気楽に「デートしよう」と言って、好意を持った相手に積極的にアプローチするべき。「取りあえず会わない?」って会話を聞くたびにうんざりする。試運転みたいなもの? お義理で誘ってるわけ? もっとストレートに言えばいいのに。デートしたければ相手にはっきり伝えて。初デートのあと、もう一度会いたかったらそう言って。二度と会いたくなかったら、やっぱりそう言って。もう一度言うよ——自分の気持ちは相手にきちんと伝えよう。

ロブとの普段の会話でも、英米の単語の違いで吹き出すようなシチュエーションがたまにある。ロブの友人に、夫が質屋(ポーン・ショップ)を営んでいる女性がいる。イギリスでは質屋を〝ポーン〟とは呼ばない。ある日ランチでご一緒して、彼女から家業について聞いた僕は「夫がポルノショップを営んでいる」と聞き間違えた。

そして僕は「神様がとうていお許しにならないお仕事ですね」みたいなことを口走ってしまった。

彼女がモルモン教徒だっただけに、話はいっそうこんがらがった。

「そんなヤバい仕事をされていたなんて」

「だったら自分の目で確かめてみたら!」彼女は僕に食ってかかった。

「僕はそんなお店で買い物はしませんけど、付き添ってくれるなら喜んで行きましょう」

食事中、僕はさらに彼女に聞いた。「ご主人がそんなお仕事されていて、夫婦仲に亀裂が入りませんか？　あなたはお店のことをどう思ってるんです？」

彼女の怒りに拍車がかかった。「あなたがテレビに出ているせいで、パートナーシップに亀裂は入らないの？」

延々とこんな会話を続けた末に、ようやく彼女は言った。「何がそんなにひどいのかしら。夫が扱っているのは安い宝石とか、骨董品（こっとうひん）とか、銃とか……」

誤解の原因がわかったとたん、僕らは大爆笑した。おかげで単語をひとつ覚えた。

こうした行き違いは仕事でもあった。起業する前のこと、とある衣料品企業の部長になった僕は地域の営業会議に出なければならなかった。その会社の研修でワークショップが開かれ、研修室正面にある大型スクリーンに、僕たち一人ひとりが作ったプレゼンテーションが映し出された。マネージャーから研修について説明があり、講義がひとつ終わるとチェックするよう指示されていた。

最初の講義を終えたところでマネージャーが言った。「みなさん、ボックスをチェックしてください」

彼は僕に言った。「タン、ボックスをチェックした？」

「ボックスならチェックしたよ」と僕は答えた。

マネージャーはもう一度僕に聞いた。「タン、ほんとうにボックスをチェックした？」

「したってば」しつこいな。

「タン。お願いだからボックスをチェックしてくれませんか？」

僕が短気ってことはもうご存じだよね。もう少しで「ぼ・く・は・チェックしましたよ。ちゃんと目で見てね。すべて確認しました。研修を先に進めてくれません？」って言うところだった。マネージャーは僕の席まで来ると、ラップトップをのぞき込み、小さなボタンをクリックしてチェックボックスに印を入れた。

僕は目を丸くした。「ええっ、チェック(check)って、チック(tick)するってこと？」

「ほかに何をしろって？」マネージャーは僕に言った。

「だからアメリカ人は〝チェックリスト〟って言うのか！」僕はこの日、単語をもうひとつ覚えた。

同じ英語をしゃべっていても、アメリカとイギリスではけっこう違いがあって、ロブにも似たような経験がある。もう十年も前のことなのに、まだトラウマに感じていることがある。

イギリスで同棲中、僕たちは同じショップで一緒に働いていた。僕が接客していると、ひとりの女性客がレジに行き、そこにいたロブに言った。「別のサイズはあるかしら？　XSサイズがあるといいんだけど」

ロブは言った。「そうですか(oh really)？　一緒に探しましょう」

ロブに悪気はなかったんだけど、イギリスでは、そうですか(oh really)？　って「そんなわけないだろ」という含みがあるように聞こえるんだ。

その女性客は不満そうだった。ハンガーをロブに投げつけ、こう言った。「そうよ、悪かったわね、XSサイズで!」

ロブは何があったのかさっぱりわからないまま、呆然（ぼうぜん）としていた。僕が説明に回った。「イギリスではね、〝そうですか?〟（oh really）って、相手を否定するときに使うんだ」

彼はその後、二度と言わないよう気をつけている。

ロブはとても魅力的で、年を追うごとに、その魅力は増してきている。体型に衰えが見えはじめても、僕は彼の身体をていねいにいつくしむ。

そんなロブだけど、僕が一番好きなのは、彼の人となりだ。一日中、しかも毎日僕を笑わせる、困ったやつ。僕はふざけるのが大好きで、特に家にいるときは、真面目くさった顔でいるのはムリ。歯を磨くときは音楽をかけて、ブラブラと歩き回りながら磨いてる。いいかげんにしろと怒られてもしかたないのに、ロブは一緒にふざけてくれる。僕らはいつも一緒に笑っている。

アメリカとイギリスの違いについていろいろ書いてきたけど、言葉が違ったって別にいいじゃないかというのが本音。というのも、ロブと僕は、僕たちだけで通じる言葉で話をしているから。どういうことか説明しよう。

イギリスには『リトル・ブリテン』というコメディ番組があって、『セサミストリート』のカーミットみたいな声でしゃべるキャラクターが登場する。ほんと、何やってんだって感じだけど、僕がそのキャラの声真似をすると、ロブも僕の真似をする。やがて話の内容があさっての方向に進んで、まったく別の話になっていく。親しい友人の前でやって見せたんだけど、僕らが何を言ってるのかさっぱりわからなかった。ロブとの会話を盗み聞きされたってちっとも気にならないのは、僕らの会話の内容を誰も理解できないから。

最近は僕たちだけのとき、お互いこんな風にしゃべっている。そのせいか、ロブがちゃんと英語を話すと、どんな声だったか思い出せない。ロブがほかの人ときちんと話しているのを聞いてると、ああ、そういう感じだったねと、つい笑ってしまう。

僕のおふざけやバカな遊びに付き合ってくれるロブ、いつも僕を笑わせてくれるロブが大好き。こんな調子では、子どもを持つようになったらどうなるんだろうと真剣に悩んでいる。子どもの教育のため、ちゃんとした英語をまた話さなきゃいけないってこと？　普通にしゃべるってどうやるんだっけ？　僕らの子どもたちはでたらめな言葉を覚えちゃうんだろうか？　親がこんなに子どもっぽいのに、僕らの子どもたちはきちんと育つんだろうか？　違う文化で育った僕たちだけど、自分たちが作った新しいカルチャーでギャップを克服できるまで愛情が深まって、とてもいい関係が続いている。

僕がプリント地のシャツを着る理由——番組コーディネートの裏話

PRINTED SHIRTS

みんなの誤解を解いておきたい。

番組がオンエアされてから、たくさんの視聴者が僕をこんな風に見ている。「へえ、タンって プリント地のシャツが好きなんだ！　カラフルな柄物をいつも着てるよね！」

だけど僕は、プライベートでは無地のアイテムばかりを選んでいる。普段着はたいていモノトーンやデニム。だけどテレビに出るようになり、一般の人より目立ってほしいというプロデューサーからの期待に応えるため、僕はモノトーン一色のコーディネートからの脱却を迫られた。その答えがカラフルな色選びと、そう、プリント地のシャツ。別にイヤじゃない。番組で着ているアイテムは気に入っている。プリントは大好きだけど、撮影以外で着ることはめったにない。僕の大胆な服装は番組用の衣装で、普段着とは違う。テレビとプライベートとの区別は付けている。

華やかなアイテムを足すことで、人より目立ちたい、イメージチェンジをしたいと考えているなら、大胆な色使いやプリント使いはいい選択だと思う。僕の場合、出かけるときに着る服は控えめにしたいから、プライベートでは抑えた色調のものを選び、テレビやイベントでは柄物で通している。

「タン・フランスは花柄のシャツばかり着ている」というイメージはどこから生まれたのだろう。

ではみなさん、具体的に調べてみましょう。番組で着た二十着の衣装のうち、花柄のシャツは四枚だけでした。番組でイメチェンのお手伝いをするヒーローたちのコーディネートを考えるときも、コンセプトは同じ。ヒーローのために選んだ花柄のシャツは三枚だけ。それなのに花柄というキーワードがひとり歩きして、僕が花柄のシャツ好きにされるというのには驚きしかない。一方で、その影響力にも驚いている。話題になったもの勝ちって感じかな。

ところで、僕らが手助けする人をなぜ〝ヒーロー〟って呼ぶか知ってる？　彼らは、一日一日を精いっぱい生きようと決意した人たちだから。人はみな、自分の身の丈に合ったヒーローになれるんだ。〝自分の殻から抜け出し、自分や周囲の人のために行動する人こそ、ヒーロー〟というのが『クィア・アイ』の考え方。家族、妻、パートナーなどなど、さまざまな人たちのために番組に出てイメージチェンジをする人たちは、とても意味のあることをしてるんだから、ただの〝依頼人〟じゃない。等身大のヒーローなんだ。

ヒーローと会う二週間ぐらい前、ヒーローの経歴をまとめたファイルと、オーディションでの彼らを映した三分間の動画を受け取る。まず、推薦者が〝この人を助けてほしい理由〟とヒーローの生活を、ファッション、美容、インテリア、フード、カルチャーの視点に分けて、まとめてある。ファイルにはヒーロー本人の希望のほか、本人が触れてほしくないことも書いてあって、ヒーローのコーディネートを調達する店を事前にチェックできる。僕としては、ヒーローと会ったそのときに頭に浮かんだインスピレーションを頼りに、「どこへでも好きなところに連れてってあげるよ」なんて言いながらコーディネートに取りかかりたいけど、お店に許可を得たり、アイテムを調達する手間があったりで、僕らがヒーローを連れて行く店は事前に決めておかなければならない。

撮影がはじまったばかりで、番組自体がまだ方向性を模索していたころのこと。シーズン1、エピソード1（ヒーローはトム・ジャクソン）は、最初のエピソードとして放映する予定じゃなかった。シーズンのどこかで使えればいいなと考えてはいたけれど、オープニングを飾るエピソードになったのは想定外だった。キャスト全員がカメラの前に集合するのもはじめてなら、僕がキャストとして撮影されるはじめてのシーンも、トム・ジャクソンと会う場面だった。

ほんと、写真一枚撮られるのも気が重い僕は、テレビカメラを前にとまどった。

トムのファイルにあったデータから考えると、彼はふくよかでトールサイズのお店に連れて行った方がいいようだ。ところが実際は大違い。トムはふくよかでもなければトールサイズでもなく、中肉中背だったんだ。トムは自分のサイズの測り方を知らず、僕はそのデータをありのままに受け取ってしまったというわけ。

番組をご覧になった方ならおわかりだろうけど、ファブ5がトムと会ったのは、毎週火曜日にダイナーで集まる、ＲＯＭＥＯ（隠居老人食事会《リタイアド・オールダー・メン・イート・アウト》）のメンバーと一緒の席だった。このシーンのとき、僕はカメラに映らないように移動すると、振り返ってプロデューサーに言った。「トムは太ってないし、背もぜんぜん高くないじゃん。どうすればいいの？」何てことないって顔をしてたけど、僕はひそかに冷や汗をかいていた。明日はキングサイズ向けショップで一日ロケの予定なのに。撮影の最初の週で、致命的なミスをやらかすことになるなんて。

チェーン店展開をするような大型ショップで撮影するには、最低二週間前に許可を得なければならないから、トムをこれから別の店に連れて行くのはムリ。そこで、僕が帽子をセレクトした古着屋に変更することにした。だって手段はそれしかなかったんだもの。あの撮影の日を思い出し、ひどく落ち込むから、トムのエピソードは今も観ることができない。「僕の降板が決定？」と青くなったときの記憶が、まざまざと蘇（よみがえ）る。

覚えておいてね。僕らはテレビに映らないところで事前に段取りを決め、番組のストーリーがうまく展開できるよう必死で動いている。クローゼットチェックやショッピングのシーンでちょっと首をかしげることがあったら、それは僕らが頑張ったけど矛盾が解消できなかったところ。そして、非難の矛先が向かうのはいつも、そのシーンの顔となるキャスト。ファッションだと、僕ね。あのときはマジで心臓が止まるかと思った。

ヒーローにコーディネートした服のフィット感がイマイチだったら、与えられた時間内で、その人のサイズにぴったりのアイテムが見つからなかったから。そうじゃなければ、サイズ調整担当スタッフが撮影までにジーンズの裾直しまで手が回らなかったか、ヒーローが肉体改造でもしないかぎり、フィットしないジーンズを一本だけ選んでしまったか。それとも、エピソードで着用する衣装の提携先がすでに決まっていて、僕が考えた理想のコーディネートではなく、ブランドお仕着せの選択肢の中から選ばなきゃいけなかったか。ショップが選んだアイテムを使うのがベストなんだけど、肝心のシーンでは、僕たちが訪れた地元ショップのアイテムを使うしかないこともある。コーディネートの準備には、目に見えない苦労を伴う。

こんなトラブルに見舞われるたび、僕はハラハラドキドキ、どうかネットで叩かれませんようにと祈る。僕が気に入ったアイテムを適当に見つくろって、ヒーローに着せたらそれでおしまいってわけにはいかない。僕が担当しているファッションの撮影では、視聴者の目に触れないところで細かい修正をしょっちゅうやっている。ヒーローたちはみな身長も体重も違う。ブランドもそれぞれ独自のサイズ感で服作りをしている。番組と提携しているブランドとの契約で、使えるアイテムと使えないアイテムが決まっている。いつか実現させてみたい。〝『クィア・アイ』の舞台裏〟スペシャルを。

僕は同じ失敗を繰り返さないよう、対策を立てた。ヒーローの情報を細かく拾ったファイルを作ることにした。助けが必要なほど困っている人が、自分を客観的に見るのはとても難しいことだから。だからそれこそ、〝好きな色は？〟レベルの質問をたくさんしている。

クローゼットのアイテムが、どれもヒーローに似合うものを選んでいるつもり。でも個人的には、ヒーローの意識を変えることが一番のテーマなので、見た目は二の次だと思っている。コーディネートは、僕が番組でヒーローにできる最大の貢献。僕がその役目をきちんと果たせなければ、ヒーローの心の旅は軌道を外れてしまう。

シーズン1と2で、制作費から衣装代が出ていたキャストは僕だけだった。番組で着るアイテムを予算内で調達した。ファブ5のほかのメンバーには専属のスタイリストがいて、彼らはコーディネートをお任せしている。僕がファブ5のメンバーのスタイリングにかかわっているかって？　それは僕の仕事じゃないけど、断り切れないときもある。ボビーやアントニからアドバイスを求められたときは喜んで協力した。頼まれてもいないのに余計なおせっかいを焼くこともある。最初の二シーズン、アドバイスしようとして思いとどまったことが何度かあった。ファブ5のメンバーから自分のコーディネートに意見をもらったこと？　一度もない。大事な仲間にそんな手間をかけさせたくない。

シーズン3の撮影中、僕自身の衣装のチョイスが番組上層部の間で物議をかもした。エピソード1で、僕は上下スウェットの衣装を選び、大冒険に打って出た。グレイでオーバーサイズのトレーナーにベルトを締め、ボトムスはスウェット地でグレイのショートパンツ。暑い日でもなければ、僕のテンションも熱くはなかった。

翌週、僕はまたトレーナーを着たんだけど、それが上層部から疑問視された。僕の服装が過度に〝カジュアル〟で〝不適切〟だ、また、僕がスウェットスーツを着ていては、ヒーローの努力しようという気持ちが削がれるとの懸念を持ったのだそうだ。僕たちは数日間、気まずい会話を続けた。ファッションの世界では、たしかにルールを最初に学ばなければならないけど、一度身についたら――バランスのよさとスタイリングのやり方を覚えたら――基本からちょっと外れてもかまわない。僕のスタイリングは、寝起きのスウェット姿とは違う。考えに考え抜いた、意図的な外しを取り入れているんだ。

「スキニージーンズとボタンがあるシャツに戻った方がいいんじゃないか」上層部のひとりが提案した。「去年みたいに」この意見にムカついたかって？　もちろん。検討を重ねて作り上げたコーディネートなのに、不適切な着こなしだと言われたくはない。ワンパターンのコーディネートと見なされるのもイヤだ。バラエティに富んだコーディネートを提案したいし、番組で紹介する自分のスタイリングにも、やっと自信が持てるようになってきた。若々しく、冒険的なスタイリングは、これからもできるだけ続けるつもり。僕は毎日スーツを着るようなタイプじゃないし、男性はある程度の年齢に達するまで、スーツを選んでおけば外れなし、ってわけでもないから。僕だって毎日スウェットの上下を着るつもりもなく、その時代のどんなところをファッションに取り入れたいか、自分の気分に合わせてあれこれ試してみたいだけなのに。

スウェットについては番組でもよくアドバイスしている。「スウェットパンツを穿いて終わる人生じゃダメ」とか。でも、もしスウェットパンツを意図的におしゃれに取り入れ、全体のバランスが取れていれば、僕はとても好意的に受け取る。男性も女性もカジュアル寄りに進んでいるファッションの傾向に、僕は拍手を送りたい。

ここでもう一度言っておくね——僕は花柄のシャツも好きだし、身体のラインをきれいに見せてくれるスーツも好き。ときにはシンプルな装いから離れてみることもいいと思う。プリント地のシャツを着ると、おしゃれに気を配っているように見える。考えた上でのチョイスだという印象を与える。今のトレンドかもしれないけど、プリント地のシャツは時を超えて愛されるアイテムでもある。

水玉模様とストライプはコーディネートを華やいだ雰囲気にする定番だから、花柄も同じように使えばアクセントになるはず。大胆で派手な花柄は着る人を選ぶかもしれないけど、人それぞれ、自分に合った柄が見つかるんじゃないかな。花柄は、ファッションという概念が生まれたころからあったもの。花柄がいつ生まれ、いつ消えるのか。そんなの誰もわからないけど、今も現役で人気のある花柄を、僕は毛嫌いしたくはない。

葬儀の場でもないかぎり、花柄のシャツは着る場所を選ばない。葬儀に花柄のシャツを着ると華がありすぎる。葬儀以外でも、花柄をシックに着こなすテクニックはある。手っ取り早いのが、花柄のシャツの上にジャケットを着るとか、ほかのアイテムと合わせること。花柄がほんの少し見えるだけで、目を引くアクセントになる。仕事着のスーツをおしゃれ着に変身させるテクニックでもある。

番組制作中、僕が出てくるときのファッションや、コーディネートのシーンは、僕の狙いどおりに視聴者に届いているか、不安になることがある。シーンごとにバラバラに撮影するので、番組全体の仕上がりは最後までわからない。プロデューサーが「色や柄物がほしいね」と言うと、うん、たしかにカメラ映えするし、普段使いでも映えるねと、コーディネートに色使いやプリント使いを採用する。だけど「ヒーローに明るい色のスーツを着せて」と言われたら、断固として拒否する。悪ノリはよそうよ。視聴者が『クィア・アイ』のアドバイスを参考にしたいと真剣に考えているなら、僕は誰でも応用できる、地に足のついたリアルクローズをヒーローにコーディネートしたい。僕にとって『クィア・アイ』はただのテレビ番組じゃない。ヒーローが日々の暮らしに取り入れ、視聴者も取り入れたくなるようなファッションを提案したい。そのプレッシャーは感じている。だから、どのシーンも気を抜かないでやっているつもり。

ときどきちょっと変な衣装を着てるのはテレビ番組だから？　うん、でも、僕はプライベートで着たくない服は番組でも着ない。番組を観て、僕の衣装、僕がヒーローに選んだアイテムを参考にしてくれるのはうれしい。ソーシャルメディアで僕のスタイリングを自分流にアレンジし、僕の名前をタグ付けした投稿を一日何度も目にするたび、僕は毎回うれしくて顔がほころんでしまう。番組に出るという僕の決断が、こんな形で遠い国の人々とつながり、SNSに投稿してくれるなんて、思いもよらなかった。とてもありがたいし、恐縮してもいる。

こんなことを言うと、たぶん（きっと）生意気に聞こえるけど、シーズン1の配信後、大手ファストファッションブランドが花柄のシャツを売り出したので買い物に行ったら、店舗がまるで〝タン・フランス・コーナー〟のようなディスプレイを作っていた。ラックというラックに花柄のシャツが置かれ、マネキンは僕の番組での衣装のようにコーディネートされている。そんなディスプレイがあちこちにあったんだ。僕のスタイリングが、アパレルブランドのレイアウトに影響を与えたんだろうか？　もしそうだったら、僕としてはとてもうれしい。

シーズン1が配信されて、花柄のシャツばかりがメディアと視聴者の間で取り沙汰されたのはとても怖かった――僕にはそれしか取り柄がなかったのかと。

次は、僕がよくするタックイン・アレンジ、フレンチ・タックについて話そう。

僕が大人になって最大の功績、流行の火付け役となったアレンジ。フレンチ・タックは世界各地で「この着こなしってフレンチ・タック？　きれいにできてる？」と聞かれるほどの大流行になったのは、自分でも驚いている。一時期、まさに数百ものSNSユーザーが毎日のように僕の名前をタグ付けして「フレンチ・タックにしました！」と書いてくれていた。流行の度合いが具体的に数字でわかるはずないと思っていたけど、今じゃSNSでわかるんだね。このままフレンチ・タックが定番として定着してほしいな。

ファッション担当というプレッシャーは山ほど感じている。僕がコーディネートすれば、そこそこ見られる雰囲気に変身できるものと、誰もが当然のように期待している。テレビに出る前なら、家にある適当な服を着て買い物に行けた。つまり清潔で、アイロンがかかってて、考え抜いたコーディネートであれば、それでよかった。でも今は、どこに行くにもドレスアップしなければいけない。毎日違ったアイテムを着て外出するのって、かなりのプレッシャー。予算もバカにならないし。

だいたい、エンターテインメント業界で働くこと自体が大変なわけだけど、僕は自分の見た目をベースに自分の個性を創り出し、セルフイメージを作る努力を重ねてきた。これから死ぬまで〝ああ、あのファッションの彼ね？〟という扱いを受けるはずだし、それに伴うプレッシャーは、計り知れない。カラモの家がすてきなはずとは断言できないだろうし、ましてやきちんとした服を着ていて当然とは考えないだろう。カラモに期待するのは、相手の話に耳を傾け、ちゃんとアドバイスをすることだし。

ハイスクール時代が人生の頂点で、時間がそこで止まったままの人ってよくいるよね。僕もそれが怖い。ひとつのトレンドにこだわりたくないし、人生の一時期にとらわれたまま、次のステップに進めなくなるのもイヤだ。数十年後も「あっ、タンだ、花柄のシャツをフレンチ・タックにしていた彼」と言われるようにはなりたくない。

もう何回も聞かれてきた質問。フレンチ・タックって、そもそもそう呼ばれていたアレンジなのか、それともタンの名字にちなんで付けられたのか。お答えしましょう、このアレンジは以前からフレンチ・タックと呼ばれてきたけど、僕の名字がたまたまフランスで、フレンチ・タックでたまたま僕の名前が知られた、っていうのが真相。

僕はフレンチ・タックを十二年前から提案していて、コーディネートに毎回と言っていいほど取り入れている。最初に見たのはコレクションのランウェイで、きれいなアレンジだと感銘を受け、それからずっと気に入っている。フレンチ・タックは、たとえば女性が毎日のメイクの最後にリップスティックを使うのと同じで、コーディネートを完成させる、最後のひと工夫。フレンチ・タックは僕にとってリップスティックのような存在。これまでずっと取り入れてきたし、やめる予定も今のところない。

花柄のシャツとフレンチ・タックが僕の代名詞となった今、僕にははやらせたいアレンジがいくつかある。

そのひとつが、レディースではすでに市民権を得ているハイウエストのパンツを、メンズにも浸透させること。スラックスでも、ジーンズでも。ハイウエストのパンツは、一九三〇年代から六〇年代、七〇年代の途中まで男性に支持されていたけど、その後はすたれてしまった。着る人のスタイルをとてもよく見せるデザイン（ミッドライズ、ましてやローライズは、その人のよさを発揮できないデザインだと僕は思う）。お願いだから、話は落ち着いて最後まで聞いて。トップが肋骨（ろっこつ）に届きそうなハイウエストの話をしてるんじゃなくて、おへそのあたりで収まるパンツの話をしているわけ。前世紀には、男らしさを表現するスタイルと見なされたハイウエストのパンツがふたたび注目され、流行の主流になってほしいと願っている。人気のスタイルとして支持を得るため、僕も率先してハイウエストのパンツをどんどん穿くようにしているんだけど、苦戦しているような気がしてならない。ねえ、試してみようよ。きっと気に入るから。

視聴者が番組から情報をキャッチしてくれるのは、とてもうれしい。『クィア・アイ』のオリジナル版が放映された二〇〇三年と今とでは、トレンドが変わっている。僕はこんな風に思っていた。「今どきテレビ番組で、ファッションのアドバイスを得ようなんて人はいるんだろうか。今は二〇一八年だよ。グーグルやソーシャルメディアで検索できる時代なのに──ファッションの参考にしたくてテレビを観てる人なんかいないって」これはうれしい誤算だった。

関心を持ってくれるのはとてもうれしいけど、テレビ番組を基準に自分の可能性に限界を作ってはダメ。アイデアの源はどこにあるのってよく聞かれる。アイデアを思いつくのは決して楽なことじゃない。

だから、インスタグラムやツイッター、ピンタレストのチェックをお勧めしたい。#mensstyleとか、#mensfashionとか、ハッシュタグで検索するのも試してみて。あとは、ブログをあれこれチェックすること。メンズ向け、レディース向けのファッションブログは資料としてとても役に立つ。自分と似たコーディネート（自分が真似したいコーディネート）を公開している、ライフスタイル系ブロガーをオンラインで検索して。

僕が口コミよりブログを参考にするのは、投稿にたくさんリンクがあるから。モールに買い物に行くまで待とうなんて思わないで！　オンラインのリソースを活用しよう。気に入ったアイテムに〈クリックして購入〉リンクみたいなのがあったら、とにかくクリックして購入すること。実店舗で見つかるまで待たないこと。実店舗の人たちに悪いから、あまり拡散しないでね。でも、やってみる価値はあるから。テクノロジーは逆戻りしない。オンラインショッピングが時代遅れになって廃止され、モールでしか買い物できなくなるなんてあり得ない。オンラインショッピングが主流の時代はもうちょっと続くと思う。だからアプリとお近づきになりましょう。

「でもブロガーって、私たちがリンクから買い物すると儲かる仕組みになってるんでしょ」と、難色を示す人もいる。そのとおり。ブロガーは商品のリンクを張ることで紹介料をもらってる――お見事、そこを見破るとはね、シャーロック。降参だ！　でも、紹介料を稼いだって僕はいいと思ってる。ケチケチするのはよそう。別にあなたが負担するわけじゃないんだし、コーディネートのアドバイスを得ようとしてアクセスしているわけだし。ブログはサービスを提供する側、収入を得る権利はあるんじゃないかな？　そのアイテムが気に入ったと思ったなら、ブロガーが紹介料をもらうことも認め、ブロガーをそんなに悪く言わなくてもいいんじゃないかな。別にブロガーだって、アイテムのリンクを張ることや商品のプロモーションを、チャリティーでやってるわけじゃない。彼らにとっての収入源なんだから。

着こなしをもう少しグレードアップさせたい、一歩上のファッションを目指したいなら、コレクションのランウェイを参考にしよう。コレクションの画像はオンラインから無料で閲覧できるし、十年ぐらい前までさかのぼってデータがアーカイブされている。有名デザイナーのコレクシヨンアイテムは高くて手が出ないけど、人とは違うスタイル作りのヒントはもらえる。僕の場合、ランウェイ見物は純粋にスタイリングの情報源だと考えている。

ピンタレストには女性に役立つ画像が多いので、女性にはうってつけの情報源になる。ただし、ピンタレストを見るときはアラームをセットして。データが多すぎてブラックホールに迷い込んだ気分になるから。ほんとうに迷子になって、二日間ムダにした僕からのアドバイス。八時間仕事をしてからピンタレストの検索をはじめ、気がついたら「マズい、この一日、メールの返事すら書いてない」って後悔したから。だから、いつまでも見ていないよう気をつけて。タイマーをセットして、クラフト系はキーワード検索から除外して——僕はクラフト系でおなじみユタ州在住かもしれないけど、スクラップブックを作るタイプじゃない——スタイル、ホーム、ビューティー、フードのキーワードで表示された結果を参考にすること。

男性はそれほどじゃないけど、女性はお気に入りのショップの話題で盛り上がる。人は好みが似たもの同士で集まる傾向があるから、友人の中で一番おしゃれな人にアドバイスを頼もう。ショッピングに行こうとしている友人に声をかけ、こんな風に聞いてみてもいいかも。「ねえ、すごく困ってるの。お気に入りのお店はどこ？　一緒に行ってもいい？」

指先ひとつでどんなものでも手に入る時代。言い訳は通用しない。視野を広げ、自分らしいスタイルを見つけよう。

タンがお勧め、セレブのベストドレッサー

「ファッションのセンス磨き、どこからはじめたらいいかわからない!」と言う人にアドバイス。具体的に言うと——あんな着こなしがしたいと思うセレブを見つけ、グーグルの画像検索でヒットした結果を参考にすること。こんな反論が来るかもしれない。「でも、タン、セレブはみんな値段の高い服を着ているよね、私、そんな服買うお金ないんだけど」知ってる。でも、ZARAとかH&Mとかトップショップのようなファストファッションのショップに行けば、手ごろな価格帯で、高級ブランドっぽいアイテムが手に入る。みんなが憧れるデザインでも、普段着レベルなら、ぜったいに廉価版が出まわってるって保証する。

参考にしたいセレブと言えば、僕は、こんな人たちをしょっちゅうチェックしている……。

ヴィクトリア・ベッカム　Victoria Beckham

僕が選ぶ、セレブのベストドレッサー。一九九〇年代のスパイスガールズのころ、彼女はぜんぜん〝上品(ポッシュ)〟じゃなかったのに、今じゃ世界トップクラスのベストドレッサーっていうのが笑える。ファッションメディアもまさか、ヴィクトリアをおしゃれとか、クールという記事を書くことになるとは思わなかったかも。だけど今の彼女はとてもシックで、威厳があると言ってもいい

ぐらい。ヴィクトリアはおしゃれの参考にしたいナンバーワンのセレブ。

ティルダ・スウィントン　Tilda Swinton

映画のプレミアがあるたび、僕は彼女の登場を待ちわびている。女性はごく一部かもしれないけど、ティルダの洗練された雰囲気をたくさんのゲイが高く評価している。みんなどうして、ティルダを好きにならないんだろう。僕はとてもクールだと思うのに。彼女は中性的にもなれるし、とても女らしくも、超、超、男らしくもなれる。誰もやらなかったことに大胆に挑戦しようとする、ティルダの姿勢が好き。ほかの誰とも違う自分らしさを貫く姿勢が好き。たくさんのデザイナーがティルダ・スウィントンをミューズに選ぶ理由はここにある。

ケイト・ブランシェット　Cate Blanchett

ティルダを知ってから、ケイト・ブランシェットは僕の憧れるセレブ第二位になった。存在感をあえて大々的に主張しなくても、彼女の優美さと洗練は、この地球上の誰も真似できない。ドレスアップすると誰よりも映える。ケイト・ブランシェットはレッドカーペットの女王だと僕は思う。

シェリル・コール　Cheryl Cole

シェリルは僕の知るかぎり、世界一の美女。彼女はイギリスの女性たちに、個性たっぷりに装うことへの希望と自信を与えた。シェリルは身体に張りつくようなナイトクラブ用のドレスも着こなせば、スウェットの上下やトラックパンツもかっこよく着てしまう、ユーモアと面白さを兼ねそなえたおしゃれセンスの持ち主。

話はそれるけど、世界一の美女と言えばヨルダンのラーニア妃を忘れてた。あんなにきれいな人、見たことない。

ジジ・ハディッド　Gigi Hadid

クールなおしゃれが似合うジジは、毎日違ったイメージの服を着ているのがすごいと思う。自分のスタイルを毎日リニューアルして、いつでも新しい自分になれるという贅沢(ぜいたく)は、女性に与えられた特権。ジジはまさにその特権を自分のものにし、僕はそこを高く評価している。

デイヴィッド・ベッカム　David Beckham

男性にとって一番身近なファッション・アイコンだと僕は思う。美しさは別格としても、等身大のおしゃれをする人。シンプルなセーターとジーンズにブーツの着こなしでも、とんでもなくシックに見せてくれる。もしあなたが男性で、おしゃれのお手本にしたい人がいなかったら、デイヴィッド・ベッカムのスタイルを参考にすれば、必ずうまく行く。

ゼイン・マリク　Zayn Malik

僕自身がおしゃれの参考にしたいセレブを選ぶなら、ゼインのように、ストリートスタイルも似合い、九〇年代のグランジもかっこよくキメて、バレンシアガのコレクションでランウェイから降りてきたばかりみたいなハイファッションも着こなせるタイプを断然推す。ゼインは、何を着ても抜群に似合うと断言してもいい。

ジャスティン・トルドー　Justin Trudeau

政治家ではカナダのトルドー首相の着こなしがすてき。おじいちゃんのお古を着ているようではなく、身体によく合った仕立てのスーツの着こなし方や、聴衆をとりこにする存在感で、政治家としての姿勢を打ち出している。

ラッセル・ウェストブルック　Russel Westbrook

ラッセルはＮＢＡの選手だけど、実は数週間前まで、僕は彼が何の選手か知らなかった。でも、彼のコーディネートに注目するようになった。誰にも真似のできないセンスの持ち主。男らしさ至上主義のスポーツ界で、「見た目に気を遣っていいし、ファッションで自分の個性を表現したってかまわない」というメッセージを、男性に発信できるラッセルが好き。自分の個性を発揮するアイコンに、ドラァグクイーンやゲイを選ばなくてもかまわない。どんな風に自分らしさをアピールするかが大事。ラッセルは、ファッションとスポーツの間にあった境界線を取り去った。

クロップド丈のシャツ

CROPPED SHIRT

二年ぐらい前、ニュー・キッズ・オン・ザ・ブロックの元メンバー、マーク・ウォルバーグのインタビューをテレビで観ていた。この二十五年間で、みんな一度はマークに恋い焦がれたことがあると思う。彼をセクシーだと思わない人なんていないはず。インタビューで、マークはクロップド丈にした短めのトレーナーを着ていたんだけど、僕は思った。こんなに絶妙な丈のトレーナーを見るのって、何万年ぶり？

一時期、みんなクロップド丈のトップスを着ていた。ちょっとページを割いて、八〇年代に男子の間でクロップド丈が大流行したって話をしてもいい？　クロップド丈人気はなぜ下火になったのか。昔はクロップド丈を着ていてもゲイだと言われなかったのに、どうして今はゲイの着るものって言われるのか。今よりずっと保守的だった八〇年代や九〇年代、運動部の男子がクロップド丈のトップスで練習するのは変だと、どうして誰も思わなかったのか——誰か僕に教えて！

話を最初に戻すね。マーク・ウォルバーグのトレーナーを見た現代の僕は、このスタイルを自分のコーディネートに取り入れようと考えた。そこでトレーナーを手に入れ、裾をカットしてクロップド丈にした。八〇年代っぽくしたくなかったので、袖は切らずに長いままにした。このトレーナーを素肌に着るほど腹筋に自信がなかったので、下にタンクトップを着て、重ね着の体裁を整えた。

『クィア・アイ』のプロモーションツアーがはじまる前のある日、何も考えず、このトレーナーを着て写真を撮ったとき、ふと、これって現場で着たら面白いかもと考えた。プロモーションの写真撮影でクロップド丈のシャツを着たら、ファブ5の間でクロップド丈がブレイクした。

僕がクロップド丈のトップスを着たら、アントニが先頭に立ってうらやましがった（いつもそう）。だって彼、6パックに割れた、けしからんほどに美しい自分の腹筋を見せびらかしたくてたまらなかったから。それからアントニは自分のトレーナーをカットしてクロップド丈にした。僕はこの本で、白黒をはっきりさせておきたい。あの子ったら、僕のコーデを盗んだの。クロップド丈はアントニが考えたってみんな思ってるようだけど、最初は僕（というより八〇年代の流行）。僕がそんなコーデを考えるわけがないと思われるのも、アントニ・ポロウスキみたいな腹筋じゃないからだしね。僕が最初に着たんだってば。こんな人種差別と白人優遇措置って、もううんざり。

ある日のこと、プロモーションでニューヨークに滞在中、アントニと僕とでショッピングに出た。ふたりともスウェットシャツを買うと、僕はショップのスタッフに聞いた。「ハサミありますか？　僕たち、丈を短くしてからお店を出たいんです」僕たちは丈を短くカットした。そのスウェットシャツを着た画像に、〝双子コーデ〟とコメントしてインスタグラムに投稿した。これを見たジョナサンは激怒し、僕のところに速攻でフェイスタイムのコールが来た。「私にもクロップド丈のシャツちょうだい。じゃなかったら私、一度死んで生き返ってあんたたちふたりともケチョンケチョンにして、もう一度自分の命を絶つから」ジョナサンにこう言われた僕らは、彼のためにもう一枚スウェットシャツを手に入れた。こうして僕ら三人はそろってクロップド丈のスウェットシャツを着て、一日中人通りが絶えることのないニューヨークの街でディナーに繰り出した。通りに一歩足を踏み出したとたん、たくさんの人たちが僕らに駆け寄り、声をかけてきた。大注目を浴びた瞬間だった。

ジョナサンはイライラをつのらせた。「どういうこと？ 人集まりすぎ、人多すぎ」「何バカ言ってるの」僕はジョナサンに言った。「僕ら三人、クロップド丈のスウェットシャツを、しかもおそろいで着て街のど真ん中を歩いてるんだよ。ジョナサンが騒ぎの張本人なんだから、人集まりすぎって文句を言う権利なし。僕たちは立ち止まって『双子コーデ〜、三つ子コーデ〜』ってポーズ取んなきゃ」それから僕は、ファブ5のメンバーの誰ともおそろいを着ないこと、仮に着るとしても、大都市の大通りを歩くような真似はしないよう心がけることにした。

その後、裾を切りっぱなしにしたクロップド丈のトレーナーをいろんなところで見かけるようになったけど、僕がインフルエンサーなんだと信じたい。そう、僕の自意識過剰は復讐(ふくしゅう)心に支えられている。でも、クロップド丈トップスの流行にはひと役買ったと信じている。悪いね。

クロップド丈のトップスが好みじゃなくても、クロップド丈のアイテムって、実はとても映えるんだ。もしあなたが身長にコンプレックスがあるなら、ショップで売っている商品は標準サイズの人が対象の丈展開なので、自分に合った丈選びが難しいかもしれない。長め丈のアイテムはプロポーションのバランスを崩すし、アイテムそのものの型崩れも起きるから、コンプレックスを悪目立ちさせてしまう。たとえば長め丈のジャケットは必要以上に背を低く見せ、横幅も広く見える。

着こなしとは結局、目の錯覚。だから僕が薄手のジャケットを選ぶとき、丈は腰骨の高さまでのものにする。脚が長く、スリムに見えるから。冬になってロング丈のコートを着るなら、ショート丈のアイテムを重ね着してバランスを取る。

身長一七五センチの僕は普通なら平均的な背丈なのに、ファブ5のメンバーは巨人の白人が三人とカラモという長身ぞろいで、彼らと一緒だと、僕は小柄に見える。だから僕は、プロポーションよく見せるためなら、持ってる武器を可能なかぎりすべて使う。

流行はたいてい、こんな感じで広がっていく。ゲイが変わったものを着はじめるとトレンドになるけど、十年もすればストレートの男たちの間に浸透し、僕は「時代遅れ」呼ばわりされる。クロップド丈のトップスも、そんな運命をたどるんだろう。

Tシャツもそう。ピチピチTシャツの流行発信源はゲイなのに、今では身体を鍛え上げた男性たちの制服みたいになっている。彼らを侮辱するつもりはない——筋骨たくましく、離れて見ている分には目の保養になるけど、僕はデートしたいとは思わない。スーパータイトなTシャツ姿から、「僕を見て！」という叫び声が聞こえてきそう。ちょっと苦手。

ピチピチTシャツ姿は、僕の〝好き〟の範囲から、ちょっと外れている。セクシーが売りものだった時代は終わった。僕はルーズフィットの方が好き。身体のラインがきれいに見える服は好きだけど、あからさまに見せるのは好きじゃない。ポイントを決めて見せる方がいいかも。それだけは言っておきたい。ピチピチの服より、ルーズなシルエットで、ほんの少し身体のラインを意識させる方がずっとセクシー。

フィット感に対する好みは時代によって違うみたい。フィット感のあるものが受ける時期もあれば、ルーズフィットが好まれる時期もある。僕は二十代のころ、トップスにダーツを入れてフィット感を高めていた。だけどここ数年はルーズフィットが気分なので、トップスも、身体にルーズにフィットするようなものを選んでいる。

ワンポイントアドバイス

Tシャツ

迷ったら必ずクルーネックを選ぶこと。男性は特にそうしてほしい。

例外は、がっしりした体型や、顔と首との境目がわからないような体型。もしあなたが、顔と首の境目がわからない男性だったら、VネックのTシャツがお勧め。首が長く見え、全体のバランスが取れる。

今挙げたタイプに該当しなければ、VネックのTシャツは着ないこと。(特にラスベガスやニュージャージーによくいる)ウザいダメ男はVネックのTシャツ、ときにはVのカットが深いTシャツを選びがち。頭が悪そうに見える。女性はそんな男に用はない。Vのカットが深いTシャツ姿のあなたを見たら、あなたの人柄は僕にはお見通しだ。きっとシングルで、デートする、すてきな相手もいない——そのくせ自意識だけは過剰で、自分は絶倫だとも勘違いしている。

Vのカットが深いTシャツがはやったのは十年前のこと、この先リバイバルすることがあったら、さっさとすたれてほしい。

Vのカットが深いTシャツを着る人は〝ビダズル〟、つまり、ダークブルーのジーンズにコントラスト感のある色のラインストーンで飾ったものを合わせることがある。この組み合わせでコーディネートした男性を見かけたら、とにかく逃げて。

Vネックのアシャツを着てどこが悪いとお嘆きの男性のみなさん、たぶんあなたが耳をふさぎたくなるような噂をされていますよ。ご家族や友人は、あなたに忠告するほどの度胸がないこともあるでしょうから、では、タン・フランスが代わりに申し上げます。何しろ僕は、着こなしが下手な男性、または「ああ、あのときマッチングアプリで左にスワイプして消しとけばよかった」と後悔するような、ダサい相手とデートをした経験のある女性たちのおしゃれ相談に乗っている立場ですから。

さて、今度は女性へのアドバイス。Tシャツについて厳格なルールはありません。クルーネックはやっぱりお勧めだけど、VネックのTシャツはデコルテをきれいに見せてくれる。女性の場合、Tシャツにネックレスを合わせても、男性みたいに〝ダサさ判定ツール〟というほど悪目立ちしない。女性のみなさん、Tシャツの着こなしでダサいと判定されずに済んでよかったですね。

ボン・ジョヴィとの出会い

LEATHER JACKET

僕が生まれてはじめて生で接した有名人、それはジョン・ボン・ジョヴィ。僕の名前を覚えてくれた、文字どおりはじめての有名人だ。僕はただの一般人レベルから、ボン・ジョヴィに名前を覚えられるレベルにまで昇格した。それがどんなに不思議なことか、言葉で説明するのはとても難しい。

『クィア・アイ』シーズン1の配信がはじまったのは水曜日。二日後、僕らは『トゥデイ・ショー』の収録に参加した。番組が配信されて、まだ四十八時間。僕らは無名のキャストだった。ニューヨークの街中を歩いていても、誰からも注目されない。オンエア前に楽屋で僕たちをサポートするスタッフたちですら、僕らが誰なのか知らなかった。配信スタートからまだ二日じゃ、名前を知らなくても当然だったころの話。

楽屋から廊下に出た僕は、ジョンというプロデューサーとおしゃべりをはじめた。そのとき、ジョン・ボン・ジョヴィとその取り巻きが廊下を歩いてきた。レザージャケット、ライオンのようにふさふさした白髪(しらが)交じりのヘアスタイル、どうしようもなくかっこよかった。白状すると、僕はボン・ジョヴィの大ファンというほどではなく、イギリスでは、アメリカほど大スター扱いではないけど、ロック界のレジェンドであり、彼の曲は定番の大ヒット曲として知られていた。

知らない人がいないほどのセレブ。こんな有名人と直に接するのははじめてだったし、とても光栄だった。

僕はセレブの追っかけもやったことがない。プロデューサーの方のジョンと話しながら、僕は考えた。ボン・ジョヴィに挨拶するのはやめよう。一般人の自分が彼に声をかける権利なんかない。ボン・ジョヴィの友だちでもない。それに僕は彼のことをよく知らない。僕がトークショーに出るなんて、ボン・ジョヴィにはどうでもいいこと。話しかけなくてもいいじゃないか。セレブの私生活に首を突っこまず、彼に気づかなかったふりをしよう。

じっと見ていたと思われたくなくて、僕はボン・ジョヴィに背を向けた。彼の足音が近づいてくる。

そのとき、彼が僕の腕に触れて言った。「写真を撮ってもいいかな？」てっきり僕は、プロデューサーの方のジョンと写真を撮るからどけと言われたのかと思った。だから一歩どいた。

すると、ボン・ジョヴィが言った。「違うよ、タン、一緒に写真を撮ってくれないか？」

息が止まりそうになった。「待って、えっ？　僕の名前知ってるんですか？」

ボン・ジョヴィが言った。「もちろんだよ！　妻も僕も『クィア・アイ』の大ファンなんだ！」

「ボン・ジョヴィさんなんですから、何でもおっしゃってください！　いくらでも写真を撮ってください！」

「ジョンでいいよ」と言われたけど、「まさか、そんな、畏れ多い。ボン・ジョヴィさんと呼ばせてください」と頼んだ。

僕はプロデューサーの方のジョンに言った。「僕とジョン・ボン・ジョヴィさんの写真を撮ってもらえますか？」

こうして僕らは数枚写真を撮った。撮影中にボン・ジョヴィが自分のポケットに何かを入れようとして、僕が大きく口を開けたところも撮られ、もう、ショック以外の何ものでもなかった。こんな一大事、めったにあるもんじゃない。

「何でもおっしゃってくださいって言ったよね？　だったらフェイスタイムの動画を妻に送ってもいいかい？　きっと喜ぶだろう」

このあたりでファブ5のほかのメンバーも騒ぎに気づき、自分たちも映りたいと言ってきた（彼らがあんまり大騒ぎするんで、ジョン・ボン・ジョヴィは奥さんにフェイスタイムを送りそこね、僕は彼女と話しそこねた。僕があの〝おバカさんたち〟に困っているって話はもうしたよね？）。こんな有名人が僕たちを知ってくれてたなんて、ほんとうに信じられなかった。この日を境に、僕らの世界が一変することになる。

最初の数か月間、有名人に会うたび大歓迎で迎えられた。まさか、まさかこんなセレブが、僕、と写真を撮ってくれと頼んでくるとは。「ちょっと一緒に写真を撮ってもらってもいいかな？」それは僕のセリフですってば。僕はサウスヨークシャーなんてところから出てきた、ただのタンだし、そもそもおかしいですよ。なぜ僕の写真を撮らせてって聞くんです？

その後は、僕らがどこに行ってもこんな騒ぎになった。形容できないほど不思議な気分だった。サウスヨークシャー出身、パキスタン系の一般人、タン・フランスには戻れないんだ。これは夢なんだとしか思えなかった。さりげなく「ああ、別にいいですよ」なんて言えればいいんだけど。そんなのムリ。ひどく挙動不審になっていた。挙動不審になってもムリはないほど、人生がガラリと変わったんだから。あまり動揺せず、冷静でいようと努めている。でも、それは表の顔だけの話。僕の中に住んでるティーンエイジャーの女の子が、キャーキャー騒いでしまうのが現実。

何度セレブと写真を撮ろうが、予想もしなかった人生がはじまろうが、ジョン・ボン・ジョヴィと会い、僕の人生が変わったと感じた、あの日のことはぜったいに忘れないだろう。

僕の人生は今もまだ変わり続けている。

男らしさ、女らしさ

CROSSED LEGS

僕はずっと、自分は女性的だと思っていた。いじめられるのが怖くて、少年期はそんな部分を隠そうと努めていた。

トレーラーの中でジョナサンやカラモと話していて、僕ってすごく女性的だよねとこぼした。するとふたりは大笑いした。僕は反論した。「でもさ、ジョナサンと僕はフェミニンな役回りじゃない？」

そこで、遊び半分に〝女らしさランキング〟を決めることにした。悪気はなく、自分の印象を言おうと。「ファブ5のメンバーで、女性的な順に名前を挙げてみよう」カラモとジョナサンは、四人目に僕の名を挙げた。アントニのひとり前。どうやら僕は、自分が思っているほど女性的ではないらしい。

思えば、僕は今まで必要以上に男らしくなければと意識しすぎていたかもしれない。ランキングごっこをしたあの日も、『クィア・アイ』という番組に出演するようになったら、もう自分が男らしいかどうかで悩む必要なんかないじゃない、という結論が出た。自分がゲイであることを隠す必要は、もうない。だったら自分が女性的でも、別にかまわないじゃない？って。

少年期の僕は、女性的な振る舞いで、知られたくない自分の本質を相手に見破られることが不安でしかなかった。今も頭の中で小さな声がこだまする。君は南アジア系だ――そんな態度は南アジア系の男子らしくない！

ファブ5で『リップ・シンク・バトル』という番組に出演したとき、この小さな声が何度も聞こえた。僕たちは好きな衣装を着て、口パク（リップ・シンク）する曲は好きに選んでいいことになっていた。アントニ、ボビー、僕の三人はブリトニー・スピアーズの曲を歌うことに決まった――最初は五人みんなでビヨンセの曲、そこから三人でブリトニーの曲。僕としては、ヒップホップで番組に出たかった。ビヨンセは好きだけど、ポップな曲は気分じゃなかったんだ。というわけで、僕は〝ダンスがあまり上手じゃないチーム〟として、ブリトニーの曲でリップ・シンクをやることになった。さあ困った、いずれにせよ、僕は女装しなければならない。

僕には女装の経験が一度もなかった。しようと考えたことすらなかった。ドラァグショーは何度も観たことがあるし、愉快で楽しいけど、自分から進んでやりたいことじゃなかった。ドレスをまといたい、フルメイクをしたい、ウィッグをかぶりたいという願望そのものがない。僕にとって、進んで女装をするという選択肢はなかった。

僕は躊躇（ちゅうちょ）した。

本番で着る衣装については、ブリトニーが過去に着た中から、各自好きなものを選ぶことになっていた。僕がフラットソールのブーツを履くコーディネートを真っ先に選んだのは、ヒールのある靴で踊るのが不安だったから。ブリトニーにしては素肌を見せないタイプの衣装だったのも理由のひとつ。用意されていた衣装でブリトニー・スピアーズ風に女装するのは、僕にはこれが精一杯だった。

衣装は五日前に決まった。本番の前の日、衣装はすでにできあがり、試着も終わっていた。ウィッグとメイクのテストも完了。

こういう番組は準備に何週間もかけるものだと思っていた。実際のスケジュールは駆け足だった。本番前日に三時間のリハーサルがあり、当日は準備に一時間かけ、収録がはじまった。僕が四時間でダンスをマスターできるわけがない。四日間もらってもムリだろうけど。振り付けが頭に入っているか不安で、前の晩は一睡もできなかった。

本番でアントニとボビーがキューより早く踊り出して、何だか僕ひとりが振り付けを覚えていないみたいになった。でも、本番がはじまってしまえばとても楽しくて、そんなことどうでもよかったけど。全員が楽しそうに踊り、最高な気分になれた。得がたい体験だった。やれるものなら、あと千回やってもいいくらい。

だけど、フルメイクした自分の顔を見るのに慣れないせいか、女装した自分の画像を見るのはイヤだ。それにしてもひどい。アントニはほんとうにかわいくて、堂々としたドラァグクイーンなのに。でも、ボビーと僕はお世辞にもかわいらしくは見えなかった。

「あなたはゲイでしょ!　どうして女装しないの?」って、偏見じゃないかな。ゲイと女装は関係ないのに。あなたがストレートの男性なら、ＮＡＳＣＡＲのドライバーになって当たり前とは思われないはず。男性だからドライバーに向いているっていう考え方はおかしいよね。だから、僕がゲイだからといって、ゲイのステレオタイプ的なことを楽しんでできるとはかぎらない。僕はゲイらしく振る舞わなくてもいいという信念を守っている。自分が理想とするゲイ像を目指せばいいわけだし、ドラァグクイーンのように、僕とは方向性の違うゲイカルチャーもあるから。

女装はどうあれ、番組への出演そのものはとても楽しかった。でも、僕に女性的な部分があれば、別の楽しみ方ができたかなとも感じた。ゲイ・コミュニティーの一員でいるためには女性的でなきゃという義務感は持ちたくはないし、逆に、自分の中にある女性性を隠したくもない。

南アジア系コミュニティーでも、男性同士の愛情表現をもっとオープンにできればいいのにと思う。八歳ではじめてパキスタンを訪ね、男性同士が手をつないでいるのをはじめて見かけて、気持ち悪いと感じた記憶は、今も鮮明に残っている。当時はまだ、自分のセクシャリティーを認識していなかったけど、男同士が手をつなぐのはやっぱりおかしいと思った。僕は兄たちとニヤニヤしながら「あんなの見たことないや！　大人の男の人が手をつなぐなんて！」と言いながら、彼らを見下していた。

そんな時代を振り返って、僕は思う。時代は変わった。ふたりの間に立ちふさがる偏見を取り払い、「僕はこの友人に好意を持っています。セックスという手段を踏まなくても、僕たちの心の距離は縮まります」と言って、気兼ねなく交際できる時代が訪れた。

そんな今でも、僕は人前で夫と手はつながない。それを見て不快感を覚えた人にひどいことを言われたり、ジロジロ見られたり、非難されるのが怖いから。そんな風に考える自分がイヤだけど、僕は気をつけている。

今のアメリカは、大げさなぐらいに男らしく見せようとする風潮があると僕は思う。昔ながらの決まり切った男らしさって、もう時代遅れじゃないだろうか。これからのアメリカでは、人前で誇示したいような男らしさは主流じゃなくなると思っている。

覚悟ができたら、一番大切な人の手を取って、この人を大事に思っている、それのどこが悪いの？　と、態度で示そう。たとえ秘密の関係でも、男性の友人同士が人前で仲良さそうにしていられないのは、深刻な問題をはらんでいると思う。

人にはここまで言えるのに、僕は外で男性と手をつながない。ほんとうはつなぎたいのに――愛情の印なのに。世間は同性愛を間違った方向に解釈し、スキャンダラスな物語にしたり、ふたりは手をつなぐ以上の関係なのかと変に勘ぐったりするのがとても残念。あのね、もしそれ以上の関係なら、僕はもっと上手に立ち回って、ぜったいに知られないようにするから！

こんな風に、ゲイの男性同士が友情を育むのはとても難しい。女性ふたりが一緒に座って笑っていても、このふたりはベッドを共にしているとは考えず、ただの仲良しとしか思わないのに。男性同士だと、そう思ってもらえないのが悲しい。

僕の場合、男らしくいるのと女っぽいところを見せるのとではどちらが楽か、そのときによって変わってくる。最近は自分のセクシャリティーに違和感を覚えないけれども、いつもそうとはかぎらない。

僕は成人しても相変わらずほっそりしていて、もう少し筋肉をつけたい。十代のころは医師に「どうすれば体重が増えますか？」と、よく相談していた。山ほど食べても体重はぜんぜん変わらない。二十一歳から筋トレを続け、週に六日はジムに通い、できるだけたくさん食べているのに、もっと男らしい肉体になりたいのに。

僕だって、身体のことをいつも気にしているわけじゃない。でも男性はもっと、理想の体型について男性同士で話し合ったほうがいい。たとえば僕の場合、人前で水着になるときは、きっと必死にトレーニングするだろうな。

実際、僕は人前でめったに裸にはならない。『クィア・アイ』が配信されてから一度も泳いでいない。もしあなたが男性なら――しかもゲイの男性なら――無理やり脱がされたような気分になると思う。僕は前より自意識過剰になったのかな？　たぶん。公営プールに今すぐ行った方がいい？　いや、行かないと思う。

この間、僕は夫とハワイで過ごした。人がほとんどいないビーチで水着姿になったら、やっぱり僕の写真を撮ろうとする人がいた。シャツを脱いだ姿は撮らないでとお願いして、わかってもらったけど。この一件で、だから人前で裸になっちゃダメなんだよと反省した。ネットで煽(あお)ってくる連中に、みすみすネタを提供することになるじゃない。僕の裸体画像がネットに出まわるようなネタを提供するスキを見せちゃダメだよね。僕のキャラや仕事のことをとやかく言われるのはかまわないけど、自分の体型をネタにされるのはとても傷つく。好意的なコメントでも（「わあ、スリムですてき」とか）、聞きたくない褒め言葉だってある。「みんなで笑いたいから画像をネットに流しました」と、自分から言う人なんていないわけだし、それならこっちも自衛手段を考えるしかないよね。

いつか自宅にプールを作りたいかって？　そりゃもちろん。その日が待ち遠しい。

自分の身体を人前にさらす自由はあるはずなのに、それができないのが残念でならない。僕がこんなプレッシャーを自分にかけてるのは、エンターテインメント業界にもやっぱり、ゲイへの偏見があるから。ゲイの若い男性なら、ギリシャ彫刻のような身体でなきゃ――という偏見がぜったいにある。

シーズン1のエピソード6『レミーのルネサンス』で、僕がショートパンツを穿いて脚を組むシーンがあった。みんなにどう思われるか、気が気じゃなかった。僕は画面に映った自分が脚を組むたび、「脚を組まないで！」って声を上げてた。ゲイの僕たちは、不快感を持たれないように、男らしくあるようにと、ついつい考えてしまう。まわりの目を気にする自分が、とてもイヤだった。

そして僕はようやく、〝ひとり反省会〟を開き、もうひとりの僕に言った。「男らしく振る舞うのが自分らしくないなら、自分を偽らない方がいいよ」僕には男らしいところも、女らしいところもある。そんな自分を隠そうとするのはおかしいと、ようやく思えるようになったんだ。

それまでの僕は、脚を組んだり、なよっとした仕草はしないよう、ずっと気をつけていた。でもこれからは違う。僕は番組に出ている。ゲイが主役の番組にね。ゲイが主役の番組に出ているんだよ。もうバレてるってことじゃない！　男の子たちにモテようと努力しなくてもいいよね？だって僕は既婚者なんだよ！

時間はかかったけど、白人やストレートを装って、まわりから浮かないよう気遣う必要がなくなってよかった。だけど、気になるときはやっぱり気になるけどね。

今朝、ジムに行ったんだけど、僕はジョナサンがトレッドミルで走っているのに気づかなかった。筋トレを終え、トレッドミルが並んでいる後ろを歩いていると、ジョナサンが駆け寄ってきた。「タンの歩き方ったらおかしい——ジムでは『僕はゲイではありません』ってガンガン主張してるのね。〝ジムで鍛えてる兄貴〟って感じで歩いてたよ」

ぜんぜん意識したことがなかったので「へぇ、僕はジムだと別人になるのかな」と返した。僕は幼いころから、どんなことでもトラブルを起こさないよう努めてきた。出しゃばるな。トラブルの当事者にはなるな。僕は今でも——無意識のうちに——争いを避けていて、そんな自分がイヤになる。

僕はごく自然に歩いているつもりだけど、テレビや映画に出てくる女性の歩き方が身についていたみたい。僕はかなり小さいころから女性っぽく歩いていて、家族から「タン、そんな歩き方はダメ。男の子はそんな風には歩きません」と注意されていた。男の子らしく歩こうと努力しすぎて、逆に〝ジムで鍛えてる兄貴〟っぽく歩いてしまっていたんだろう。

中学時代、コンプトンのラッパーみたいだと言われたのを覚えている。男らしく歩くことばかり意識したせいで、パーカーのフードをかぶり、ラップをキメる黒人少年みたいになりたかったのかもね。僕が僕らしく見える歩き方がわかるまで、かなりかかった。

番組に出ていると——ゲイの男性と一緒のときも——自分らしくないことをやろうとしなくてもいいんだ、と思わせてくれる。僕らは番組で、ヒーローたちがほんとうの自分を取り戻すよう応援する。「君らしくいていいんだよ！」「自分の個性を隠しちゃダメ！」「自分の中にある女性らしさを隠さず、ありのままの自分の姿を見せよう……」

こんなセリフで人を励ましている本人が、自分らしさについて悩んでいるなんて、ひどい偽善者だなあと思った。番組で人を励ます立場になるまで、僕だって悩み、苦しんできた。自分らしく生きるよう応援する立場の僕だけど、それが決して簡単じゃないのは、僕自身がよくわかっている。僕が、自分らしさを受け入れる旅の道のりは、とても長かったから。

ツアー！ ツアー！ ツアー！
NOT-SO-FANCY LUGGAGE

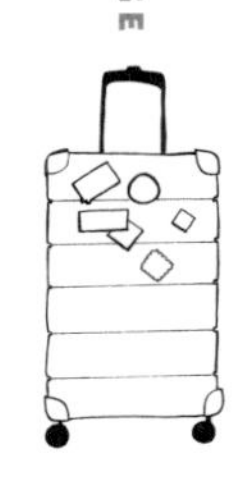

友人や家族から、タンってほんとに華やかな暮らしをしてるねってよく言われる。カメラの前でポーズ！ 毎週ニューヨークに行ってる！ 海外マスコミから取材を受けてる！ 他人から見ると、とっても華やか。

僕たちがはじめて取材を受けたとき、ワクワクして、かわいいプリンセスみたいな気分になれた。シーズン1配信から一週間ぐらいで、『レイチェル・レイ・ショー』『ウェンディ・ウイリアムズ・ショー』『トゥデイ・ショー』といったアメリカのトークショーに、はじめてゲストとして呼ばれた。長年番組を観る側にいた僕たちが、有名人と一緒に番組に出るのは光栄としかいいようがなかった。収録中はいちいち感激していた。うわあ、ゴージャスだね、タン。こんな一流のトークショーに出演できるなんて、僕ってきっと大物なんだ！

その後、僕らは二月頭から、シーズン3の撮影がはじまる直前まで、メディアのプロモーションツアーに出た。遠方の取材先とは電話インタビュー（いわゆる〝フォーナー〟）があり、これが一日二、三時間。電話インタビューはゴージャスとはほど遠く、僕らはホテルの部屋で延々、同じ質問を何度も繰り返しされる。その都度プライバシーに立ち入った、どう答えたらいいのか困るような質問にも、まるではじめて聞かれたみたいに答える。「（セレブの〇〇）さんのお宅をはじめて訪問したときの感想を聞かせてください」とか。

そして、僕たちのオーストラリアロケが決まった。海外ロケがあると聞くと、とてもうれしい。でも、海外に行ってもホテルの客室、車の中、会見場以外の場所には立ち寄れないのが実情。〝海外〟というグラマラスな響きにだまされちゃダメ。番組のキャストに選ばれ、海外のプロモーションツアーに出るという幸運に恵まれても、長距離フライトのあとは、ホテルの客室に送り届けられ、移動は車という現実が待っている。オーストラリア、ニュージーランド、ドバイ、ロンドン……どこに行ってもホテルの客室に変わりはない。別に文句を言いたいわけじゃない。僕らの番組が話題になり、メディアから注目されているのはとてもありがたいことなんだけど、メディア取材は、自分が思っていたほど華やかな仕事じゃない。

でも、海外のプロモーションツアーに出て一番うれしいのは、今までに体験したことのないゴージャスな眠りが体験できること。休むことを知らないエンターテインメント業界、だから十四時間の時差がある国に来るのは最高のごほうび。機内ではWi-Fiがつながらないこともあるので、ネット上の日常から解放される。そこでファーストクラスの贅沢な座席で眠り、見逃してしまった映画を観る。読者のみなさん、それはもう、最高の体験だったと僕は思う。

メディアから好意的な取材を受けるのはありがたいし、ファブ5や番組について好意的な報道が続いているのはうれしい驚きだった。でも実際は、席についたら十時間座ったままっていうのもザラで、十分から十五分の持ち時間で、記者が入れ替わり立ち替わり質問に来る取材、それがジャンケット・インタビュー。記者一人ひとりにとっては自分だけの質問でも、質問をされる側は何度も同じ受け答えをし、三時間から四時間の取材を最後までやり抜くのはとても大変なこと。頭が朦朧（もうろう）として、おかしくなってくる。耳鳴りもするし、コインがチャリーンって落ちる音が聞こえたら、眠りに落ちてしまいそう。今度はテレビ出演が待っていて、また同じことを最初から繰り返すというわけ。

考えてもみて、これまでで一番長時間のフライトを終え、着陸から一時間も経たないうちに着替えて準備し、ハイテンションで十二時間撮影を続ける僕らのことを。リラックスする時間が三十分もない僕らのことを。用意された客室に着いたとたんに取材が待っていて、カメラの前に座る僕らのことを。

取材っていうものは、僕には主導権がないからストレスの種になる。それに記者から質問されると、普段なら言わないことまで言ってしまったりもする。配信前のエピソードの話題を振られて、うっかりネタバレ情報を漏らすこともあった。あとになって、しまった、あの情報は解禁前だったと後悔する。広報担当者に怒られるのはわかっているのに、つい。

僕は疲れが溜まると心の余裕がなくなり、悪気はないけど友人の秘密を漏らしたこともあった。セレブのこと、新作映画のこと、新曲のことなどを記者から尋ねられると、質問を先に進めたくて、つい余計なことを口走ってしまう。記者はそれをネタに、ありもしないことを記事にしようとする。

こういう駆け引きはとても疲れる。

ファブ5のメンバーと一緒になって、仲間同士で助け合うことの大切さを学んだ。僕たちはそれぞれ弱点がある。たとえば僕は疲れると言葉に詰まるので、僕がそうなると、彼らはすぐに気づく。これが僕の弱点。アントニは疲れると表情が乏しくなる。僕たちは仲間の赤信号をすぐに感知し、何もなかったかのようにフォローできる。もうひとりドロップアウトしそうなら、三人でフォーメーションを組む。僕ひとりでは、とてもプロモーションツアーがこなせるとは思えない。ファブ5の協力体制は鉄壁だ。

僕は〝ネットフリックス『クィア・アイ』のキャスト、タン・フランス〟であることを常に求められる。だけど、『クィア・アイ』のタン・フランスだって、一日のどこかで気を抜いている。部屋の中に十時間も閉じ込められ、お日様を浴びることもなく、同じ質問に何度も答えていたら、その間ずっと、テンションを高くキープできてはいない。何時間もしゃべり続けるのはイヤ、とにかくだらけていたい僕が、このハードスケジュールをこなすのはきつい。

こう言ったらわかってもらえるかな。あなたが既婚者なら、結婚式の日のことを思い出して。披露宴では招待した全員に満足してもらいたいと、あれこれ気を配ったはず。想定外のことが起こったり、行き詰まってどうしようもなくなっても、式が滞りなく終わるまで頑張り、問題なんかぜんぜんないよって顔をする。だって、私たちの結婚式に来てくれたみんなのために、今日は全力を尽くすって決めたんだもの。目に見えない負担はとてつもなくあってもね。

プロモーションツアーでロンドンに行ったのは、僕の人生でトップに挙げてもいいぐらいの思い出だ。英雄として歓迎され（生意気に聞こえるかもしれないけど、だってほんとうのことだから！）、イギリス人であることをこれほど誇りに思ったことはなかった。祖国に戻って「イギリス国民の代表です」と言えたのは格別な気分だった。世界を相手に活躍するイギリス人はそう多くはない。有名なトークショーや報道機関がファブ5を世界的なスターだと認め、特に僕を評価してくれた。それがとても印象に残った。

ＢＢＣラジオ1の番組や『ディス・モーニング』に出演できるなんて、夢のようだった。ラジオ1は、イギリスではどこでも聴けるラジオ局だ。テレビの人気番組級の支持を得ている。ラジオ1に出演が決まったと最初に聞かされたとき、僕は自宅で、「キャーッ！」と声を上げた。ロブはラジオ出演がなぜそんなにうれしいのかわからないようだったが、僕には一大事だった。イギリスで過ごした十代の末、ラジオ1を毎日聴いていたから。

『ディス・モーニング』は、僕が生まれる前から家族が観ていた番組だ。アメリカで言うなら『トゥデイ・ショー』に匹敵する存在。その番組にゲスト出演するなんて、夢がかなったどころの騒ぎじゃない。親しくしているイギリスの友人、ナス、キリ、ヴィッキー・ダウニーを収録に招待した。祖国の有名トークショーに出演する晴れ舞台を友人に見守ってもらえるなんて、こんなに名誉なことはなかった。

気がつくとイギリスのプロモーションツアーは終わっていた。メディアが押し寄せて取材用の部屋は満杯だったが、僕にとっては魔法にかけられたような五日間で、次にイギリスに帰る日がとても待ち遠しい。

メディア取材でもうひとつの楽しみは雑誌の仕事。グラビア撮影が好きかって？　それはもう。雑誌の仕事だけできればいいのにと思うほど。充実した特集記事の取材もいいけど、グラビア撮影も最高。もう、クールなグラビア撮影を楽しみに生きていると言ってもいいぐらい。

雑誌の取材では不条理な注文は一切なく、計画的に進められる。想定外のことは起こらない。編集者と事前に打ち合わせをし、スタイリストと衣装を考える。グラビア撮影に取りかかると、被写体はスター扱いしてもらえる。マネージャーがコーヒーを先に注文してくれてて、そのコーヒーを持って、スタッフがドアの前で僕を出迎えてくれる。僕は衣装部屋に通され、試着をしながらグラビアのコーディネートを考える。

『PAPER』は僕の大好きな雑誌。番組で僕が見せたことがない一面をグラビアで表現してくれた。グラビア撮影用のメイクをし、今までやったことのないヘアスタイルに挑戦、コーディネートも常識を覆した、とても画期的なものだった。

音楽が大音量で鳴り響く中――グラビア撮影ではニッキー・ミナージュを選ぶのが僕の定番――フォトグラファーは僕に指示を出しながら撮影する。撮影の間はずっと「とてもいい顔をしてるよ」と、僕の気分を盛り上げてくれた。これだけは言える。雑誌のグラビア撮影は、被写体を一日だけ女王様にしてくれる夢の世界。一生の思い出になる体験だった。

メディア対応は長時間の取材をこなすエネルギーが必要なのはもちろん、毎日のスケジュールにも大きな影響を与えるので、取材される側にとって、とてもつらい仕事なのは間違いのない事実。取材の告知は数日前に聞かされるのが当然で、スケジュールを組み直してさっさと目的地に行かなければならない。これではまともな暮らしが成り立たない。僕は恵まれた立場にあるから、こんな愚痴を言うのは甘えているとは思うけど、プライベートの予定を入れるのがとても難しくなってしまった。取材が入ったせいで、数か月前から予定していた親友の結婚式への出席をキャンセルしなければならなかった。グラビア撮影の仕事がいきなり舞い込み、夫の四十歳の誕生日を祝うバケーションもキャンセルした。どうしても抜けられない仕事があって、甥の結婚式にも出られなかった。しょうがないとは思っている。人生が一八〇度変わるような仕事を手にしたことには感謝しているけど、僕の人生の大事な瞬間も、たくさん犠牲にしてきた。だからといってノーとは言えない。番組のキャストである以上、与えられた義務を果たさなければいけないから。

ときにはゴージャスとはほど遠い環境にも身を置くことになる。一九八二年からリフォームしていない楽屋、コーヒーショップもドラッグストアも、いやそれ以前に何もない、閑散とした町、泊まるのが怖くなるようなホテル。

ホテル暮らしは――これはかなり堪える――とても孤独だ。知り合いがひとりもいない、よく知らない都市に滞在する。一日中取材に追われてホテルの客室に戻り、ルームサービスをオーダーする。外出すればひと晩中〝タン〟という役柄を演じることを求められるので、与えられた部屋で、ひとりで過ごす。友だちに会いたい、ロブに会いたい。寂しくてたまらないホテルの部屋。ロブとは何日も、場合によっては何週間も会えないので、とにかくロブが恋しくなる。僕たちは離れて暮らすことを前提に結婚したわけじゃないのに。離ればなれになるのはとてもイヤだ。それに、ロブと一緒じゃないと僕の心が折れる。

長い一日が終わり、旅先でどんなに立派な部屋が用意されていても、僕の寂しさが癒えることはない。歯を磨き、鏡をのぞき込んで、ああ、自宅でロブと一緒だったらと考える。ベッドにもぐり込み、ロブと一緒のベッドで眠れたらと、また考える。夜中に何度も目が覚めるたび、隣にパートナーがいてくれたらと考える。普通なら訪ねることもできない場所に行けるのはありがたいけど、ロブと一緒だったら感激も倍になるのに。僕はすぐホームシックになるタイプでもある。だって僕は、たとえロブと一緒に旅行をしていても、数日経つと、自宅に戻って、自宅のバスローブを着て、自分のベッドで眠りたくなるタイプだから。

ここまでたっぷり泣き言を並べたけど、これからはプロモーションツアーの楽しい思い出についても話したい。オーストラリアへのツアーも楽しかった。滞在期間は四日間——夜に到着し、翌日の朝七時、さっき説明したジャンケット・インタビューをこなさなければならない。取材される側は八時間から十時間部屋にカンヅメになり、記者が順繰りに取材に来るという、アレね。

プロモーションツアーでは、四日間なら四日間のスケジュールが決まっているけど、そこには観光の時間は含まれていない。アポイントメントの移動中に車中観光はできるけど、それ以外の時間は確保されていない。

アメリカからオーストラリアまで、二十時間もかけて飛んできたというのに。

初日の朝、ジョナサンと僕は五時に目が覚めた。僕たちは日の出を見て、一時間ほど探索に出た。シドニーでジョナサンと僕がホテルから港まで散歩し、踊りながら日の出を見たことは、僕の人生でも数少ない、不思議な思い出かもしれない。

僕らはオーストラリアのツアーを満喫した。身体はくたくただったけど、このツアーを組んでくれたことに僕は感謝している。もちろん、どのツアーにもいい思い出がある。誰だって十時間もジャンケット・インタビューをやりたいとは思わないだろう。でも、インタビューを受けていると、自分の人生がここまで変わったことを改めて感じさせてもくれる。

プロモーションツアーに出られるって、ほんとに光栄なことという気持ちを再認識させてくれるので、僕らは全力を尽くして取り組んでいる。プロモーションツアーを開いたって、メディアがぜんぜん集まらない番組もたくさんある。こんな機会を与えてもらうのって、ありがたいんだ、でも、愛する人と海外で過ごしたいという気持ちをあきらめたくもない。

だからどうか、僕を情けないとは思わないで。ずいぶん不愉快な愚痴を聞かせてしまったのは、自分がもっと取材を前向きに受け止められるようになりたかったからで、どうか悪く思わないでほしい。取材以外の仕事はほんとに楽しいから。あっ、また失言！

同時多発テロ事件の日

9/11

アメリカで起きた同時多発テロ事件の日の話をしたい。多くの人が複雑な思いを抱えていることなのは知っているけど、そろそろこの話をしてもいい時期がきたと感じている。僕は長い間、アメリカのみなさんの心情に配慮して黙っていたけれども、この章では、南アジア系民族がどう思っているかを語りたい。僕たちの心情にも耳を傾けてほしい。

二〇〇一年九月十一日、僕は（デイヴと知り合った）コールセンターに勤めていて、あの日のことは鮮明に覚えている。イギリス時間で午後四時、遅番勤務の僕は出社したばかりだった。コールセンターの、僕の小さな仕事場まで歩いていると、僕を見るみんなの様子がおかしいのに気づいた。僕らのオフィスにはニュースを流す巨大スクリーンが掲げられていて、画面を見上げた僕はやっと、何が起こったかを知った。僕の反応はもちろん「何てひどい」だった。

その後、状況は一変する。

事件から数日で、いろいろなことが少しずつおかしいと感じるようになった。僕はまだ未成年だったけど、それまで生きてきてはじめて、みんなの自分を見る目が変わっていくのに気づいた。数週間もしないうちに、シフト替えがあった。僕をどうにかしろという意見がスタッフから上った。子ども時代は〝パキ〟呼ばわりされ、今度は〝アラブ野郎〟とか〝テロリスト〟と呼ばれるようになったってこと。

テロリスト？　僕は人からそんな風に見られるとは思いもしなかった。これまでになく不愉快に感じた侮蔑だった。「お前が嫌いなのは肌の色のせいだ」にプラスして「お前は国家を脅威に陥れる」と言われるようになったのだから。僕はずっとイギリスで育ち、みんなと同じイギリス人だというのに、今度は国家を脅威に陥れる存在と見なされるわけ？　不本意な論旨のすり替えだった。

どんなに考えても腑に落ちない。あのときの感情は言葉にできない。明らかに〝劣っている〟と扱われたという思い。白人のコミュニティーからこれまでになく区別され、〝自分たちとは違う〟という目で見られているという意識。

怒りの感情も芽生えた。結局、僕たちパキスタン系イギリス人は誰よりも怒り、不安を覚え、そして怯えた。たとえ浅黒い肌をしていても、僕らが非難されるはずはないと思っていた。だって彼らは〝僕ら〟のような定住者ではなく、テロリストとして派遣された連中だから。そう信じていたのに、世間は僕らと同じ認識ではなかった。テロリストと見分けがつかないじゃないか。アメリカやイギリスが攻撃されれば、僕らはみんなテロリストとしてやり玉に挙げられる。

その後、僕らに謝罪を求める白人がいることも知った。南アジア系や中東系の人々、そしてイスラム教徒と一緒になると、白人は「こいつらテロリストのせいで大きな打撃を受けた。なぜ謝罪しない？」と非難してきた。会ったこともないテロリストに代わって、どうして僕が謝罪しなきゃいけないわけ？　白人が大都会で爆破事件を起こしたって、犯人の代わりに謝罪する白人なんて、僕は見たことがない。

僕は十代で、ニューヨークにはじめて行った。家族旅行じゃない旅行もはじめてだった。そのとき空港のセキュリティで呼び止められ、ほかの乗客とは別の検査を受けさせられた。友人たちはセキュリティを終え、特別検査を受けている僕を待つ羽目になった。肌が浅黒い人々に空港が課した特別措置は、その後数年続いた。

アメリカ合衆国入国審査窓口に進むと、何か言う前からゴミ扱いの待遇を受ける。僕みたいに「別室で追加の検査を受けろ」と言われたら、あなたもきっと混乱するはず。待合室は肌が浅黒い人ばかり——出自は違っても、みんな浅黒い肌。当てこすりにしてもあんまりだと思ったのは、あるとき、ブロンドの若い女性が待合室に入ってくるなり「あら、部屋間違えちゃった」と言った。僕ら全員が大笑いすると、その女性は背中を向けて出て行った。

僕はこれまで少なくとも二十四回は、入国審査で別室に行けと命令されている。

肌の色のことで同情を買おうとしていると思われるのは不本意だけど、あえて同情を買った方がいいことだってある。今まで生きてきて、肌の色以外に何の理由もなく別室に通されることが何度もあれば、きっと知らん顔では済まさないと思う。

僕が定期的にアメリカとイギリスを行き来するようになった最初のころ、こんなことをよく言われた。「どうしてアメリカに行くの？　差別されるってわかってるのに。別室でテロリスト検査を受けるんだよ」なるほど、おっしゃるとおり。

別室行きを申し渡されたら、待合室で長く待たされてから取調室に呼ばれる。「最後にパキスタンに行ったのはいつ?」係官が訊く。ラスベガスから来た白人の女の子に、同じ質問をするとは思えない。僕はパキスタンには二回しか行ったことがない。だから「九歳です」と答える。すると係官が訊く。「最後に重機を操作したのはいつ?」この人、大丈夫?

いきなりこんな質問をされて、僕は腹が立ってしょうがなかった。とにかく一秒でも早くこの部屋から出たかったので、好印象を持たれるようていねいに応じた。だけど、これが数回続くと、こっちも意地の悪い態度を取った方がすっきりする。だから最近はこう答えている。「あなたが訊きたいことはわかってますよ。僕はイギリスから来ました。パキスタンへは子どものころを最後に行ってません。スーツケースの中身? ゲイ・マガジンです。ゲイのテロリストは何人いるかご存じ? 最近、重機は操作してませんねぇ。重機は使ったことありませんけど、実はミシンなら使ってます。ご希望なら、すてきなドレスを作って差し上げましょうか」

ロブに会うためのフライトの経由地、シカゴの入国審査窓口で、ビザ免除の書類を見せた。九〇日までのアメリカ滞在を許可する書類だ。ところが職員は何の理由もなく「滞在は七日間のみ」と言い渡した。彼らのどこにそんな権限があるのかわからないけど、こんなひどいことをさせているのは、もっと上の権力者だ。僕は答えた。「僕は三か月の滞在許可を得てます」

すると彼は僕の目を見すえ、きっぱりと言った。「この国はお前を歓迎していないんだよ」

おまけに僕が英語がわからないみたいに、わざとゆっくりしゃべった。

僕は返した。「まず、ゆっくり話してくださらなくてけっこうです。英語は得意ですから。次に、僕は模範国民で、滞在日数を減らされる覚えはありません」

彼の決定を不服とする申し立てをした結果、ロブと一緒にいられる時間が数週間延長された。その一方で、こんなやり取りはこれから何度もありそうだとも覚悟した。

　このような差別的扱いは今でも続いている。僕は甘く見ていた。今は『クィア・アイ』の出演者だから、「彼はテロリストじゃない。タンじゃないか」と言われるのが当然だと信じていた。ところがそうじゃなかった。仲間と認められるには、条件を満たさなければならない。誤解のないように言うと、僕は特別待遇を受けて当然とは思っていない。僕は喜んで、ほかの南アジア系、中東系の人たちと同じプロセスで入国審査を受ける。でも空港で危険人物と思われ、列から連れ出されるとは思わなかった。テレビでの活躍が認められなかったのは屈辱だった。僕の後ろに並んでいた人たちは前に進みながら考える。「肌の浅黒いこの人は何をしたの？　運輸保安局（TSA）の職員はどうして彼を取り囲んで持ち物検査をしているの？」

　このざわめきはやがて、僕のことをテレビで観て知っている人たちにまで広がってくる。僕が取り調べを受けていると、彼らはその様子をカメラで撮りながら言う。「やだ！　見て！　タン・フランスがまた取り調べを受けてる！」

　普段の移動中は、僕だとわからないよう帽子をかぶっている。だけど取り調べ中は帽子を取らなければならない。だから取り調べ中は髪の毛がボサボサの写真を撮られるわけで、それってものすごく恥ずかしいじゃない！　ＴＳＡの職員が持ち物を検査中、通り過ぎる人たちが僕に声をかけたり、写真を撮ったりしてるけど、そこで「今ね、テロリスト呼ばわりされて持ち物検査中だから、五分間待ってくれない？」ってお願いしなきゃいけないって、どうしようもなくストレスが溜まる。

　この事実をみんなに知ってもらいたくて、僕はソーシャルメディアの自分のアカウントに投稿し、メディアが記事にした。「よかった。みんなこの実情を知るべきだよ。僕たちには、政府に身元を確認されているんだと主張する正当な権利がある」と思った。その一方で、僕たちが騒ぐと、身元確認や取り調べがかえって厳しくなるかもしれないという不安もある。

　毎年九月十一日が来ると、〝この日を決して忘れない〟という文字をアメリカのあちこちで目にする。彼らの気持ちは理解している。惨事で命を亡くされた方々を心から追悼したい。この悲劇を決して忘れてはいけないし、警戒することを忘れてはいけない。でも、物事には別の見方もある。僕たちも、危険人物と見なされた事実を決して忘れてはいけない。僕らはいまだに、九月十一日が来るたび、危険な人種として身元確認作業を受けているんだ。同時多発テロ事件や、南アジアや中東諸国で起こるかもしれないテロ行為で生じる喪失感や恐怖、怒り、悲しみは、肌の色に関係なく、僕たちすべてに暗い影を投げかけている。

僕の金銭感覚

WALLET

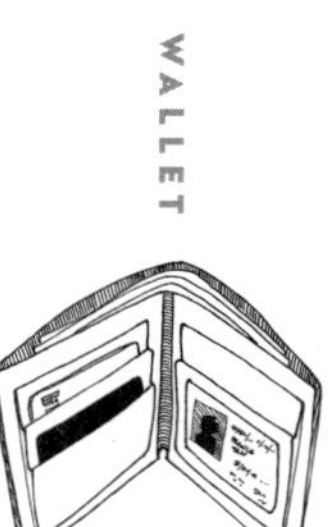

収入がごく普通の一般人が……お金持ちになった気分について話したい。うん、僕もそう言える身分になりたい。普段、お金のことは話題にしにくいし、気が乗らないのはわかっているけど、お金について考えてみよう。〝ネットフリックスの『クィア・アイ』キャスト、タン・フランス〟になったからというわけじゃなく、僕には前からお金に対して決めているルールがある。このルールは今も僕の生活に根づいている。

大した収入もなかったところに大金が転がり込むと、そうなったことにショックを受けるかもしれない。遣い道を決める前に、ちょっと立ち止まってひと息つくのが大事だと僕は思う。

収入が上向きになりだしても、僕は生活を大きく変えたりはしなかった。それこそ最初の数か月、大きな買い物はまったくしていない。家も手に入れなかった。ふと見かけた高級車をいいなと買うこともなかった。どんな業界でも、たとえ大成功するという幸運に恵まれても、いずれ下り坂を迎える覚悟が必要だから。人生はすばらしく、この幸せはいつまでも続くと感じるかもしれない。だけどそんな気分になると、僕は深呼吸してからちょっと考えることにしている。すぐに外国に移住するとか、別の都市に引っ越すなんてダメ。大きな買い物をするにしても、一年先、二年先に延ばしてもまだ間に合う。

余計なことを言わないことも学んだ。成功するとは、よく知らないことに軽々しく意見を言う権利を持つことでもなければ、特に公の場で人を批判してもいいってことでもない。どんな立場にいようとも、望まれていないのに意見を言うと人を傷つけることがある。そのせいで僕はたくさん失敗してきたので、同じ過ちは繰り返さないよう気をつけている。

あるインタビューの席で、たくさんのセレブの服装にコメントするよう、しつこくせがまれたことがあった。僕はネガティブなコメントを避けた。誰が見てもおかしな服装なのに、僕が当たり障りのないコメントばかりするのがしゃくに障ったのか、最後の写真――スーパーショート丈のショートパンツ――はどうかについてだけは、正直な感想を言わなければならなくなった。好きだけど、着こなしが僕には大胆すぎると答えた。その男性セレブには似合っていた。でも、普段の自分のスタイルとは違うから、僕にはうまく着こなせそうにないと感じた。後日、その男性セレブがそのコメントを読んで、ちょっと傷ついた様子で、僕の発言を自分のインスタグラムで引用した。幸い、彼にダイレクトメッセージで謝罪して、わだかまりはきれいになくなった。だけど僕は、このときの一件を教訓として受け止め、今後一切ネガティブなコメントはやめようと思った。人からひどいコメントをされたくないなら、自分も慎もうと思った（だから、そのセレブの名前は内緒にしておく）。

他人の服装に意見したいことはあるかって？　もちろん！　それが僕の仕事だから。だけど言われた側は、僕のコメントに耳を貸さなくていい。コメントが的外れだったりもするから。自分の行動やコーディネートをけなされたときの気持ちを考えれば、自然と辛口コメントを控えるようになった。

大金が転がりこんだら盛大に遣っていいというわけではないのも過去の経験から学んだ。ほんのちょっとだけ、贅沢な暮らしをしてもいいかもしれないけど、やり過ぎはダメ。僕は生活水準はあまり変えず、その分貯金するようにしている。収入が増えた分、支払う税金の額も増える。納税者としての義務を果たし、バカみたいに散財したいという誘惑と戦うこと。預金残高がゼロになり、残るのは結局、遣い道をよく考えずに衝動買いしたものだけ、ってことになるから。

それまであまりお金を持ったことのない人が突然裕福になると、僕には金持ちになる価値があると安易に思い込み、軽々しく遣ってしまう。たしかに、あなたは立派で才能があり、ほかにもいいところがたくさんあるかもしれない。だけど僕はいつも、高収入が当たり前とは考えないよう自分を戒めている。当たり前なんてない。運がよかっただけ。当然だなんて考えちゃいけない。

若いころの教訓から、自分に課しているルールがひとつある。浪費はたちまち取り返しのつかないことになり、生活に困るようになる。十万ドルを手に入れた？　使うなら二十パーセント程度にしておくこと。残りは貯金しよう。

名声は瞬く間に消えてしまうものなので、急に有名になったときにも同じことが言える。人気がいつまで続くかなんて、誰にも予測できない。見ない日はないぐらいの人気者が、五年経つと、どこにもいないなんてザラ。あの人は今どこに？　さあね。立場がどう変わっても必要なのはお金。有名になる前の、時間に縛られ、時給で働く仕事にはぜったいに戻りたくないのはよくわかるから、どうか冷静になって（覚えてる？　僕の口癖は〝だから言ったよね〟）。

僕の人生は大きく変わったけど、ライフスタイルはあまり変わっていない。お金の遣い方は比較的控えめな方。レッドカーペットで僕が着ているデザイナーズブランドの服、実はブランドからリースしてもらっている。セレブがレッドカーペットを歩いたり、パーティーやファッションショーで最前列に座っているときに着ている服とか、僕らが着ている衣装は、一万ドルとか二万ドルはするだろうし、ジュエリーはもっともっと高い――でも、僕たちが買うことはめったにない。自分のものにする必要もない。たいていは衣装として借り、ブランドに返却する。ごくたまに、グラビア撮影やファッションショーで、デザイナーがプレゼントしてくれることがあるけど、それは特別なこと。衣装として返却するのが普通。

もし、セレブみたいな暮らしがしたいと思ってるなら、アドバイスするね。セレブだって、セレブみたいな暮らしをしてないから……分別があればの話だけど。

今の暮らしのいいところは、お金の心配をそんなにせずに済む立場にあること。それについては心から感謝していて、そのありがたみを毎日かみしめている。まだ若かったころ、お金は人を幸せにしないと教えられたけど、それはたとえば、資産家の家に生まれ、生涯お金に困ることがなく、その上で「お金で買えない幸せはある」とか言える、一部の人たちに当てはまること。僕が言いたいのは、お金のことで深刻な悩みがあっても、家賃と請求書の支払いに困らなければいいんじゃない？　ということ。ほんとだよ。僕だって生活が軌道に乗るまで、請求書が届いたのに払えない、どうしよう――と、ストレスに押しつぶされそうだったんだから。

お金に困らなくなると、友だちのためにできることも増える。金額にこだわらず、友人に食事をおごったり、転職祝いや出産祝いを贈るのを楽しめるようになった。今の僕がよくやってるのは、自分ではなかなか手が届かないものをプレゼントして、大切な人たちに楽しんでもらうこと。僕は自分のためにスパの施術やマッサージを予約したり、大きなバースデーケーキを自分宛てに贈ったりはしないけど、友人には自分から進んでできるようになった。

夫に好きなことをさせてあげられるようにもなった。お金の心配をせず、ロブのチケットを予約できるようになったのもよかった。最近、自宅を離れることが多いので、ロブが同行してくれるとうれしい。ネットフリックスやメディアはロブの移動経費までは負担してくれないけど、僕から「仕事を減らして、僕と一緒にいる時間を作って」と彼に提案できる立場になれてよかった。夫は同行する経費を自分で負担すると言い、僕が負担するのが当然だとは思っていない。僕は仕事に打ちこんでいるロブも好き。野望を持ち、働く意欲のある夫はとてもセクシー。でも、ロブが働きたくなければ好きにしていいと言えるようになってよかった。天が味方してくださって、僕らはとてもツイている。

人気が出てからできた友だちには気をつけることも学んだ。それは当然なんだけど、『クィア・アイ』配信後は、特に気をつけている。人と会うのは好き。だけど、僕がプライベートに立ち入るような友だち付き合いをしないので、相手にもそれを求めている。世間から注目されるようになったら、自分を守るためには当然の自衛策。

収入が増えたり、身内が有名になると、助けてくれるのが当然とばかりに寄ってくる人がいるのには、ほんとうに困ってしまう。突然「プロジェクトの資金集めに苦労しています」とか、「この支払いに苦労しています」とか言ってくる人が出てくる。二年前、いや、半年前なら、そんな相談をしてこなかっただろうに。放っておくと、義理もないのに、僕のソーシャルメディアで自分のプロジェクトを宣伝してくれるのが当然だという顔をされる。

そのプロジェクトに賛同できるなら、僕は喜んで宣伝に協力する。親しい友人や家族が助けを求めているなら助ける。でも、有名になったなら助けてくれるよねと、大して親しくもない知人に利用されるのは、あまりいい気分じゃない。その人の印象が悪くなるし、残念だと思う。

僕が友人と呼べるのは、長い間交流がある人たち。僕が大好きで、相手も僕と同じように僕を大事に思ってくれている人たち。僕とさっさと縁を切りたかったら、僕の立場を利用させてくれと頼むことかな。そんなことされたら、ものすごく傷つくけどね。エンターテインメント業界にいる人や、富を手に入れた人なら一度は経験していると思うけど、これをやられると精神的なダメージがとても大きい。逆に、自分もそんなことをしていないと信じたい。それで友情が台無しになるのは何よりつらいことだから。

ダイレクトメッセージでお誘いを受けるのはうれしい。でも「私たちふたりともユタ州に住んでるんだから、今度ディナーでもどう?」みたいなDMの返事は当然「ノー」。まったくの他人に立ち入ったメッセージを送るのは失礼だし、僕には送らない方がいい。同じ州に住んでいるから大の仲良し、だからディナーに行こうなんてお誘いに乗るのは、とても愚かだ。ぜんぜん誘う理由になってないのをわかってほしい。

僕に親近感を持ってくれるのはうれしいけど、会ったこともない人と友人になるリスクはとても高い。今、この本を読んでるあなたと街中でばったり会えたらうれしい？　もちろん。ニッコリ笑ってハグして、ありがとうって言う？　うん。でも、普段の僕は人と距離を置くタイプで、最近は特にそうするよう心がけている。僕は友人を大事にし、信頼している。友人は僕を支えてくれる。たとえ僕がすべてを失っても、彼らは僕のそばにいてくれる。僕のためなら命だって投げだしかねないおバカさんたち。

僕は高級車や家、ジュエリーといったものに関心がない……そういうものに心が動かされない。自分は物欲がない方だと思う。心惹かれる服やバッグはもちろんある。だけどプライスタグを見て「これって僕の家族の一か月分のお給料と同じ」と考えると、どんよりした気分になる。この金銭感覚は一生このままであってほしい。家族の一年分の生活がかかっているとわかっていて、それでも一度しか着ない服に大金を払うようになったら、僕の金銭感覚がおかしくなっている証拠。だから僕は身分相応で納得できるもの――自分の手に届くものにこだわる。それってつまり、有名デザイナーのファッションショーに出向いて作品を支援したり、レッドカーペットでデザイナーズブランドの服をリースしてもらえるのは、うれしくないってこと？　そういうことじゃないんだ。僕はやっぱり、ファッションが持つ華やかな世界にいるのが好きなんだ。

二十代半ばまで、僕はよく言っていた。「仕事もプライベートも含めて、毎回ファーストクラスに乗れるようになったら成功した証拠だね」あのころの僕にとって、ファーストクラスが成功の証だった。今もそうかって？　ときどきそう思う。ファーストクラスが日常のものになってすぐ、僕は思った。「やった、これでもうしばらくは安心だ」

ファーストクラスが使えるありがたみを実感するのは、フルフラットシートにしたとき。おかげで僕の飛行機に対する認識がガラリと変わったもの。だけど今でも、ファーストクラスゲートから搭乗し、自分の席に身を落ち着けるたびに思う。子どものころの自分が今の自分を見たら、きっとめちゃくちゃ喜ぶだろうな。

僕は僕のままで

NATURALLY TAN

ネットフリックス『クィア・アイ』で、僕はとても好意的な評価をいただいている。僕にとってはちょっと意外だった。今、全世界が相手の大舞台で、南アジア系のキャラクターが起用されたことはなく、あらゆる人種コミュニティーから支持されるのも、はじめてのこと。

番組が配信されてからわずか数日で、ありのままの自分を見せたことへの感謝のコメントを山ほどもらった。「ありのままのあなたを包み隠さず出してくれてありがとう!」ゲイの部分でも、南アジア系のルーツの部分でも、僕が僕であることを示したのは事実。

今では世界中から、自分たち南アジア系の代弁者として、テレビに出てくれてうれしいという声が寄せられている。先日、コメディアンのハサン・ミナジとのコラボで動画を撮影したとき、記者会見に僕らと同じ南アジア系記者がいて、彼は動画を観ている間ずっと笑顔だった。記者は僕たちに言った。「白人の視聴者がテレビを観ているときって、こんな感じなんでしょうね。自分と同じ南アジア系という意識ではなく、私は、あなたという人を観ていた」視聴者が出演者になった気分になるのではなく、ある程度知っている人として認識されたということ。コミュニティーの代表という意識が、また別の領域に進んだのを感じた。

笑顔で僕らを見ていた記者の気持ち、僕には痛いほどよくわかる。『クィア・アイ』を最初に観たとき、自分のことなのに、画面の向こうの僕は、南アジア系の人たちを背負って立っているように見えた——何だか不思議。タクシー運転手やテロリスト、医者を演じているわけでもないのに。僕は等身大のパキスタン系ってだけなのに。

『クレイジー・リッチ！』を観て、主要キャストにアジア系を起用した映画が、年間ベスト級のヒット作になったことに感動した。白人が主役じゃなければ企画は通らないなんて考えはもう古いことが証明された。

『クィア・アイ』やほかの番組が、僕のようなキャラクターの選択肢をこれからも広げていってほしいと思っている。映画の主役や恋人役がどうして南アジア系じゃいけないの？　多様性に配慮して配役しましたってことじゃなく、この役にはぴったりだという理由で、あらゆるバックグラウンドからキャスティングできないのはなぜ？　さまざまな人種や民族が世に出れば、美の基準は白人が独占するものじゃないという風潮が広がっていくんじゃないかな。見た目の美しさにこだわらず、その人が持つあらゆる長所で勝負できる時代はきっと来ると思いたい。

少年時代の僕は、白人であることが一番という価値観と戦ってきた。今も昔も南アジア系コミュニティーで子どもが生まれると、まず聞くのが「色は白い？」

この質問——赤ちゃんが色白かどうか——は、性別よりも先に聞かれる。家族の間で同じ質問を何度聞いただろうか。

「アイシャに赤ちゃんが生まれたよ！」

「赤ちゃんは色白？」

僕だけじゃなく、南アジア系コミュニティーの誰もが、イヤというほど聞く会話だ。年配の人たちは、もっとあからさまな言い方をする。「あらー、かわいいのにずいぶん黒いわねぇ」そしてちょっとした知恵を授ける――ターメリックをペーストにして、肌に塗ってあげなさい――そうすれば肌が白くなるから。

男尊女卑の世界だから、男の子が生まれるのも大事。でもまず、肌の色の方がもっと先に聞かれる。まず色白か、次に男の子かを聞く。第一子は男の子という古くさい思い込みも横行している。色白の男の子が生まれればなおよし。

子どもとしてはいい迷惑だろう。

こんなおかしな価値観は、別に僕たち南アジア系コミュニティーだけの問題ではない。黒人、アジア人、中東の人も……。

人種差別主義者があれほど肌の色にこだわるのが不思議でならない。有色人種が怖いから、憎いから差別するのではない。有色人種は地位が低い、階級が低いと差別し、自分のコミュニティーに異文化が入り込むのを嫌がり、白人が高い地位につく機会が多いから、白人の方が〝優れている〟と無意識のうちに思い込んでいる。

まだ幼い時期の僕は、自分の肌の色を異常なほど意識し、白くする〝べきだ〟、白くならなければ社会に認められないと信じていた。僕の家族や周囲の人々、南アジア系メディアにも、色が白くなければ幸せな人生は送れないという固定観念があった。肌が浅黒い赤ちゃんを生むリスクを負いたくないから、色白に生まれなければ結婚するなという声すらあった。

イギリスに住む親しい友人に、黒くて美しい肌をしたベンガル系の女性がいる。十代のころ、僕らが一緒にいるのを見かけた僕の家族が言った。「ただの友だちならいいけど、タンの恋人にしない方がいいわね、黒い子どもが生まれるから」（そんなこと言われてたとは、ふたりとも知らなかった！）。彼女は誰よりも美しいから、余計な心配はいらないよ。祖国の独身男女の間では、結婚するならできるだけ色を白くし、好感度を上げなきゃという風潮が今もまかり通っている。

子どもたちには色白の人と結婚してほしいと願うのに、白人との結婚には大反対する。「雪のように白い肌のお相手を探しておいで。南アジア系の人をね」

色白が大事という思想はとても歪(ゆが)んでいる。僕のまわりはもう、そんな風潮を次の世代に引き継いでいないはずだけど、僕もやはり肌の色を意識し、前の世代の影響を受けていた。そんな影響は文化の面にも根づいている。テレビに出演する白人を目にし、中東やアジアでは、肌の美白や漂白にターゲットを絞った屋外広告ばかりが並ぶ。僕は五歳のころ、こんなことを考えていた。「神様、肌を白くしてくださるなら何でもします。白くなりたい、白くなりたいんです。僕は色白になりたい」あのころの僕は、色白になれば間違いなく魅力的になると、疑うことなく信じていた。

僕は色が黒い方ではないけど、遠縁が「タンは肌の色がねえ」という声をたしかに聞いた。だから十歳になったころには、肌の漂白が日課になっていた。

ほんとは、漂白クリームを愛用していた従姉のを黙って使っていたんだけど。こっそりもらってたのを打ち明ける勇気がなかったのは、それまで肌の色にコンプレックスがあるのが恥ずかしかったから。だから僕が肌を漂白していたのを誰も知らない。家族にも隠していた。うちの家族は優しくて思いやりがあり、漂白する必要なんかないからやめなさいと言うに決まっていたから。僕は暗く、小さな秘密を抱え、自分の殻に閉じこもった。誰にも気づかれないよう、僕は夜寝る前にだけクリームを塗った。

このクリームがまた、ひどく染みて痛いんだ。

同じころ、クラスにレイチェルという子がいて、毎年夏休みに旅行に行くと、真っ黒になって戻ってくる。あんなに日焼けする白人はレイチェルしか知らない。夏休みが終わって真っ黒に日焼けしたレイチェルを、クラスメイトはみんなうらやましがった。僕は思った。白人は日焼けをありがたがるのか。じゃあ、僕は肌の色のせいで嫌われずに済むかもしれないの？　幸い、僕は肌の漂白を続けようと思わないぐらいの分別がついた。

そして今。自分の容姿でどこが一番好きかと尋ねられたら、肌だと答えるだろう。自分の肌の色は美しいと思う。十歳の僕ならきっと、自分の肌が美しいとは思えなかっただろうし、白人じゃない人たちの大半は、僕と同じ気持ちだったと言ってもいい。悲しいけど、それが現実なんだ。でもたまに、日光浴はやめておこうと思ったり、鏡に映った自分の顔を見て、やっぱ僕、色黒いわ――と思うこともある。くだらないんだけど「今日は外出するのやめよう」と落ち込んだりもする。誰もそんな風に見ていないのに。

思春期になると、僕やきょうだいは白人だけではなく、同じ南アジア系からもからかわれるようになった。南アジア系の連中は、僕らを〝ココナッツ〟と呼んだ――外側は茶色くて中身は白い――つまり、肌の色は浅黒くても、しゃべり方が白人みたいだということ。僕らのコミュニティーの大半が、ウルドゥー語やヒンディー語、アラビア語が第一言語だけど、わが家では英語が第一言語だった。『セイヴド・バイ・ザ・ベル』のような欧米のテレビ番組もよく観たし、おかげで僕らの英語の語彙は、同じコミュニティーに住む南アジア系の子どもたちよりも豊富だった。

電話で話せば、アクセントでたいてい南アジア系だとわかるんだけど、僕や家族には民族特有のアクセントがない。僕が白人のようにしゃべるので、浅黒い肌の子どもたちは僕をからかった。一方で、今度は肌の色が違うと、僕らは白人社会からも受け入れられなかった。だからわが家はどちらのグループにもなじめなかった。

両親は、僕らが英語を問題なく話し、しかも訛りがなければ出世できると考えていた。イギリスでは、訛りが強いと、きちんとした教育を受けていないと見なされる。特にイギリスの就職市場では、訛りのありなしがいい仕事につけるかどうかの大事なポイントなので、僕はかなり若いうちから、地元の訛りがないのをプラスに受け止めていた。そして今、イギリス人からよく訊かれるのが「どこの出身?」という質問。アクセントで生まれた場所が特定できないからだ。僕はその都度「グッジョブ、タン」と自分を褒めている。

どこの出身かわからない僕のしゃべり方のせいで逆にトラブルになったこともある。イギリス人から「英語がお上手ですね」と言われたことがあった。「はぁ? 英語がお上手も何も、僕はイギリス人ですってば」お世辞と受け止めてはいるけれども、実はとても無礼なことなんだ。

アメリカ人も負けず劣らず失礼だ。シェイド・クロージングで働いていたころ、ユタ州プレザント・グローブの人通りの多い街角にある、独立系ファストフード店、タコ・アミーゴでよく食事をしていた。キャロラインという同僚といつも一緒で、カウンターには決まって同じ女性が立って、僕らを出迎えてくれた。ほぼ毎日その店でランチをオーダーしてたのに、店員の女性はその都度、ゆっくりした口調で僕に話しかける。

「やあ、元気？」と、僕が挨拶すると、

「げ〜んき。あ〜な〜た〜は〜？」といった感じで。

「僕も元気。タコ・ボウルひとつお願い」

彼女はゆっくり話すだけじゃなく、ときおりスペイン語を交ぜてくる。

「ど〜んな、ポジョに、す〜る〜？」

「チキン抜きで。ビーンズだけ入れて」

「ほ〜ん〜と〜に〜？ ミート（沈黙）抜き（沈黙）？ ベ〜ジ〜タ〜リ〜ア〜ン？」

「ううん、ベジタリアンじゃないよ。それとね、僕、ちゃんと英語話せるから」

それからようやく彼女は普通のスピードで話してくれるようになった。

「あっ、そうか！ 忘れてた！ 毎回あんたが英語話せること忘れちゃうのよね！」

悪気はないとはいえ、こういうのって人種差別だ、どうかしてる。ゆっくり話してやらないと英語がわからないと決めつける、それだけで釘が十本打ってある棒で殴られたような打撃を受け、僕は立ち直れない。痛恨の一撃とは、まさにこんなときのためにある言葉だ。

その後ふたたびタコ・アミーゴに行った僕は、例の女性にまたゆっくりした口調で話しかけられた。だが僕は、もう我慢がならなかった。「いいかげんわかれよ、僕は君より英語を上手に話せるんだよ！ それなのに君は僕に向かってゆっくりしゃべる」

彼女は前とまったく同じリアクションをした（あっ、そうか！ 忘れてた！ 助けになろうと思っただけだってば！）。彼女に悪気がないのはわかっている。ただ、文化的な配慮に欠けているだけ。この店にまた来れば、同じことの繰り返しだっていうのもわかっていた。だから僕は、タコ・アミーゴへは二度と行かなくなった。

白人じゃないからって話し方を変える人全員に言っておきたい。どんな報復を受けても知らないからね。

差別と真剣に向き合うという前向きな方向へと世の中が変わっていってほしいと、僕は切に願う。ここまでずいぶん時間がかかったけれども、もし二十年前、僕の生きている間に『クィア・アイ』のような番組が実現するだろうかと尋ねられたら、まず不可能だろうと答えたと思う。オリジナル版『クィア・アイ』が放映された二〇〇三年、ファッション担当のカーソン・クレスリーが降板し、南アジア系のキャストが出演することになったらどうなるかと尋ねられたら、そんな番組、誰も観ないよと答えるだろう。

僕が思春期のころ、僕らと同じ肌の色をした人はメディアに露出していなかったし、出演を望まれてもいなかった。最近ようやく（肌の色も、体型も）多彩な人々が歓迎されるところにまで来た。テレビの世界では、以前より南アジア系の出演者が増えたけど、もう少し増えてもらいたい。

僕らが取材ツアーでイギリスを訪れたとき、イギリスやヨーロッパ諸国の広告やメディアには、いろんな肌の色の人が出ているんだね、とカラモが指摘した。たしかにカラモが言うとおり、いろいろな広告キャンペーンにたくさんの人種が起用されてて、アメリカよりも人種構成のバランスが取れているのに僕も気づいた。一方アメリカは白人が対象の、白い肌のモデルだけを起用した広告が圧倒的に多い。まるでノルマを果たそうとしているみたいだ。僕は何度となく考える。メディア界は「さて、黒人に門戸を開いたから、今度はあらゆる人種を対象にしよう！」と、方針を変えればいいのに。人種の多様性とは、黒人にさえ門戸を開けばいいってことじゃない。あらゆる人種を代表するキャラクターを複数起用してほしいんだ。それが実現するまで、僕らは「みんな、よくやった！」とは叫べない。ヒスパニックや中東系、アジア系はどうなったの？

さまざまな街で多くの支持を得ている番組に参加できて、僕はほんとうにうれしい。「タンがテレビで頑張ってる。彼にセックスアピールを感じるなら、僕にだって感じるかもしれない」というような子たちに観てもらいたいから。僕の少年時代にそんな風に思えたら、どんなに救われたか。肌が浅黒いからといって、僕が人生というゲームを降りる理由にはならない。

僕がまだ現役の間に、『クィア・アイ』のような番組がもう時代遅れ、と言われる日が来ればいいと思っている。性的マイノリティー、ゲイ、イスラム教について議論する必要のない時代、〝#Me Too〟が問題視されない時代、人種差別がなくなる時代がきっと来る。こんな問題が全部過去のものになる日が来るのを、僕は願っている。

ダイレクトメッセージにお答えします

世界中から、多い日は一日五百通から八百通のダイレクトメッセージがインスタグラムに届く。ほとんどが心温まる応援メッセージだけど、忙しくて返事が書けるのはそのうちごく少数。毎日、できるだけ返信しているんだけど。でも一定の数——決して多くはないけれども——答えにくい質問が届く。しかも、同じ質問が何度も、何度も。「毎回、当たり障りのないコメントで乗り切るほど、僕は善人じゃないよ……」と愚痴りながら書いているメッセージを紹介しよう。

? 髪の毛のハイライトはどうやって入れてるの?

どうやって? 何で僕の白髪がハイライトだと思えるの? 頭の両サイドとヒゲは刈り込んであるから、僕の髪が白いってことはすぐわかるはずなのに。髪の毛に白いハイライトを入れる意味なんてない。白髪は加齢と共に増えていくんだから。

? あなたは既婚者なのに、ファブ5のメンバーとあんなに仲良くしていいと思ってるんですか?

マジですか。僕だけを一方的に責めるような表現を避けてくださった広いお心に感謝いたします。僕の結婚生活を心配してくれたこと、ファブ5にとって参考になるご意見を書いてくださって、とてもうれしいです。僕の結婚生活については当然、まったくもって大きなお世話です。ではここで、僕からの質問です。僕はなぜ、ほかの男性と仲良くしてはいけないのでしょう？　女性が女友だちと仲良くしても批判されないなら、僕が同性の友人と親しくしちゃいけないってこともありません。ご自分の胸に手を当てて考えてください。

あなたのアクセントがウソくさいのはなぜ？

その理由をご説明します。実は僕、アラバマ州の小さな町の出身なんですが、だいぶ前に、上っ面の北イングランド訛りをマスターし、『クィア・アイ』のオーディションで披露してキャストの座を勝ち取ったのです。僕はこのウソくさい話し方を一生続けようと思ってます。

祖国でもないアメリカの政治について語るのはやめ、ファッションとゲイの分野に専念されたらどうです？

まいったなぁ、いい友だちになれそうだと言おうとしてたのに。僕が『クィア・アイ』という番組に出ているから、ファッションとゲイのことしか頭にないとお考えのようで。自分が選んだ仕事なんだし、話題は一本に絞れ——ファッションに——ということですか？　政治について議論したことはありますか？　だったら、お友だちから黙れバカ（STFU）と言われたことは？　あなたが銀行員でも、教師でも、配管工でも、どんなお仕事をされてていいのですが、ご自分の職業の話題しかしちゃダメって決めてらっしゃるんですか？　違う？　じゃあ僕も言います。黙れバカ（STFU）。

うちのパパを『クィア・アイ』のヒーローに推薦するにはどうすればいいでしょう？

僕にはその権限はぜんぜんありません。お手伝いしたいのは山々ですが、キャスティングはーTVステュディオスの有能なチームが担当しているので、僕らがヒーローがどんな人なのかを知るのは、番組収録の二週間前なんです。ほんとに。

二週間後に結婚するんですが、どこから手をつけていいのかわかりません。私に似合いそうなドレスの候補を見つくろって、ウェブページのリンクを送ってくれませんか？

僕のこと、僕のファッションに関するアドバイスを身近に感じ、助けを求めてくださったことに感謝しますが、この手の質問は一日に二十件以上届く上、僕のスケジュールは、撮影、メディア対応、移動、グラビア撮影、ソーシャルメディア対応、そして、夫、きょうだい、友人と過ごす時間で、すでにきっちきちなんです。『クィア・アイ』をご覧になれば、僕が似たようなシチュエーションやリクエストに答えているはずなんですが。もう一度言います、ありがとう。僕のファッションに対する提案を、好意的に評価してくださったことに感謝します。

フレンチ・タックの考案者はあなたじゃない。女性が考案したものをパクった男がいる。それはあなた。

お気持ちはわかります。僕は、自分がフレンチ・タックの考案者だとずっと言っています。エピソードのたび、インタビューのたびに言いまくっています。僕のことを記事に書くなら〝フレンチ・タック〟と、引用符をつけるようにとしつこくリクエストしてます。これほどしつこく、ウソつき呼ばわりされるとは、正直驚いています。ファッション警察を呼んでください。降参です。僕やゲイがどんな人間かおわかりでしょうに。僕らはヒマさえあれば、女性をバカにするネタを考えてるんですよ。

変な髪型をしているお前にファッションを語ってほしくない。

このコメントには超ウケた。

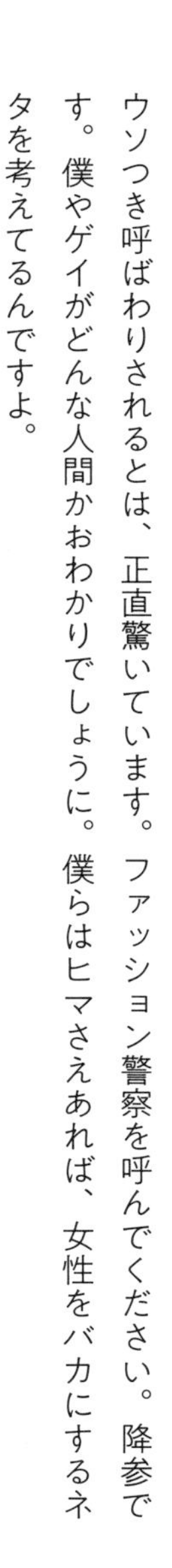

ファブ5のほかのメンバーは今、どうしてるんです?

ほんとにわかりません。僕らは住むところもバラバラなら、ライフスタイルもバラバラ。僕は彼らが大好きだし、もし休暇中、たまたま同じ都市にいたら、できるだけ都合をつけて会っています。でも、撮影がないとき、あなたと同じく、彼らのプライベートは僕もわかりません。じゃあね!

栄光のレッドカーペットを踏みしめて

TUXEDO

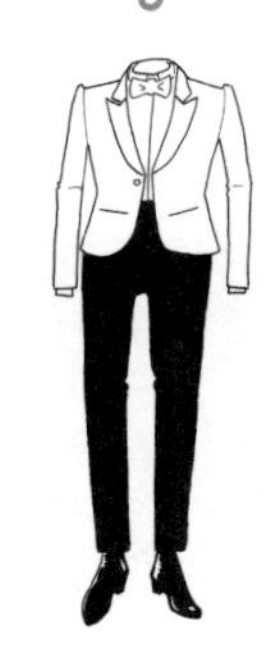

有名になったらどうしよう？　子どものとき、みんな一度は考えたはず。あいつが有名になれたんなら、僕だって。僕はなぜか、ポップスを歌うスターか、俳優のどちらかになりたかった。歌がド下手だったくせに。で、歌手はぜったいにムリだと悟り、変な思い込みを捨てて次の夢へと進んだ。それでも、有名になったらどんな気持ちだろうという妄想は続いた。僕はどんなセレブと仲良くなるんだろう？　どうやって知り合うんだろう？　僕のマネージャーと先方のマネージャーとで、僕らが遊ぶ段取りを組むのかな？

僕は『サーティー・ロック』という、架空のテレビ局で放映されている、架空の番組を題材に描いたドラマが好き——それこそ、一日のはじまりの儀式みたいに、毎朝のお楽しみだ。撮影の合間、アントニと僕は時間さえあれば『サーティー・ロック』を観ている。僕らはしょっちゅう、お気に入りのセリフを会話に交えてしゃべっている。アントニとは『サーティー・ロック』がきっかけで仲良くなったとも言える。

あるエピソードで、番組の看板女優、ジェナ・マロニーが俳優ジェームズ・フランコ（本人役）と交際をはじめる。ジェームズが夢中なのは抱き枕で、このラブストーリーは、〝ジェームズは抱き枕を愛するヘンタイだ〟という噂をメディアからもみ消したいという、彼のマネージャーが仕組んだものだった。このエピソードを観て、へえ、セレブのブレーン的な連中がニセの交際発覚情報を流して、不祥事をもみ消すこともあるんだなと、僕は真に受けていた。

だけど僕は断言する。そんなのあるわけない。

有名人同士が知り合うきっかけ、それはダイレクト・メッセージを送ること。一般人と同じだよ。〝君のこと知ってる〟、〝僕も〟、〝え、マジで？〟みたいなやり取り。

まさか自分のことを知ってるわけがないと思い込んでいた人が自分の名前を知ってて、いきなりダイレクトメッセージを送りつけてくる。**ねえ、これから遊びに行かない？**

大スターからやあ、タン！　これから僕ん家来られる？　なんてDMが来るのはいまだに信じられない。やだ、行くに決まってんじゃない。気は確か？　あなたみたいな大スターに、僕がノーって言えるわけないぐらい、わかってるでしょう？　まだ夢を見ているような気分。呼び出されることも不思議な気分。テレビの世界に足を踏み入れたばかりのころ、僕はエンターテインメント業界のお仲間に入れてもらえただけでも感謝すべき下っ端だと思っていたから、呼び出されるのは当然だと思い込んでいた。

セレブから連絡が来るようになったばかりのころは、誰のお誘いにもイエスと答えていた。誘ってくれるセレブの中には業界に長年いるベテランもいて、この世界では新人の僕は、対等に接してもらえると、光栄という気持ちよりも先に好奇心がかき立てられたから。だけどしばらく経つと、僕も冷静になり、別に全員の誘いに乗る必要はないなと思えるようになった。プライベートの彼らはごく普通の人たちだし、波長が合う人とだけ会うことにした。そういう人とだけ会う方が、僕の負担も軽くなるから。

ほかのリアリティー番組に出ている人たちから連絡があると、僕らの番組を観てくれているんだなと感じる。同じジャンルにいるわけだから。でも、アカデミー賞受賞歴のある俳優や、子どものころよく聴いていた伝説のミュージシャンから連絡があるたび、いちいち驚いている。これだけは慣れない。彼らからメッセージをもらうと、僕は相変わらず挙動不審になる。

僕のアカウントにメッセージを送って！　お願いだから送って！　と、ずっと待ってるセレブもいる。アデルがそうなんじゃない？　そう！　ずっと夢見てる。身体がどうにかなっても、アデルと会いたい。だけどアデルは人付き合いを冷めた目で見ていそう、特に僕なんかとは話もしなそう、だから平気。だけど、ほかの大スターから連絡があったときも、僕はびっくりして全身が固まった。マジで？　僕の人生でこんなことが起こるなんて信じられない――って。

こんな人たちと一緒にいても、自分だけが場違いなんじゃないか、これからもずっと、あの人たちはスーパースターで、僕はサウスヨークシャー出身の、ただのタンだってことを思い知らされるんだ――と、僕は自己卑下していた。だけど実際に連絡を取り合うと、僕らは普通の友人や知人のように会えるようになった。『クィア・アイ』の注目度が上がるにつれ、僕はセレブとおしゃべりできる立場じゃないなんて、卑屈になる必要はないと思えるようになった。

僕はまだ、一般人と有名人との境目がよくわからない。だって僕はまだまだ、イケてないタンなんだもの。こんな卑屈な感情を抱えたまま生きていくのか、それともちゃんとセレブになって、毅然（きぜん）とした態度で振る舞えるのか。でも、僕は今ぐらいが気分よく過ごせるから、どちらにもなりたくない。世界中のおしゃれなパーティーにこっそり紛れ込んでも、捕まえられずに済む程度に名前が知られた、今の僕は、自分にとって一番居心地がいい立場にいる。

僕の人生はいろいろといい方向に変わっている。トークショーに出たり、ドラマ制作の現場にお邪魔したり——『サタデー・ナイト・ライブ』の収録を生で見学できたし、『クレイジー・エックス・ガールフレンド』にゲスト出演もした。『サタデー・ナイト・ライブ』の見学では、念願の夢がかない、胸がドキドキした。現場はとてつもない熱気にあふれていた。最高のパフォーマンスを見せようと、みんなが全力投球していた。すぐにでもセットに飛び込んで、一緒に演技をしたかったのを覚えている。感動に次ぐ感動の体験だった。

とはいえ、人生はいいことばかりは続かない。悪いこととは言い切れないけど、自由に外が出歩けなくなった。別に愚痴ってるわけじゃないんだ。たまに外に出ると、面白いことにも遭遇する。僕に気づいて写真を撮った人が「不倫の証拠を押さえるために撮ったんだ。まさか本物のパートナーと一緒だったとは!」と言うんで、夫がこっちを見て吹き出しそうになるってことが何度もあったから。

ジョナサンとアントニは、僕のことが大好きだけど、それは一緒に街に繰り出すまでの話。いったん外に出ると、とたんにふたりは僕にヤキモチを焼く。そのネタはたいてい、僕のヘアスタイルと肌の色。タンだとすぐに気づかれるから。というか、僕はもう「配信メディアでおなじみのゲイじゃありません」って顔をするのはムリじゃないかと。

配信がはじまった当初、しばらくは帽子をかぶっていれば誰も僕だとわからないだろうと見くびっていた。だけど帽子が何の役にも立たないのがよくわかった。帽子をかぶって僕の美しい髪を隠しても見破られるってどういうこと？　がっかり！

特にニューヨークにいると、帽子をかぶらなかったら目的地にたどり着くまで四倍の時間がかかってしまう。いちいち車で移動しなきゃいけない。公式イベントで街に出ると、二十秒おきに立ち止まることも珍しくない。番組の視聴者が増えるほど、自由に歩くことが難しくなる。

それでも、街中でファンから呼び止められて交わす、ちょっとした会話から得るものは大きい。番組の感想だけじゃない、家庭内での会話や家族の関係、番組が人生をどう変えたか、毎回感動する話をしてくれるんだ。視聴者との交流から、番組作りの参考になる意見が聞ける。『クィア・アイ』は単なるテレビ番組の枠を超え、社会現象になったんだなと感じる。こんな現実から逃げて、誰からも見られることなく、僕が変なことを言ったり、やったりしても気づかれることなく、ソーシャルメディアの発言が引用されて僕のアカウントに投げられることもないところに身を置きたい。でも、あり得ないことだっていうのもわかっている。誰にも見られていないって顔をしても、見られているというストレスが減るだけのこと。エピソードを毎回観てくれてて、僕に親近感を抱いてくれている視聴者ってどれぐらいいるんだろうって考えると、冷や汗が出てくる。

僕が好きなのは「やあ、タン！」って大声で声をかけられるとき。

頭の中で必死に考える。えーと、君、僕の知り合いだっけ？　僕、あなたを知ってる？　会ったことあったっけ？

「タンは僕のこと知らないけど、僕はタンを知ってるよ！」と言われてホッとする。

でもやっぱり、僕のことを一方的に知ってるっていうのは普通じゃない。ハグされたり、子どもに〝たかいたか～い〟をするみたいに抱き上げられることもしょっちゅう。僕はキャストの中でも小柄なせいか、よく抱き上げられる。だけど僕にだって言いたいことがある。僕の身長は一七五センチで、英米の男性では平均的な高さ。ほんとうは小柄な方じゃない（身長一九〇センチ超えのジョナサンを〝たかいたか～い〟しようとは思わないよね）。抱き上げられるのはあまり好きじゃない。僕は人当たりのいい方だけど、見知らぬ人と必要以上に身体を接触したくはないんだ。お願い、抱き上げるのだけはやめて。ボディーコンタクトのやりすぎだと僕は思う。

僕はセレブが「私はただの一般人です」と言うのを聞くと、「一般人なわけないじゃない！どう考えたって僕とは縁のない、華やかな世界に住んでるくせに」って心の声が顔に出てしまうタイプだった。ごめんなさい、僕が間違ってました。セレブと呼ばれ、ファンから似たような扱いをされる立場になっても、やっぱりこう言いたくなる。「違うんだ、僕はただのタンだってば。七か月前とぜんぜん変わってないよ」でも、気持ちはわかる、だって僕もそうだったから。僕を見かけて緊張で手が震え、スマホを落としてしまうぐらい動揺してたら、僕はその人にこう声をかけたい。「僕は君と同じ人間だよ。ショービジネスと仕事が結びついたという運に恵まれていただけ」

だって、現実はこうなんだよ。僕が帰宅途中で、帰ったらラーメン食べながら『グレート・ブリティッシュ・ベイキング・ショー』を観るってわかってるのに、それでも人々は、街角で僕を見かけたら駆け寄ってくる。だけど、知り合いは誰も僕にテキストメッセージを送ってこない

――夜の間、僕はテキストメッセージを見ないから。ジョナサンから来たら返事をするかもしれないけど。普段の暮らしはとてもシンプルで、みんなが期待する、ショービジネス界のセレブのような生活とはほど遠い。簡単に夕食を済ませたらテレビを観て、午後十時にはベッドに入る。

もうひとつお願いしたいこと。インスタグラムのストーリーズへのタグ付けを配慮してほしい。自分のストーリーズに誰かの名前をタグ付けすると、読めるのは自分の友だちだけだと勘違いしている人が多いけど、僕にはタグ付けされた画像が全部見えている。で、タグ付けされた画像って決まって、僕が口いっぱい食べ物を頬張ってたり、ジムでスクワット中だったり、やらなきゃよかったって後悔しそうなこととか、画像を撮ってほしくないところを撮られたりしたもの。移動途中の僕を動画撮影してタグ付けした投稿がないかを確認したくって、ブランチ中スマホを見る。でも僕だって、やるときはやるよ。僕がスマホのカメラを向けたら、向けられた方もイヤな気分になるしね。

食事中にはじめて盗撮されたのは、シーズン1の配信から数週間後。満員の店内で、お会計が済むのを待ちながらスマホをチェックしていたら、向かいのテーブルにいた男性が僕の画像を撮り、タグ付けして投稿した。僕はその男性と目を合わせると、フォークを口に運んでいる途中で変な顔をしている、あまりよろしくない僕の画像を表示させてから、自分のスマホを高くかざした。僕に現場を押さえられ、男性はひどく恥ずかしそうだった。ほんと、僕ってイヤなやつ。僕を愉快にさせた人生の一コマ。

人は噂を流すのも大好き。僕がアントニと出かけると、世間はデートだと勘ぐろうとする。画像を撮って友だちに送ろうとしたつもりが、写した僕に、うっかりDMで送ってしまうこともある。「ゲイの男性ふたりが友だちになっちゃいけないの?」僕はその人に返信する。「ちょっと話さない?」ゲイの男性ふたりが友だちになっちゃいけないなんてくだらない考えには、徹底的に反論するから。

ショービジネス界の親しい友人のパートナーと、あるレストランで食事をしたときのこと。外で食事するときは壁を向く座席を選び、目立たないよう気をつけていて、その日も例外じゃなかった。それでもまわりの人に気づかれた。数週間ぶりに会ったので、僕はしばらく彼の手を取って、会いたかったと言った。知らない間に、「タンがこの人のパートナーと寝てる」という噂で、僕のインスタグラムアカウントは大騒ぎになった。この画像はオンラインメディアにまで載った。ちゃんと調べてから書けって感じだよね。

ここまで来ると、こうした言いがかりは、もう笑って受け流す方がいいと思うようになった。偏見のある報道をファブ5のメンバーと見ながら、バカみたいだよねってよく苦笑するんだけど、このときも、バカバカしいにもほどがあるって大爆笑になった。だけど一年経った今、メディアがネガティブな話題をわざと流すのは、ある意味しかたがないとあきらめている。お騒がせ女優で有名だった、アマンダ・バインズの苦労がわかるようになった。こうなってみてわかった。あなたのスキャンダルをオチにしたジョークを言って申し訳ありませんでしたと、お詫びの手紙を送りたいぐらいだ。僕も軽率なことをした。あんなことを言うなんて、僕はほんとにバカだった。

ただの一般人だった僕に、別の番組からも出演依頼がどんどん来ることにも、まだ慣れない。『クィア・アイ』を最後に、TVの世界から消えてしまうと思っていた。まさかこの世界でキャリアを重ねられるとは。うれしいと同時に怖くもある。エンターテインメント業界にいると、自信はどんどん失われるのと反対に、うぬぼれだけは強くなると言われるけど、僕の内面では、これまでにない変化が起こっている。自分の価値観が「あれがほしい、これもほしい」と、あっという間に変わってしまったことにも驚いている。自分の未知の部分と向き合い、こういうところは伸ばすべきか、抑えるべきかと悩む。

僕はしょっちゅう悩んでいる。ほんとうはこの業界に向いていないのか、カメラの前に立って、人を楽しませることができているのか。自分は人種の多様性を満たすためだけに選ばれたのかと悩むこともまだある。デビューが遅かったから、かっこいいとか面白いという旬が過ぎているのを痛感することもある。こうしたネガティブな感情にときおり苦しむけれども、僕がこの仕事に選ばれたのにはちゃんとした理由がある、今できるベストを尽くすしかないんだと、自分を納得させるしかない。この業界が僕を必要としなくなったら、自分は全力を尽くして仕事に取り組んだと納得した上で去りたい。

どれもこれも展開が速すぎて、よく考える時間がないこともある。大変なことが毎日のように起こっても、百パーセント処理する心の余裕がまったくない。日記を書いておけばよかった。落ち着いて自分を振り返る時間ができたら、いい資料になったのに。

今まであったことすべてが信じられない。この仕事についたことはもちろん、『クィア・アイ』がここまで支持されたことも。リブート版を作ろうと思いついた、クリエイターの途方もない夢物語で終わるんだろうと思っていた。

オリジナル版の『クィア・アイ♂♀ ゲイ5のダサ男改造計画』はゲイがテーマの先駆者的番組で、エンターテインメント業界に大きな影響を与えた。でも、オリジナルキャストは僕たちの番組には出演しない。僕は最初、ヒットを狙うのはムリだと思った。一部のゲイと一部の若い女性が対象の、観る人を選ぶマニアックな番組になり、批評家から絶賛なんかされないだろうと。

エミー賞に出る——エミー賞を獲る——最初は耳を疑った。エミー賞を獲るなんて考えたことあった？ あるわけがない。でも聞いて、実は僕、『クィア・アイ』は賞に値する番組だから、ノミネートされて当然だと思っていた。僕たちは多様性社会を代表し、今までになかった番組を作ってきたんだから、『クィア・アイ』がノミネートされない社会は間違っている、と。だけどまさか、ほんとうに受賞するなんて、思いもしなかった。

ノミネート作の発表は八月にあると聞かされた。僕らキャストとプロデューサー数名で、発表の日はカンザスシティーに借りた、ファブ5のロフトに集まろうということになった。プロデューサーのひとりが、発表の瞬間まで、エミー賞のウェブページの〈更新〉ボタンを何度もクリックしていた。

番組が〈最優秀リアリティー番組シリーズ〉部門にノミネートされたのを自分たちの目で確認し、僕たちは、跳び上がって叫んだ。みんな泣いていた。ノミネートされるまで、僕はエミー賞を意識したことはなかった。エンターテインメントの世界に自分がいるだけでも驚きだったんだから。でも実際にノミネートされると意識が変わった。自分はもう、アメリカ合衆国の一員だ。

エミー賞にノミネートされた。ゲイの間で話題の賞にノミネートされた。南アジア系の僕が、僕らしく生きていいと認められたんだ。そう思うと、涙が止まらなくなった。自分のことをこんなに誇りに思ったのは、生まれてはじめてだった。

感情が激しく揺り動かされ、いろんなことが頭に浮かんでたまらなくなった。部屋から抜け出し、フェイスタイムでロブを呼び出した。そして泣きながら彼に訴えた。「どうしよう、僕たちエミー賞にノミネートされた」僕が電話で話している途中、部屋がふたたび大騒ぎになった。『クィア・アイ』が、さらに三部門でノミネートされたんだ。

そのひとつが〈最優秀キャスティング〉部門。僕らキャストと、番組で僕らが応援する人たちの功績が認められたのだから、僕は特に、このノミネートを光栄に思った。ほかの賞と違って、この賞は僕たちの賞だ。もちろん『クィア・アイ』はファブ5とスタッフがいてこそ成り立つわけだけど、誰のための賞かという部分が漠然としている。でもキャスティング賞は、僕らのための賞だ。

泣き叫んで大騒ぎしたくせに、ノミネートを知ってから一時間後、僕らは何食わぬ顔をして、いつものように撮影へと出かけた。現場は大いに盛り上がった。その晩はキャストとクルー全員でお祝いのディナーを食べた。

そしてエミー賞当日。衣装は二週間前に選んでおいた。

授賞式の準備は、レッドカーペット担当のスタイリストと進めた。スタイリストにもいろいろある。ワードローブ担当スタイリスト（僕のような仕事）は、一般人のクローゼットをチェックし、着こなしをアドバイスする。エディトリアル・スタイリストやレッドカーペット担当スタイリストは、デザイナーと契約して仕事をしている。ひとりのデザイナーと組んでセレブのコーディネートを考えたり、グラビア撮影ではさまざまなデザイナーのアイテムからコーディネートする。エミー賞では、雑誌『ＰＡＰＥＲ』のグラビア撮影で知り合ったスタイリストにコーディネートを依頼した。

イベントで着る衣装を準備するとき、僕はデザイナー数名に自分の希望をきちんと伝え、彼らが候補として挙げたアイテムから、僕が自分でコーディネートする。セレブは普通、アイテム探しやコーディネートをスタイリストに任せる。僕は仕事柄、ほかのセレブとは違うアプローチを取る。

実は、タキシードを着るのが苦手だ。タキシードって退屈の代名詞みたいに思えるから。上品なイメージをキープできるのはわかってるけど、タキシードを着てレッドカーペットを歩くと「あ、見て、また黒タキシードの人が来たよ」って扱いになる。エミー賞に集まった人たちの中で目立ちたい？　それはイヤ。エミー賞ってだけでプレッシャーを感じてるのに――最高の着こなしを見せるプレッシャーに、テンションを上げなきゃっていうプレッシャーが重なる。レッドカーペットを歩くとき、男性にはタキシードを着てほしいなんて、もうカビが生えた要望なんじゃない？男性がタキシード以外の大胆な装いで現れると、その服装は批判の対象になる。ほかのスーツだって、タキシード以上にすてきな着こなしができるのに！　男性はどうして着るものに対して独創的になれないんだろう？　個性を見せようよ！

フォーマルウェアって、いかにも白人が考える、上流階級の富の象徴って感じがして、僕はめったに着ない。フォーマルウェアが好きじゃないから、タキシードにスニーカーを合わせたりもする。ゴルフ場のクラブハウスで僕の陰口をたたく中年の白人みたいな格好なんて、頼まれたってイヤだ。そういう連中が嫌いなのに、どうして彼らの真似をしなきゃいけないの？

生まれてはじめてタキシードを買ったのは『クィア・アイ』のプレミアのとき。イベントがはじまるわずか五時間前、量販店のスーツサプライで買ったもの。プレミアは番組が配信される前のことだったので、デザイナーたちは無名のキャストが何を着ようがどうでもよかった。衣装を担当するスタイリストはついてくれたんだけど、彼が選ぶのは派手すぎるか地味すぎるかで、僕はまったく着る気になれなかった。もう、自分で探すしかない。そこでスーツサプライに行って、下襟（ラペル）がサテン、クリーム色のベルベット地のジャケットを見つけた。スタイリングはすぐに浮かんだ。このジャケットにホワイトのシャツを合わせて、ボウタイはなし、ブラックのほっそりとしたパンツ、シューズもブラック。店に入ってから二十分も経たない間にアイテムをそろえ、コーディネートはこれで決まりと店を出た。

そのあとのフィッティングはネットフリックスが推す仕立て師に任せた。数時間で驚くほどのフィット感に仕上げる実績を買われた仕立て師で、彼なら僕の身体にフィットするよう整えてくれると信頼されていたプロ。

このタキシードなら、僕のスタイルを一番いい形に見せてくれるはずと、僕はレッドカーペットを自信満々で歩いた。僕のルーツの文化を取り入れ、両手にヘナで文様を描き、ボウタイはつけなかった。これから先、何度タキシードを着る機会があっても、僕らしく見えるスタイルを探すつもり。

タキシードを着る必要がある人への僕からのアドバイスは、まずフィット感に気をつけること。あなたの身体で一番自信のあるところを引き立て、コンプレックスのあるところをできるだけ目立たなく見せるタキシードを選んで。次に、あなたらしさが表現できるものを選ぶこと。タキシードがブラックなら、ボウタイも、靴もブラックという思い込みは……捨てて。冒険を恐れないで——ジャケットの下にTシャツを着てもいいし、スニーカーを履いたってOK。配色を変えてみるのもいいかも。タキシードを堅苦しく着る必要はありません。

エミー賞授賞式、僕はトム・ブラウンのアイテムを着ようと決めていた。僕はトムの大ファン。彼のアイテムはフィット感があって、ショート丈で、僕みたいに背丈をもう少し高く見せたい人が着ると、よく似合う。誰よりもバランスに配慮するデザイナーだと僕は思ってるし、ユニセックスなデザインを世に送り出している。フォーマルウェアなのに、フォーマルすぎないのもいい。堅苦しさを感じずに着られる。僕はドレスアップするとき、楽しさと若さと面白みを感じたいタイプなので、トム・ブラウンのアイテムは、そんな僕の希望にぴったりの選択肢。

エミー賞の授賞式は二夜に分けて行われる。僕たちはクリエイティブ・アーツ・エミー賞にノミネートされていて、授賞式はプライムタイム・エミー賞の一週間前にある。クリエイティブ・アーツ・エミー賞は、脚本のないトークショーやリアリティー番組が選ばれる。プライムタイム・エミー賞は脚本のある番組が対象で、俳優が賞に選ばれる。

エミー賞は授賞式が二度あるため、夜のフォーマルウェアを二着用意しなければならない。テレビで大々的に放映されない、最初の授賞式のコーディネートはシンプルなものにした。

さて、運命の夜が近づいてくるにつれ、コーディネートよりも授賞式そのものが心配になってきた。僕たちがノミネートされたってだけでも重圧がのしかかっているというのに。授賞式の朝、ロブと一緒にプールでのんびり過ごし、ランチを食べる場所を見つけて、夕方近くなってから準備をはじめた。迎えの車がホテルに到着。ホテルの宿泊客が息を呑んで見守る中、僕たちはゴージャスな気分でロビーを歩き、車に乗り込む。ワクワクするったらない。

ファブ5のメンバーが、エミー賞会場に到着。僕らはほかの出演者と一緒にバックステージでリハーサルに入った。この場所にいるだけで頭がクラクラしてくる。僕らはずっと華やかな世界から切り離されていたし――番組収録中、僕ら五人はずっとロケ地にいるから、ハリウッドっぽいゴージャスな雰囲気を楽しめるチャンスはそうなかった。こんな場に身を置き、僕らはただ呆然とするだけだった。僕たちはエミー賞の授賞式会場にいる。キャロル・バーネット、リサ・クドロー、ハイディ・クルムといった大スターといきなり同じ部屋に通され、それから先は、信じられないことばかりが起こっていった。

僕は緊張することもなく、逆に、この自信がどこから出てくるのか不思議でしかたなかった。二年前の僕なら、人前に立ってスピーチをしろと言われたら、緊張で心臓が口から飛び出しそうになっただろう。だけどなぜだろう、僕は落ち着いていた。

僕たちがノミネートされたカテゴリーの発表が近づいても、まさか受賞するとは思っていなかったので、僕はリラックスして待てた。エミー賞受賞？　そんなの僕と関係ない。僕の人生のストーリーに、エミー賞受賞なんて書いてない。というわけで、僕は受賞したらどうするかなんてひとつも考えずに会場にいた。ドラマ『フレンズ』のあるエピソードで、授賞式に出席するジョーイに、レイチェルがこう言う。「賞が取れなくても、素直に負けを認めなさい。ニッコリ笑って拍手。ニッコリ笑って拍手するのよ」

ロブがこっちを向いて大丈夫かと聞くので、僕は「ぜんぜん大丈夫」と答える。尊敬する大先輩がたくさんいる。何が起こっても夢で片付けられるような時間が流れていく。

エミー賞にノミネートされても、自分が受賞するカテゴリーがいつ発表されるのかは知らされない。プレゼンターのジェームズ・コーデンが最初のカテゴリー〈最優秀リアリティー番組シリーズ〉部門の候補作を読み上げた。僕はロブに言った。「ヤバい、緊張してきた」カメラが僕らを映しているんだから、がっかりした顔を見せないよう気をつけた。そのときジェームズが「まいったな、こいつらが獲（と）りやがった」と言って、僕らの方を見た。僕はそこですぐ「マジで？　僕らだ」とわかった。僕も、ファブ5のみんなも跳び上がって叫んだ。

あまりにうれしくて、叫ぶ以外に言葉が見つからない。おとなしくしてるなんて僕らしくない。ほんとうに驚いた。一瞬だけ正気に戻って〝僕、どんな顔してる？〟って冷静になったけど、顔中で笑って、身体中でうれしさを表現してるに決まってるじゃない。もうひとりの自分が僕に説教する。礼儀正しくね、タン。ここは上品なビッチでなきゃ。みんなが見てるよ。

それなのに僕ったら、しっかりあのポーズを取っていた——名前は知らないけど——拳を突き上げ、「ホーッ！　ホーッ！　ホーッ！」って叫んでいた。

　そして僕らはステージに上がり、僕は泣いた。僕はめったに泣くタイプじゃないので、あんな風に泣くなんて思わなかった。いつもなら泣くにしても涙ぐむ程度で、涙が目からこぼれ落ち、頬を伝うような泣き方はしない。だけどこのときは違った。僕は号泣した。受賞することの重みが、これだけ胸に迫ってくるなんて。

　受賞者はバックステージに上がり、カメラに向かってアカデミーに感謝の言葉を述べる。カメラの前に立つと、僕は言葉に詰まった。ようやく口をついて出たのが、「パキスタン系の男性が、オープンゲイの番組に出てエミー賞を受賞するなんて信じられません」という言葉だった。

　僕のような出自にとって、意義があり、たとえようもないことで、実現するなんて考えてもいなかった。ここでまた涙が出てきた。賞を獲ったとき以上の感慨がこみ上げてきた。

『クィア・アイ』は四部門にノミネートされ、三部門で受賞した。何度も何度も受賞すること自体が不思議でしょうがなかった。

　受賞を重ねても、僕はまだ、この場で人生が大きく変わったというとてつもない感動に包まれていた。人生はどれほど変わったのだろう。今もまだわからない。僕の人生はたしかに変わり、それがうれしくてたまらない。

　受賞を口にするたび、これってウソなんじゃないかといまだに思う。

「トロフィーはどこに置いてるの？」と聞かれるけど、僕はもらっていない。ファブ５は司会者として個別にノミネートされていないから、僕ら個人にトロフィーは授与されていないんだ。

プライムタイム・エミー賞に出席するかについて、僕らはまだ知らされていなかった。招待されるとは聞いていたが、プライムタイム・エミー賞でもノミネートされたら招待は取り消されるけれども、その可能性はゼロだから。『クィア・アイ』が複数の賞を受賞し、番組そのものも評判がよかったので、受賞から二日後、プライムタイム・エミー賞のプレゼンターという大役が決まった。僕らファブ5は、〈ドラマ部門主演男優賞〉という、目玉カテゴリーのプレゼンターを務めることになった。

ぎりぎりの決定で、僕らに任せるのは特別な計らいだった。決まってくれてほんとうによかった。プライムタイム・エミー賞に呼ばれると見越して、僕はそちらの衣装も用意していたから。大ファンの俳優がたくさんノミネートされていたので、僕はどっちみち行くつもりだったけど。プライムタイム・エミー賞でもトム・ブラウンのスーツを着た。身体にフィットさせるお直しは、ほとんどいらなかった。

僕が着たスーツはホワイトをベースに、ネイビーとワインレッドで格子柄を描いたものだった。生地は端の始末をわざとしていない、ブークレ織り。ジャケットは腰の上ぐらいのショート丈で、ゴールドのボタンがふたつ付いたデザイン。パンツはスリムなシルエットに仕立て、丈は足首のすぐ上。それにクリスチャン・ルブタンのブーツを合わせた。ヒールは高さ六センチ強のキューバンヒール。完璧なコーディネートだった。洗練されつくしていて、なのにパワフルで押し出しが強いという印象のスタイル。どこを取っても僕の個性を見事に表現している――上品でいて、ポップな味わいがいたるところで効いている。

緊張はせず、ただひたすらテンションだけが上がる朝。エミー賞はテレビで何度となく観ている。僕らが受賞したクリエイティブ・アーツ・エミー賞より、プライムタイム・エミー賞の方がずっと興奮したっていうのも、おかしな話だけど。

僕らはリムジンカーを予約し、車が会場に着いて最初に見かけたセレブがティナ・フェイだった。ティナは僕が会ったセレブの中でも一、二を争う、偉大な人だ。僕たちはレッドカーペットを進みながらインタビューを受け、たくさんの人たちと言葉を交わしてからようやく、授賞式がはじまるのを待っている観客たちと同じ席に座った。どこもかしこもキラキラしていた。信じられないことに、僕らに用意されていたのは、何と前から三列目。すぐ前にはペネロペ・クルスとハビエル・バルデムがいて、あたりには超有名人ばかり。特等席じゃないか。

時間が来たので僕らはバックステージに移動し、プレゼンターを務める準備に入った。このあたりで僕はめちゃくちゃ緊張し、落ち着かなくなった。僕らはステージ左右両袖の決められた場所に立ち、あとは名前を呼ばれるだけになった。ステージは豪華だった。プライムタイム・エミー賞の舞台があんなにゴージャスだとは知らなかった。出番を待つ間に緊張が消え、やる気がみなぎってきた。「受賞者にキスしようよ！　誰もやったことないじゃん！」なんてジョークも飛び出した。あんまり騒々しいので、見かねた舞台監督にたしなめられた。「頼むからもっと落ち着いて。立ち位置守って」

ステージに出て行くそのとき、僕は緊張で頭が真っ白になった。段取りでは、僕たちが左右からステージ中央に集まり、ファブ5お得意の、五人で手をつなぎながら、立ち位置につくことになっていた。ピンマイクを付け、舞台から超満員の観衆を見たとたん、僕は圧倒された。会場に目をやり、僕はつぶやいた。「大変だ、タン。君はこれだけの人の前で話すんだよ」

僕たちにはひとり五秒ずつセリフが用意されていた。カラモがトップバッターで、僕が次にしゃべる段取りだった。それなのにカラモが話しはじめてすぐ、注意が客席へと向いてしまった。だって『ブロード・シティ』のアビ・ヤコブソンとイラナ・グレイザーが「タン！」と大声で僕を呼び、両手でハートマークを作って見せてるんだもの。

それで僕は、学芸会の舞台上からママが観客席にいるのに気を取られ、何をやっていいのかわかんなくなった五歳児みたいになってしまった。おまけに最前列にはクレア・フォイが座っている。僕が大ファンの、クレア・フォイが。大勢のイギリス人女優がアメリカに進出しているけど、クレアはその中でも畏れ多いほどの大女優だ。

ちょうどそのとき、カラモのセリフが終わったのに気づいた。次は僕の番だ。テレプロンプターに映った自分のセリフを読みはじめた。アドリブでセリフを少し変えた。どうしてアドリブが許されると思ったんだろう。で、僕はビヨンセでおなじみの〝シミー〟をはじめて踊った。この本を読んでいるあなた、ぜひグーグルで動画を検索してほしい。二度とお目にかかれない傑作だから。そして僕は観客とカメラに向かって、きっちりウインクした。

そこで僕の制限時間は終了！

我に返って残り三人のパフォーマンスを見ながら、僕は思った。何ダサいことやってるの、タン？

僕の一生で最高の一日は、こうして過ぎていった。こんなに気分よく過ごせるなんて。

人生は信じられないほど目まぐるしく変わっていく。だから僕は、時間さえあれば、ソルトレークシティーにいる時間をできるだけ作るようにした。地元に戻ると、イベントもなければスポットライトを浴びることもない。あったとしても、地元の友人が僕の仕事をネタにからかうぐらい。僕がソルトレークシティーを離れたくないのは、このおバカさんたちがいるから。〝主力メンバー〟と自称するグループ。メンバーは十人ほど、仲間同士の紹介で集まり、結成から、もう十年以上になる。

不思議なことに、メディアに露出するようになっても、ロブとの結婚生活は以前と変わらない。ときおり向こうがイライラしてると、僕は彼の気持ちになって考えるよう努める。ロブのところに有名人から電話があったら、僕はどう思うだろう？　ロブは言う。「変な気分だよなあ、タンが何とかさんと、まるでご近所同士みたいにフェイスタイムで話してるって」ロブの目には爵位でも持っていそうな偉い人に見えるんだろうけど、僕から見れば、普通に付き合える人たちでしかなく、泥沼の離別を経験することもあれば、不遇の時期を過ごしたり、個人的にスランプに陥ったこともある人たち。それに彼らだって、よそ行きのスターのままの顔でいたいとは思っていない。

ただ困るのは、ロブがテレビのスイッチを入れたら、インタビューされてる僕がいきなり映るとき。「君は自分をプロデュースしてテレビに出てるみたいだな！」って、ジェラシーをにじませる。

『クィア・アイ』の仕事が決まるまで、僕とロブの間でジェラシーが原因のケンカは一度もなかった。僕らは性格も正反対なら、仲良くなる友人たちもかなり違う。自分たちの仲間同士で遊びに行くこともあるけど、ほかのカップルと同じように笑って済ませていた。

ロブに魅力を感じる人がいれば、僕はとてもうれしい。「うん、さすがは僕のパートナー！ セクシーだもんね！ 彼を見て！ すてきだから！」って、逆に喜んでしまうほう。普段、僕とロブは同じグループの友人たちと付き合っているけど、別々に遊びに行ったって揉めたりはしない。だけど有名になると面倒なことも起きる。スーパーでジロジロ見てくる人はさすがにいなくなったけど、世界中から僕宛てに連絡が来る。直接に会いに来たり、メールやソーシャルメディアで……。ありがたいことに、僕の結婚相手は天使のように人間ができてて、安心できる人。

知り合ってからずっと、離れているときは毎日、朝一番でテキストメッセージを送り、一日中報告を欠かさず、夜になったら電話をする。僕から送る朝のテキストメッセージは「おはよう、ハンサム」「おはよう、美しい人」「おはよう、エンジェル」みたいな感じ。一緒にいるときは毎日必ず、ロブはすてきだと本人に言う。わざとらしくなく、陳腐でもなく、強制もしない。僕たちは愛し合い、心から愛しく思っている。そんな関係がずっと続いている。

ロブはいつも、僕の目にはすてきに見え、僕だけのパートナーで、僕にとってただひとりの恋人で、できることなら千回でも彼と結婚したいと思わせてくれる人。二〇一八年になって、僕が変わったとしたら、それは、ずっとロブのそばにいると誓う回数が増えたことだろうか。安心したいからじゃない、パートナーのどちらかが脚光を浴び、相手の立場が弱くなったら、僕は僕のままだからねと相手に言うのが自分の義務だと考えている。

僕らの仲にヒビを入れるようなものを送ってくる人たちに、苦労させられると覚悟はしていたけれども、ロブは、そんなもので気が変わるわけがないというぐらいまで僕を信頼してくれている。僕たちの関係は安定している。どう見ても不倫ってカップルを見かけたら、僕が結婚指輪をはめた手を上げ、不快感を示すのをロブはちゃんと見ているし、僕には浮気する時間なんてないことも知っている。僕をこんなに信頼してくれるパートナーと出会えて、自分は恵まれていると感じている。それより、僕が彼の立場になりたいぐらい！　目が回りそうなほど忙しく働かなくても、ロブは好きなことに打ちこんでいる。

人前で僕を堂々と口説く人がいる。そうすると、パートナーのことを少しは考えてほしいと、ロブは怒る。彼に言わせると、たくさんの人が僕を、まるで自分の所有物であるかのように扱うのかと思っただけで腹が立つらしい。それまでは、駆け寄ってハグするのはロブだけに与えられた権利だったのに、今では僕は当たり前のようにみんなからハグされるなんて、と。

パートナー同士がちゃんと意識して行動しないと、ジェラシーは深刻な問題になりかねない。ロブは、僕が番組に出ることを望んでいる。僕なら続けられるとわかっているし、心から応援してくれている。それなのに「そんなに大物になったら、俺を捨てて有名人と一緒になるんじゃないの？」なんて言う。そんな風に考えてたかと思うと胸が痛む。パートナーの片方が有名人になったら、ふたりの間に修羅場もあるかもしれないけど、幸い、ロブも僕もずっと〝パートナーとしての危機は何があっても乗り越え〟てきた。

いろんな変化はあったけど、僕の人生は基本的にはずっと変わらない。撮影がなければいつもこんな感じ。毎朝ジムに行って、軽く散歩やウインドーショッピングをして、お洗濯して、お昼寝して、夜は夫と過ごす。地に足がついた生活を続けられる場所があってよかった。

家に帰ってくるたび、『クィア・アイ』の撮影は夢だったんじゃないかと思う。夢から覚めたら二度とないんじゃないかと。オーディションを伝える電話からずっと、夢を見ていたんじゃないかと。でも、ちょっと外に出ただけで、会ったこともない人から声をかけられる。

「やあ、タン！」

やっぱり夢じゃない。

謝辞

ネットフリックスへ。こんなにすばらしい企業の番組に参加できたこと、これまでのご厚意に感謝します。プロデューサーのジェン・レヴィ、常に支えてくれ、僕らのチアリーダーでいてくれてありがとう。あなたがいなければ、今の僕はいなかった。とても感謝している。ベラ・バヤリア、デレク・ワン、ブランドン・リーク、テッド・サランドス、僕が無名のころから出演させてくれたプロデューサーのみんなにも感謝を。そして、ネットフリックスの広報とソーシャルメディア・チーム、君たちは最高だ！

ＩＴＶアメリカにも感謝の言葉を。キャスティング・チームと制作チーム。特にジョーディ、グレッチェン、ダニエル、アダム・シェール、デイヴィッド・アイゼンバーグ、デイヴィッド・ジョージ。そして僕の人生を変えるきっかけとなったオーディションのチャンスをくれた、ウェズリーにも、感謝。

スカウト・プロダクションの人たち。デイヴィッド、マイケル、ロブ。オーディション合格まで懸命にサポートし、その後も支えてくれたことに感謝します。

キャロライン・デノフィリオ。ライターとしてすばらしい仕事をしてくれ、出版まで根気強く付き合ってくれてありがとう。おかげで自慢の一冊ができあがった。

編集者のハンナ・ブラーテンと版元のセント・マーティンズ・プレスのチーム、ネッティー・フィン、ローラ・クラーク、ジェシカ・ジマーマン、ジョーダン・ハンレイ、ジェニファー・ゴンザレスにも感謝。

タレント・エイジェンシーのWME。僕の夢をかなえるために協力してくれたチームのみんな、ジャスティン・オンガート、ジェンニ・ラヴィーン、イヴ・アターマン、マシュー・バスカルーン、フランシスコ・セルサーレ、テレサ・ブラウン、ハーレイ・ヘイデマン（パーフェクトな書名を考えてくれてありがとう！）、どうもありがとう。

僕のマネージャー、キャメロン・カディアン。僕のメンタルまでマネジメントしてくれて感謝している。僕をいつも最高のコンディションで現場に送り出してくれ、改善の余地が少しでもあれば見つけてくれた。モルタル・メディアのみんなもありがとう。ジェスとアントラニヒ、また会おうね。

僕の有能なアシスタント、ジェン・ジョーンズ。いつもありがとね。君は頼りになるスーパースター、大好き。おかげでここ数年、事務処理の負担がグンと減った。とっても感謝している。ジェン・レーンとレイチェル・メンデス。ふたりとも知識豊富で、僕にいろいろ教えてくれた。あなたたちはほんと、神がかってる。

僕の〝主力メンバー〟。みんな大好きだよ。この十年間、いいときも悪いときも頼りになるチームだった。いろいろあったよね。ミッキー、キャロライン、メガン、サラ、マイケン、ダナ、キミー、ノエル、デイヴィッド。

謝　辞

僕のイギリスでの〝主力メンバー〟。ナス、キリ、ヴィッキー、ナズ、ヤス、アリ家のみんな。イギリスでの僕、成人してからの僕をサポートしてくれてありがとう。大好きだよ。

僕の家族。実家のみんな、親戚一同（みんなわかってるよね）。僕にとってどんなに大事か、言葉にできないほど。僕はこの一族に生まれて、ほんとうによかった。

感謝したい人はまだまだいるけど……『クィア・アイ』の共演者たち。アントニ、ジョナサン、ボビー、カラモ。人生のビッグウェーブを作ってくれたみんなに、ありがとう。

あ、そうだ……この本を読んでくださったみなさん、愛をこめて僕を支えてくれているファンのみなさん。応援に心から感謝してます！

訳者あとがき

携帯電話で指令を受け取り、ハイセンスな五人の男たちが黒いサングラスをかけて集合。〈ゲイ・ストリート〉と〈ストレート・ストリート〉の交差点をさっそうと歩くオープニングは、とても印象的。二〇〇三年にはじまった、ファッション、美容、カルチャー、フード・ワイン、インテリアの各分野を極めたゲイの五人組〈ファブ5〉が、ストレートの男性のライフスタイルを改造するというコンセプトのオリジナル版『クィア・アイ』は、アメリカＢｒａｖｏ局の制作、五シーズン続いた人気リアリティー番組です。日本ではＦＯＸ ＴＶで第1シーズンが放映され、ＤＶＤも発売されています。

それから十四年後、オリジナル版のクリエイター、デイヴィッド・コリンズをトップに迎え、ネットフリックスでリブート版『クィア・アイ』の制作がはじまりました。オーディションで選ばれた新生ファブ5は、個性豊かで親しみやすいキャラクターが世界中の視聴者から支持され、二〇一八年クリエイティブ・アーツ・エミー賞の最優秀リアリティー番組賞など三部門で受賞。二〇一九年の同賞では六部門にノミネート、二度目の最優秀リアリティー番組賞を含む、四部門で受賞しました。

オリジナル版『クィア・アイ』のファブ5は、ヒスパニックにルーツを持つ、カルチャー担当のジェイ・ロドリゲス以外の全員が白人でしたが、リブート版ではカルチャー担当に黒人のカラモ・ブラウン、ファッション担当には、本書『僕は僕のままで（原書タイトル：Naturally Tan）』の著者、パキスタン系イギリス人三世のタン・フランスが起用されています。

イギリスの地方都市で生まれたタンは、白人主流の地域社会では、〝パキ〟と呼ばれて差別され、保守的な南アジア系の一族の中では、ゲイという自分のアイデンティティーに悩む、多感な少年期を過ごしました。ボリウッド映画に憧れ、いったん芸能コースに進むものの、大好きなファッションを一生の仕事にするため、進路を変更します。天職を求めて十年ほど模索したのち、遊び仲間が多く住むユタ州で、最愛のパートナー、ロブ・フランスと出会います。その後はロブと二人三脚でファッションのインターネット通販に進出。好感度の高いデザインが人気を呼ぶ一方、多忙を極め、体調を崩して充電中のある日、彼の人生を大きく変える一本の電話が……。

自分のセクシャリティーをオープンにするまでの、苦悩の日々。ファッションに対する哲学。英米のカルチャーギャップ。今も続く差別的な扱い。仕事仲間やパートナーとの付き合い方。タンはとても率直に自分の意見を綴っています。番組のファンも知らないオーディションや撮影の舞台裏にも触れ、〝だから言ったよね〟が口癖のタンらしい、ちょっぴり皮肉の効いたユーモアが随所に感じられる一冊です。

自分らしく生きることのすばらしさを、ひとりでも多くの人に伝えたい。タン・フランスをはじめて知る読者のみなさまも、彼のナチュラルな生き方に共感していただけることでしょう。

安達眞弓（あだち・まゆみ）

宮城県出身。外資系メーカー広報を経てフリーの翻訳者に。実務・文芸翻訳を手がける。
訳書に、タイラー・ディルツ『悪い夢さえ見なければ』『ペインスケール』（以上創元推理文庫）、パイパー・カーマン『オレンジ・イズ・ニュー・ブラック　女子刑務所での13ヵ月』（共訳／駒草出版）など多数。

挿画／ロブ・フランス
カバー写真／© Deborah Feingold
装丁／bookwall

僕(ぼく)は僕(ぼく)のままで

2019年 10月 30日　第1刷発行

著　者　タン・フランス
訳　者　安達眞弓(あだちまゆみ)
発行者　徳永 真
発行所　株式会社集英社
〒101-8050　東京都千代田区一ツ橋2-5-10
電話 03-3230-6100（編集部）
03-3230-6080（読者係）
03-3230-6393（販売部）書店専用
印刷所　大日本印刷株式会社
製本所　ナショナル製本協同組合

ISBN978-4-08-773502-4 C0098